创意写作译丛

陈彦辉 主编

U0062496

写作实验：
创意写作的策略

[澳] 黑兹尔·史密斯（Hazel Smith） 著

陈彦辉 成鸿 译

2021国际中文教育创新项目资助：「中文＋多语种」国际中文教师后备人才培养（项目批准号：21YH007CX1）

Routledge
Taylor & Francis Group

南京大学出版社

江苏省版权局著作权合同登记 图字：10-2022-305 号

图书在版编目(CIP)数据

　　写作实验：创意写作的策略 /（澳）黑兹尔·史密
斯著；陈彦辉，成鸿译. — 南京：南京大学出版社，
2024.5
　　(创意写作译丛 / 陈彦辉主编)
　　书名原文：The Writing Experiment：strategies
for innovative creative writing
　　ISBN 978 - 7 - 305 - 27525 - 8

　　Ⅰ. ①写… Ⅱ. ①黑… ②陈… ③成… Ⅲ. ①文学写
作学 Ⅳ. ①I04

　　中国国家版本馆 CIP 数据核字(2024)第 001634 号

出版发行　南京大学出版社
社　　址　南京市汉口路 22 号　　　邮　编　210093
丛 书 名　创意写作译丛
丛书主编　陈彦辉
书　　名　写作实验：创意写作的策略
　　　　　XIEZUO SHIYAN CHUANGYI XIEZUO DE CELÜE
著　　者　[澳]黑兹尔·史密斯
译　　者　陈彦辉　成　鸿
责任编辑　施　敏　　　　　　　编辑热线　025 - 83596027
照　　排　南京南琳图文制作有限公司
印　　刷　江苏苏中印刷有限公司
开　　本　787mm×960mm　1/16　印张 25　字数 330 千
版　　次　2024 年 5 月第 1 版　2024 年 5 月第 1 次印刷
ISBN 978 - 7 - 305 - 27525 - 8
定　　价　98.00 元

网址：http://www.njupco.com
官方微博：http://weibo.com/njupco
官方微信号：njupress
销售咨询热线：(025) 83594756

* 版权所有，侵权必究
* 凡购买南大版图书，如有印装质量问题，请与所购
　图书销售部门联系调换

总　序

中文系的师生们常会面临创作与学术的冲突：中文系究竟是培养作家的，还是训练学者的？在这个经典之问背后，其实潜伏着另一个问题：创作（或者说创意写作）能教吗？一种观点认为，创作关乎天才，没有哪个文学天才是大学教出来的。在此观点之下，许多大学虽然开设了写作课，但很少将主要精力投入创作型人才的培养中。创作固然关乎天才，但创作同样关乎写作技术。我们固然无法预测或培养天才，但至少我们能通过对写作技术的系统性讲解与训练，来为怀揣作家梦的年轻写作者排除峭壁小径，让他们不至于在文学创作的莽莽深林中暗自迷茫。我在北美及欧洲访学时，接触到了创意写作专业，并较为系统地考察了他们的办学模式。回国以后，我们于2012年在广东外语外贸大学开设了汉语言文学（创意写作）本科专业，这也是中国大陆地区第一个创意专业写作方向本科学位授予点。

　　经过十余年的探索，我们积累了经验，但也深感不足：作为一个年轻的学科，创意写作仍然缺乏系统的理论谱系。基于此，我们策划了"创意写作译丛"，选书范围涵盖创意写作总论及各文体分论，希望借它山之石，攻中国创意写作之玉。愿译丛能够帮助未来的作家打磨写作技巧，积累写作经验，将中国故事讲得更加精彩纷呈。

　　译事艰难，吾辈当勉力为之。

2022.10

陈彦辉

前　言

从 1991 年到 2001 年，我在新南威尔士大学的英文系为本科生和研究生教授创意写作，《写作实验》就是我的教学经验总结。我怀着钦佩和喜爱的心情将它献给我在此期间教过的数百名学生，他们经常创作出令人惊叹的好作品。

在新南威尔士大学任教期间，我为接受高等教育的学生开发了一种教学方法，这种方法包含三个目标：将写作过程理论化、侧重写作方法的实验性、以循序渐进的写作策略为基础的系统性。在这种写作方法的开发过程中，我根据学生和同事的反馈对自己的教学策略进行调整，我认为将这些教学成果整理成书很有价值，这样可以让更多人从中受益。我也意识到，虽然在过去的 20 年里，创意写作课程在美国、加拿大、澳大利亚和英国的大学里蓬勃发展，但是在这个领域中专为受高等教育的学生设计的书籍很少，而结合了实验性写作方法和系统性写作策略的书籍更是少见。

这本书包含了我身为一名作家的许多个人经验，还有我对创作过程中的写作技巧、实验性写作和分析方法的个人见解。这本书中的练习我几乎都做过，其中有很多练习对我的写作实践发挥了重要作用。写作和教学对我来说是互为促进的过程：我的写作在各个方面都影响着我的教学，而我的教学反过来又把我的写作带入了新领域。这本书还得益于我在多媒体和跨媒体写作中的经验。我之前是一名职业音乐家，曾经跟许多艺术家和音乐家合作，再加上我对电影、视觉艺术和音乐的热爱，这些都促使我不断地把写作扩展到纯文学之外，而且我会鼓励我的学生也这样做。

我要感谢之前在新南威尔士大学英文系的同事，他们中的许多人直接或间接地为本书作出了贡献。我要特别感谢安妮·布鲁斯特，我有幸与她在创意写作领域有过三年的紧密合作。她的激励、建议和博学让我获益良多，而且她在本书还是草稿时就提供了许多宝贵建议。我还要感谢苏珊娜·埃金斯，几年来，我和她一起给大一学生讲授"纪实写作和创意写作"这门课，她在专业写作上的精辟讲解鼓励我认真探索系统性方法对于创意写作的重要性。此外，我还要衷心感谢在堪培拉大学创意传媒学院的现任同事，他们让我能够在一个友好和睦、互相激励、充满创意的环境中完成这本书，其中要特别感谢莫林·贝特对本书文稿的仔细阅读和评论。

我要感谢我的出版商伊丽莎白·韦斯为我提供出色的建议并且对这个项目热烈的支持；我要感谢我的编辑凯伦·吉与艾伦和昂温团队提供的积极协助。我还要感谢劳拉·布朗和丽莎·麦卡锡帮助我联系以前的学生，感谢凯特·费根为林恩·赫吉宁的作品提供信息，感谢乔伊·华莱士的建议和鼓励，感谢罗杰·迪恩审阅手稿并提出许多建议。我还要向那些慷慨地允许我引用他们作品的作者和学生表示感谢，并感谢新南威尔士大学的学生会同意我复印那些刊登在《无糖》期刊上的学生作品。不过我最想感谢的是许多学生（包括在这里列出的和没有列出的），他们激励我，让我从不懈怠，还给我许多宝贵的反馈意见。在编撰这本书的过程中，我没能保留所有学生在这么多年中的大量精彩作品，而且我也没有足够的空间来展示我保存的许多文本，这给我留下了深深的遗憾。但是在那些讲座和辅导中，我与学生们一起体验创意写作的挑战和乐趣给我留下了最为愉悦的回忆。我非常感谢这段独特经历，我知道这正是本书的主要动力所在。

黑兹尔·史密斯
创意传媒学院
索尼克传媒研究小组
堪培拉大学

目　录

第二部分　高级策略

序　言

　　创意写作课程是大学教育不可或缺的组成部分,因为它们将知识性和创造性的探索紧密地联系到一起。《写作实验》专门为参加创意写作课程的大学生和他们的老师设计。本书的目标是为创意写作提供系统性的策略,将写作的过程理论化,并与学生在其他大学课程中接触到的文学和文化概念联系起来。本书的基本前提是:创意写作可以通过系统性和分析性的方法来进行,成功的作品不只源于才华或灵感。接下来的章节试图揭开写作过程的神秘面纱,并对关于写作的许多普遍假设提出疑问。

　　这本书的一个独特之处是把复杂的任务分解成易于掌握的步骤。本书将通过具体的案例和练习来引导写作者经历这些步骤,而这些步骤在一部已经完成的作品中通常是隐而不现的。因此,《写作实验》基于一种渐进的策略,有意识地揭示写作过程中较难把握或无意识的方面。

　　本书涉及各种写作类型,从诗歌到侦探小说都囊括其中。不过,其中的写作策略更倾向于探索性、创新性的方法。本书避开了对各种先入为主的写作典范和写作规条的技术性建议,而侧重于导向不同结局的开放性策略。通过这些开放性策略,写作者可以学会探索各种不同的创作模式,从而找到自己的方向。本书的中心思想是：我们可以开发出自己的写作方式，而且写作实验对于创意写作来说至关重要。虽然我建议读者试着使用书中提供的写作策略，但一旦他们读完本书，应该也能够制定出自己的策略。

作为实验重点的一部分，本书也将写作和其他媒介联系起来，将写作与语言、视觉和听觉联系在一起。当代的写作不仅仅是书面文本，而应该被重新定义为一个非常广泛的范畴，其中包括音像作品、表演性作品、多媒体及超媒体作品。这些类型的创意写作在本书中都有体现，也是本书积极鼓励的创作类型。

《写作实验》同时适用于初学者和高级写作者，对本科生和研究生也同样适用。前六章（第一部分）对初学者来说尤为重要，不过高级写作者也可能会发现许多写作策略对他们有所助益，或许多写作策略与他们经常使用的有所不同。接下来的六章（第二部分）以第一部分的内容为基础，内容更加深入，也更加理论化。书中用许多学生作品作为案例，从而表明这本书的依据不仅有写作理论，还有在大学环境中的教学实践。

虽然这本书主要面向受高等教育的学生，但也适用于普通读者。这些读者可以主要关注书中的练习，他们可以跳过一些比较理论化的概念，或者通过补充阅读来增进自己对这些写作理论的理解。

常见问题

写作的过程历来被高度神秘化。这种神秘感经常是由作者营造出来的，因为那些著书立说的作者并不愿意揭示他们是如何工作的，他们可能认为这样会泄露"商业机密"，所以他们通常不会清楚地说明自己的写作方法。很多作者可能也说不清自己的作品究竟是如何完成的,因为创作过程中的脑力活动可能很难记住或描述。除此之外,写作者对创作过程的神秘化在历史上可以说是一种意识形态的投资,因为保持神秘能够更好地吸引公众,让大家觉得他们是得到神启的天才。但是这种神秘化可能会给一些满腔热忱的写作者带来打击,如果他们认为自己似乎并不具备什么特殊天赋,或一时间无法拿出能够与同辈佳作相提并论的作品,那他们就可能会因此而灰心丧气。

事实上,写作并不是凭空产生的,其中必然有一个过程。关于写作的过程和作者的角色,作者在其写作生涯的每个阶段都要对自己提出一些问题。

这些问题通常包括:

1. 我是否必须具备某些特质才能成为一个作家?

2. 我在写作时是否必须遵循某些规则?

3. 如果我以亲身经历为基础,是否就能写出更好的作品?

4. 如果我没有什么好创意,或者根本就没有任何创意,那我还能开始写作吗?

这些问题都非常重要,而且在本书中占据着重要地位,所以我会逐一讨论这些问题。

1. 我是否必须具备某些特质才能成为一个作家?

人们普遍认为,作家拥有一种与生俱来的特殊才能,好的写作应该"自然发生",对于大多数写作者和局外人来说,写作过程中所需的才能大多是难以获得的。但是这种观点存在根本缺陷,因为才能部分源于对特定技能的学习,并意识到自己在写作过程中能够作出各种选择。写作者必须具备的主要特质是有毅力、有动力、有寻找适合自己的方法的意愿，还要有推动自己走出舒适区的精力和热衷于阅读的习惯。创作的失败经常是因为缺乏毅力或无法全情投入，而不是因为缺乏天赋才能。

因此写作过程中的自我意识至关重要。那些拥有这种自我意识的写作者能够更高效地完成作品或改变写作的方向。尝试运用多种不同技巧也非常重要，因为一个写作者运用某种技巧可能只是写出平庸之作，但他运用另外一种技巧可能写出优秀之作。

2. 我在写作时是否必须遵循某些规则？

创意写作并没有什么规则，一部优秀作品也没有什么蓝图。任何人都不可能通过什么公式来写出激动人心的作品，那些依赖公式的写作者只会制造出乏味的文章。不过，还是有一些写作策略和技巧可以学习的，这些策略和技巧与规则的不同之处在于，它们可以让写作获得活力，而不是罗列正确的方法。这些策略和技巧具备探索性和动态性，为我们展示了生成和组织材料的各种方法。

这本书提倡的是实验性的写作策略，而不是各种写作规则。概而言之，实验性的写作方法意味着保持开放的态度，探寻新颖、多样化的文本模式。因此实验性文本经常违反并超越我们熟悉的文学规范和惯例。进行实验性写作就要对文学采取一种颠覆和越界的立场，要打破惯常典范和语言常规。这种形式上的突破意义重大，因为它可以成为反思文化习俗的一种手段，比如动摇关于性别、身份、阶级或种族的概念。由于实验性的文本放松了语言和形式上的约束，因此可以拥有非常丰富的多义性，也就是说，这样的文本可以表达多种含义，并鼓励不同解读的发生。这种写作方法允许我们探索政治、心理和哲学思想，而不至于将它们降低到仅仅是教条、描述或宣传的水平。

与此同时，随着岁月的积淀，实验性的作品还可以发展出自己的准则和惯例，并成为"新的传统"的一部分，"新的传统"这个著名的术语最初由美国艺术评论家哈罗德·罗森伯格在 1965 年提出。一些实验性的诗歌和小说形式已经变成了广受认可的语言和文体形式，并被后来的作家有意识地加以采用。任何一种实验模式最初都是开拓创新，但随着时间的推移会变成某种常规，这一悖论也将在本书中进行讨论。

许多在过去广受认可的写作观念也被文学理论打破了。比如说，"文学确切无疑地反映现实"这一观念就被文学理论瓦解了。符号学起源于费迪南·索绪尔的语言学理论，这种学说认为，词语与它们所指的事物之间的关系是任意的而不是必然的。文字是代表物体、事件或思想的符号，但文字与其代表的东西之间并不存在必然联系。因此，语言既是对"真实"世界的指称，同时也建构、转化、呈现了这个世界。某些类型的文学文本（特别是那些属于现实主义流派的文本）可能非常生动和逼真，以至于我们忘记了这些文本是人为的语言建构，但这只是一种幻觉。实验性写作不会用"理所当然"的方式来使用语言，因此我们可以通过在实验性写作中的探索来打破这种幻觉。

本书提供的写作策略是实验性的，但根据这些策略写出来的作品可能属于任何一种类型。这鼓励你去发挥不拘一格的个人特色。本书并不鼓励读者去坚守对任何写作类型的唯一定义，而鼓励读者对所有定义兼容并包，并对所有可能性保持开放。

3. 如果我以亲身经历为基础，是否就能写出更好的作品？

很多人写作的动机是因为他们想要讲述自己的经历，很多作家也直接或间接地使用亲身经历作为素材。但是写作并不一定要以亲身经历为基础，而且很多写作并不涉及亲身经历。写作通常是建构某种东西，或者说创造一个虚构的故事。虽然可以将"真实生活"和"文本生活"联系起来，但这两者之间确实存在相当大的差距。即便将亲身经历融入写作之中，这种亲身经历也总会经过语言的修饰，而经过语言修饰和转化之后的亲身经历有时会变得面目全非。甚至还有一些观点认为：一个创作者的成功更多取决于通过语言探索思想和情感的能力，而不是依赖于个人的性格或经历。只以亲身经历作为写作蓝本确实存在局限性，因为这样会让我们被束缚在自己特定的世界之内。

很多读者和作者会自然而然地认为文本是作者个性的表达。但是，文艺批评理论倾向质疑文本是直接表达个人的观点。罗兰·巴特在《作者之死》（1977，《图像—音乐—文本》，第 142 - 148 页）中声称，文本取决于作者阅读了什么，而不是作者经历了什么，因为作者的主体性总会受到语言的分解和转化。这里的重点是互文性的概念：任何文本都是由其他文本组成的。语言总是带有之前的使用者、其他语境和话语的痕迹。从这个角度来说，语言从来不是完全属于个人的个性表达，而总是具有公共的、社会的和政治的因素。

另外一种盛行的观点认为，作者都有自己独特的声音和风格，而学习写作就是要找到那个声音，仿佛那个声音是预先存在的。事实上，一个作家不是拥有一种声音，而是拥有好几种，这些截然不同的声音可能在不同的时间出现在不同的文本之中，有时也可能出现在同一个文本之中。本书的目标之一就是帮助写作者通过尝试新方法来扩展其写作领域。进行这种类型的实验非常重要，因为只采用最熟悉的方式来写作很容易，不需要扩展任何技能或视野。但是如果不采用新方法，那么写作者通常只能发挥出自身创造力的一小部分。他们的作品很快就会到达一个局限点，超出这个点之外就很难有更进一步的发展。

4. 如果我没有什么好创意，或者根本就没有任何创意，那我还能开始写作吗？

拥有值得一写的好创意似乎是开始写作的唯一途径。许多想成为作家的人感到束手无策，因为他们认为自己没有任何好的创意。许多满怀壮志的作者从未写出他们梦想中的伟大作品，因为他们不知道应该如何开始。但这些问题其实不应该成为障碍。写作可以从一个创意开始，但另外一种同样有效的写作方式是在纸上跟词语玩游戏：只要将词语组织起来就可以表达思想。这种类型的技巧是本书的主要特色。这些技巧可以帮助写作者得到一些不同寻常的创意，而这些创意并不需要从一个更加直接的主题构思中诞生。

与此同时，关注当下的思想论争和社会问题，积极参与你周围的世界，也可以激发你的创造力。那些充满创造力的作品大多与心理、政治或哲学问题密切联系，这些作品在大多数情况下与这三者都有联系。阅读报纸、观看电视、浏览网页、和朋友交谈，还有通过文艺作品让自己熟悉文化理论和文化活动，这些都可以激发写作的创意。换句话说，积极参与你周围世界的方方面面，就会为你的创作带来许多灵感。

创意写作和教育环境

在高等教育中,创意写作曾被视为文学研究的"穷亲戚"。文学作品是主要的研究对象,而学生却很少有机会自己创作此类作品。即便只是对于文学研究来说,这也是一件遗憾的事,因为我们可以通过创作文学作品来增进对文学文本的认识。如果我们能够更多地了解写作者的工作方式、他们的选择以及他们对语言的运用,那我们对写作活动的理解也会更加深入。写作可以让我们变成一个更有洞察力的读者。

前面那些问题的答案是关于写作的一些关键点,其中包括作者的角色、作者使用语言的方式,还有真实生活与文本生活之间的相互联系。这些问题在文学理论中得到了深入的探讨,费迪南·索绪尔、罗兰·巴特、雅克·德里达、罗曼·雅各布森和朱莉娅·克里斯蒂娃的著作都涉及这些问题。本书将一些主要文学理论家的观点与创意写作的过程联系起来,并将理论应用于实践。通过文学分析和理论总结,创作实践与写作诗学联系在一起。本书还结合了一些文化理论家重点关注的意识形态和政治问题,这些文化理论家包括米歇尔·福柯、雅克·拉康和米歇尔·德·塞尔托,还有对 20 世纪和 21 世纪思想界都发挥了重要影响的马克思和弗洛伊德。这些理论家将帮助你探索文学中的心理学(通过精神分析理论)和政治学(通过文化理论)。《写作实验》与这些理论的联系有时是隐性的而非显性的。本书的目的不是介绍某些理论家的著作或对某些理论概念进行阐释,而是揭示如何将理论研究应用于写作过程,并帮助读者形成一套能够运用于自身创作的写作理论。

　　《写作实验》还将创意写作和高等教育中的文学研究结合起来。书中的案例不仅有英国、美国、澳大利亚、新西兰和加拿大的当代文学作品，还包括一些非英语国家的文学和原住民的文化。写作和阅读密不可分，你自己的创作会帮助你更好地理解你在其他课程上接触到的文学作品，而广泛的阅读对你的创作也会有所助益。除此之外，《写作实验》还结合了有关表演和多媒体的研究，因为这本书不仅注重纸上写作，还注重离开纸面的写作，其中有一章讲到写作方式在新技术的影响下正在发生改变。需要再次说明的是，因为这是一本关于写作的书，所以书中不会对文学运动或特定作家进行详细介绍，这些内容读者可以在其他地方找到。

　　概而言之，创造性思维是学术工作中非常重要的一部分，可以让分析性思维变得更加完善。书中的一些写作策略也可以用于学术研究，通过在写作和研究之间建立联系而产生更多新思想。无论是理论性写作还是创造性写作，分析性思维和创造性思维都存在紧密联系。

如何使用《写作实验》

　　这本书分为两个部分。第一部分**初级策略**由六章组成，探讨写作的基本方法和技巧。读者在这个部分可以获得最多的帮助，写作过程被分解为易于掌握和充满趣味的步骤。虽然这些只是初级策略，但还是可以用来创作复杂的文本，其中一些充满挑战性的练习对于比较成熟的写作者也同样有趣又有用。第二部分**高级策略**也由六章组成，探讨一些比较复杂的方法（或者说是对第一部分学到的不同策略的综合运用)。这部分还包括一些时代背景信息,特别是后现代主义和实验性艺术运动,很多练习都与之相关。这本书的内容是循序渐进的,一个概念有时在第一部分出现过,然后在第二部分中又会得到更详细、更深入的探讨。本书按照先后顺序来阅读和使用会更有帮助,因为每一章的内容都以之前章节介绍的策略和方法为基础。不过,一些读者也许想跳着看,他们可能会选择最感兴趣的内容或与其兴趣相关的章节来阅读,因此他们也可以根据自己的意愿去提前阅读第二部分介绍的写作策略。

在第一部分,第1章《和语言玩游戏,跟着目标奔跑》介绍的两个方法对本书来说非常重要。一是以语言为基础的策略,使用词语作为文本生成的一种形式;二是以目标为基础的策略,帮助写作者以某个题目、创意或主题为基础生成文本。第2章《文体是一场变动的盛宴》,强调文学类型的灵活性和可塑性,还有文学类型作为表现工具的重要性。这个章节在现实主义、超现实主义和讽刺文学之间转换,并展示了如何将散文转化为诗歌。第3章《结构的设计》,主要是关于结构的重要性,并从形式和内涵两方面来阐释结构原则的概念,还有一个章节介绍了如何将非文学形式的文本融入文学文本。第4章《循环利用的写作》运用互文性的概念,介绍了拼贴、发现文本和改写经典文本。第5章《叙事、叙事学和权力》关于叙事技巧和叙事理论的实验,这个过程揭示了叙事方式如何影响思想内容和叙事的重要性。第6章《对话》,探索了散文、表演文本和诗歌中的对话。其中包括现实主义对话和非现实主义对话,对话作为一种交流方式和权力斗争形式,以及多重对话的当代形式。同时还阐明了合作也是一种对话。

第二部分,第7章《后现代小说》集中讨论了后现代小说的各个方面。这个章节探讨了情节和人物的颠覆、历史的改写以及新世界的建构。第8章《后现代诗歌和先锋诗学》，这个章节分为两部分，第一个部分展示了后现代诗歌如何质疑传统诗歌的前提；第二个部分强调了语言创新在先锋诗歌中的重要性，并讨论了先锋诗歌的政治和诗学目标。这部分鼓励读者以颠覆语法、句法、词汇和结构的方式去与语言玩游戏。第9章《倒错、异装和虚构批评》探讨后现代主义对文学类型的再造和颠覆，包括概要小说、非连续性散文、混合文体写作和虚构批评写作。这部分还揭示出哲学颠覆给文化带来的影响。第10章《口语、表演和科技》主要集中于当代语境下的口语表演。这部分的内容包括基于语音和声音的诗歌策略，以及基本的即兴表演技巧。此外还介绍了跨媒体作品，这种作品将文本与图像和声音结合起来。第11章《新媒体之旅》探讨了写作与新技术。读者变成了网络写手，他们拥有了创作超文本、超媒体、动画和代码的可能性。第12章《描写中的世界，变动中的城市》引入后现代地理学的概念，认为地点是动态的、多元的、被社会建构的。这种理论将城市视为一个充满差异和矛盾的地方，其中还包括了行走的诗歌和时空的压缩。这本书的结尾是《持续进行的编辑》，对"编辑"是写作过程中一个必要的独立阶段提出疑问，并指出书中的许多方法都可以用来对作品进行批评和打磨。

　　练习作为本书的重点在每个章节的引言之后列出。这些练习的范围很广泛，而关于如何进行这些练习的详细建议将在这些练习出现的具体章节中给出。这些练习包含的任何理论性或技术性名词都将在各个章节中加以说明。在大多数情况下，读者会得到指引去走过创作过程中的许多阶段，而相应的案例包括已经出版的作品和学生的习作。第10章和第11章的案例涉及表演性作品和新媒体作品。

　　《写作实验》并没有试图囊括所有的写作形式或创作过程。对于在其他地方已经有详细介绍的写作策略，本书也没有过多赘述，读者在使用本书时可以参考其他关于写作的书籍，比如兰斯·奥尔森的《叛逆的呼喊》(1999)，约翰·辛格尔顿和玛丽·拉克赫斯特编撰的《创意写作手册》(1996)，还有布兰达·沃克编撰的《作者的读者》(2002)。不过，《写作实验》确实致力于传授一种有关写作的特殊思维方式，这种思维方式可以广泛地，甚至全面地加以应用。

参考文献

Barthes，R. 1977，*Image-Music-Text*，Fontana，London.

Olsen，L. 1999，*Rebel Yell: A Short Guide to Writing Fiction*，2nd edn，Cambrian Publications，San Jose，California.

Rosenberg，H. 1965，*The Tradition of the New*，McGraw-Hill，New York.

Singleton，J. and Luckhurst，M. （eds.） 1996，*The Creative Writing Handbook: Techniques for New Writers*，Macmillan，London.

Walker，B. （ed.），2002，*The Writer's Reader: A Guide to Writing Fiction and Poetry*，Halstead Press，Sydney.

第一部分

初级策略

第1章
和语言玩游戏，跟着目标奔跑

在序言中，我曾经说过，你不一定要有什么创意才能开始写作，你可以通过操纵词语来产生创意。所以这一章从一开始就鼓励你去和语言玩游戏，而不需要先想好什么创意或主题。当你和语言玩游戏时，你使用的是基于语言的策略。这些策略所依据的根本前提是一个词语会引出其他词语。从任何一个词语开始，它都会引导你找到更多词语，直到形成一段文本。这些方法鼓励你去探索词语的声音和意义并从中找到创意，而不是从一个已经构思好的创意出发去开始写作。如果你掌握了这种方法，那你永远都不用忍受文思枯竭的痛苦，因为词语会自动触发你的写作。

基于语言的策略源自文学理论中的一个重要观点：语言创造了世界，而不是世界创造了语言。现实并不是独立于语言之外和不受语言改变的"存在"。相反，我们使用语言的方式塑造了这个世界。和语言玩游戏可以让我们建构自己的世界，并对人们感知现实的一些惯常方式提出疑问。

说到基于语言的策略，我要将其与基于目标的策略区分开来。基于目标的策略帮助你跟着特定的题材、主题或创意"奔跑"，并在此基础上形成文本。在这一章的第二部分，我会用镜子作为目标，看看我们能跟着它跑多远。

基于语言的策略和基于目标的策略是两个最基本的写作方法。所有的写作都会运用到其中一个，而大部分的写作是两者的结合。在这里我们会对这两个方法进行分别探讨，看看这两个方法可以怎样成为你写作时的强大工具。

练习

1. 和语言玩游戏，并使用以下技巧写出三篇短文：
   a）连接词语
   b）操纵短语
   c）从一个词语库中选出一些词语连在一起。你可以添加诸如"这"或"的"之类的字词来把这些词语连成短语。尽可能让你连接而成的短语显得独特而动人
2. 使用以下的目标物写一篇短文：
   镜子、地图、机器。

和语言玩游戏

基于语言的策略鼓励你用非线性的思维模式去思考，并建立起一些无意识的联系。这种策略能够激发联想，而联想在创意写作中具有重要意义。这些练习做起来很有趣，虽然这是在跟语言玩游戏，但这么做也可以产生一些充满挑战和不同寻常的文本。

拥有一些基于语言的策略至关重要，所有的优秀作家都拥有这样的策略。基于语言的策略非常重要，如果你从语言开始，那你立刻就会专注于你用来表达自己的媒介之上。当你和词语玩游戏

时，新的思路很可能会自动开始出现。如果你从一个构思开始，那这个构思还需要转化为语言，而这是比较困难的部分，因为你也许拥有世界上最为巧妙的构思，但要找到合适的词语来表达这个构思或全面阐释这个构思的复杂性却并不容易。

基于语言的策略能够提高你对语言的敏感性，帮助你用更微妙、更有想象力和更打破常规的方式去运用语言。缺乏经验的写作者有时难免会落入俗套，写出诸如"他的心怦怦直跳"或"她的眼里满含泪水"之类的语句。而这些练习可以帮助你避免俗套。所以，即便你最后的写作风格与这些练习提倡的风格很不一样，你还是会发现这些技巧很有用。

基于语言的策略利用了能指和所指之间的关系。根据语言学家费迪南·索绪尔的说法，能指是词语的物质形式（也就是词语在视觉或听觉层面呈现出的形状或声音），而所指是概念和意义。在通常的对话中，我们的注意力集中在所指而非能指，但在写作中，尤其是诗歌创作中，如果你同样重视所指，那你就能提高自己的写作水平。【关于索绪尔的理论，更多的介绍和细节可以参阅：《结构主义和符号学》（霍克斯，1977）、《索绪尔》（卡勒，1976）、《批评的实践》（贝尔西，2002）和《理论工具箱》（尼伦和吉鲁，2003）。】

这些练习鼓励你多注意词语的声音。在这些练习中，声音被当作一个生成过程（让一个词语引发另一个词语的方式）。不过，练习的目的并不是鼓励你去创作传统的押韵诗歌。这种类型的写作现在看来似乎有点过时，因为它主要是在20世纪之前的诗歌中占据主导地位，尽管它现在仍然存在于说唱等流行文化之中。和语言玩游戏可以帮助你探索运用声音的其他方式。既然你对押韵诗歌可能已经相当熟悉，那么我建议你暂且完全避开这种文体，这样你就可以往其他方向去开拓你的视野、运用你的创造力。

连接词语

连接词语的练习(练习 1a)是一种常用策略,不过我设计的练习和其他的略有不同,它不仅注重语义还注重声音。这个练习有许多好处。首先,它让你对语言变得更敏感,让你意识到语言的可塑性,语言就变得像你手中的陶泥。其次,这个练习可以用来启发创意。写作者经常通过连接词语来引发对某个主题的思考,而且这是通过语言来发掘无意识联想的好办法。最后,在这个练习的过程中,经过一些谨慎和巧妙的处理,它可以产生一个实验性的文本,这个文本读起来可能会很有意思。这样的文本经常会因为其多义性而充满力量,因为文本中包含着许多不同含义,而且这些含义会同时朝多个方向涌现。在下面这个案例中,我把连接词语的练习分解为几个步骤。

让我们选择一个词语,然后看看我们通过连接可以从这个词语扩展出其他什么词语。我们的目的是在最后产生一大堆词语(半个页面或更多),其中包括各种不同的连接。我们可以在第 1 章的第 6 至第 10 个案例中看到这种写作,不过我们首先要把这个过程分解为一些基本策略。也许你会逐个尝试这些策略,你可以跟我使用同一个词语开始练习,也可以想一个属于你自己的词语。

首先,让我们看看当我们选择一个词语并将它与另外一些发音类似的词语联系在一起时会出现什么情况。这样做就是在跟能指玩游戏。为了清楚地展示其他词语是如何跟第一个词语联系在一起的,我每次都会重复第一个词语。

案例 1.1　通过发音联系在一起（跟能指玩游戏）

green ghost	truth token
green grate	truth ruthless
green grist	truth truck
green guard	truth rucksack
green grain	truth roof
green real	truth suit
green read	truth soup
green needle	truth ute
green scene	truth time
green knee	truth tool
green agreeable	truth tower
green aggravate	truth uterus green oversee
green industry	

在这里，我即兴创作了一对词语，其中第二个词语总是与第一个词语的发音有联系。我让第二个词语重复了第一个词语的头音、中音或尾音。第二个词语的意思原本跟第一个词语毫无关系，但是这两个词语的意思通过发音联系到了一起。借由这种方式，词语和词语之间就可以通过发音发生联系，而如果按照原本的语义，根本就不存在这种联系。正如你所见到的，其中一些组合呈现出不同寻常的形象，比如真理是一种象征或一碗汤。

现在让我们看看通过语义可以让词语发生什么样的联系：

案例 1.2　通过语义联系在一起（跟所指玩游戏）

green blue	truth falsehood

green sick   truth real

green grow   truth fiction

green inexperienced   truth language

这里我通过语义将第二个词语和第一个词语联系在一起，哪怕是"truth falsehood"（真实、虚假），也是通过相反的语义发生联系。你还可以注意到我如何发掘"green"（绿色）的语义，我们可以通过颜色或象征意义让这个词语和其他词语发生联系。

现在让我们看看另外两个策略——分解和接龙：

案例 1.3　分解

green falsehood   truth nest

green milk   truth lamp

green impulse   truth petal

green puddle   truth bird

在这个案例中，我运用分解的策略将两个词语放在一起，我写下的第二个词语看起来跟第一个词语并没有什么直接联系。但令人惊讶的是，当你把毫不相关的词语放在一起时，词语之间的联系突然就被创造出来了。在"a nest of truths"（真相的鸟巢）、"a bird of truth"（真相的小鸟）或"green impulse"（绿色的冲动）中看出一些特殊含义。

案例 1.4　接龙

greenpeace

peace talk

talkback

backdrop

在这一组词语中，我运用的策略是接龙。也就是说，前面一个词语的末尾就是后面一个词语的开头，通过这种方式组成新的词语。

在以上这些案例中，我通过发音和语义进行连接词语的游戏，有时侧重于发音，有时侧重于语义。在这些案例中，我还尝试将声音和语义进行分离，不过这两者通常还是存在某种联系。如果你说出"green grow"（绿色的生长），你是通过声音将这两个词语联系在一起，但是这两个词语随即也发生了某种语义上的联系。

在下一个案例中，我使用了一个多音节词语。这样的词语比单音节词语拥有更广阔的领域。我还采用了混合策略来产生第二个词语。你可以看看这里运用了什么策略：

案例 1.5 *混合策略*

energy synergy

energy generate

energy genesis

energy emphasis

energy gene

energy dynamism

energy exercise

energy electricity

energy aerobics

energy pen

energy light

现在让我们继续深入下去：不再局限于第一个词，而要用联系和分解的方法来不断产生新的词语。比如，如果我们从"truth"（真相）这个词语开始，那么我们不必每次都回到它，可以从这个词语出发制造出一大串其他的词语：

案例 1.6　从第一个词语延伸开去

truth ruthless mucus mindplay playback falsehood hoodwink wisecrack crackdown whitewash cycle circle syntax tax free freedom phantom furtive fistful fightback backdown

你可以看到我是如何使用联系、分解和接龙的策略来写下这些词语的。当你创造出这样一个文本时，你可以回头看看第一个词语，并以那个词语为基础进行连接。或者你可以用每个新词语作为继续连接的基础，也可以回到前面的某个词语。这些词语的效果之一是使之"真实"——我们倾向于认为是绝对的——成为一个存在争议的概念，因为它与虚假、蒙骗和粉饰之类的概念并列。通过这种方式从那个作为基础的词语延伸开去，这标志着一种成熟的词语连接。

现在你已经准备好了，可以结合这些策略去进行一次词语连接。不过，在你这样做之前，看看一些学生和已经出版过作品的作者提供的案例也许会对你有所帮助。下面这个连接词语的案例来自一个名为伊丽莎白·克劳福德的学生，这个案例非常有意义，因为它使用了各种不同的策略来保持语言的新鲜感，而且没有过度使用任何特定的策略。在这个案例中，作者扩展了这种技巧，她让一些词语组合成短语和人们熟悉的谚语，然后再次分解成词语的连接。这个案例之所以令人印象深刻，还因为和语言玩游戏让伊丽莎白能够在一系列迥然不同的想法之间穿行，这些想法又因其政治相关性（包括环境问题和酷儿政治）而联系在一起。因此她的文本以一种非常灵活的方式涉及当下的意识形态，也就是我们对社会的认知以及主流权力机构对这些认知的操纵：

案例 1. 7

greengage plum apple eve mother earth ground zero green to smithereens Granny Smith baby smith Adam Smith USA AID LDC rainforest green revolution foreign debt IMF greenbacks green fronts 1992greenpeace greenhouse green room All the world's a stage a part alone a mortgage green belt green lawn true blue lily white no yellowbellied reds blacks greenies blue for boys pink for girls girlies poofters faggots burn'em at the stake barby tinny junky HIV AIDS AZT reprieve hope faith love God good evil right left forsaken my god my god why? there is a green hill valley shadow of death life limb bobby telly soapy sudsy squeaky clean lean mean machine sewing reaping crop harvest paddock damn just give me a home among the gum trees with lots of plum trees

"连接词语"（克劳福德，1992）

下面这个案例是学生米歇尔·斯威尼的习作，连接词语形成了一段短文，但其中的感官印象和思想情感之间的联系比较松散，比起传统的叙事方式，这样的叙述有更大的信息量和更快的语义转换。请注意连接词语（没有通常的语法联系）所产生的语速印象如何模仿日常的思想运动和心思欲念。

案例 1.8

Travel air bus cab plane to see sight see eyes sore feet walk climb rock mountain view sunset night lights dance move around the world bag port of call yell your name out and about what why am I here? There you get souvenirs tacky shopping duty free ride hitchhike and die in truck full of baggage empty inside hotel bed sleep awake to coffee Paris romance fall in love again on a Greek isle church roam around Spanish steps inside your mind wandering where to go to nearest embassy rules out Tokyo sukiyaki eat not in Bombay weave through crowds in London lost in a pickle yummy cakes patisserie puff like a balloon hot air plane glide through my dreams

"连接词语"（斯威尼，1993）

值得注意的是，这种技巧（或其他密切相关的技巧）也可以在一些作家已经出版的作品中找到。下面这段摘录来自澳大利亚作家阿尼娅·华尔维茨，她出生在波兰，从她的作品中也可以看出一些欧洲特色。这个文本并不全都通过语义联系来推动，我们可以看到通过声音的联系生成词语也是这个文本的一个重要特色，比如"person parson ardent emperor wilhelm potsdam jesa jesus"（人、牧师、热切、皇帝、威廉、波茨坦、耶萨、耶稣）这串词语。我们还可以看到这种连接词语的方式让这个文本保持开放性，也就是说这段话的含义并非自我封闭。这篇散文诗不断自我延伸，其中融合了童年记忆和奇妙梦幻、童话理想和似乎更成人化的情欲：

案例 1.9

  tips waves up big dipper fires wings lift me up roll out entry for prince of shiny press into me furbelows bows on tip toes cartwheels in lovely head lamp glower put on her dots dot in dot dotter dot dottie lain in finer blades naps cherubs i'm all wreathed in tulle tulle skirts fly up thighs tight wrap in tunnel of love need a belt please a chord bang in big peaks up top plaits comes along so fast to me on my lay press with holds but not against me at all let flow engaged embraced in carriage of gold to weddings of mine in ornate halls i'm bride bridely a merry mary she shouts in van makes me happy prince aloise la belle cadix i'm on my way to become somebody else relay to longest i'm fiancée of person parson ardent emperor wilhelm potsdam jesa jesus in yearn honeymoons caress one doesn't know who one has touch glory goddess of shining gold i can change places with any move through all orchid pearls arias top speed epic lushy lush ermines bares my breasts swell forth in my stream of pours from her in heady welcomen adored faithful prays and pardons my empress of roses mayerling pulses gives me so much to walk on flames at top powers.

摘录自《美妙》(华尔维茨，1989，第 249 页)

在下面这个案例中，连接词语的运用大为减少，只是许多元素中的一个。不过有意思的是，在案例 1.10 中，我们可以看到英国著名实验小说家克里斯汀·布鲁克-罗斯是如何将连接词语融入她独特的散文风格的。文本中穿插着比较正式的句子结构，营造出一幅引人深思的画面，一位学者正在思考她可能会因为自己的专业知识被认为是多余的而失去工作：

案例 1.10

I shall soon be quite redundant at last despite of all, as redundant as you after queue and as totally predictable, information-content zero.

The programme-cuts will one by one proceed apace, which will entail laying off paying off with luck all the teachers of dead languages like literature philosophy history, for who will want to know about ancient passions divine royal middle class or working in words and phrases and structures that will continue to spark out inside the techne that will soon be silenced by the high technology?

尽管如此，我很快就会变得非常多余，就像排在队伍后面的你一样多余，完全可以预测，信息量为零。

项目削减将会一个接一个地快速进行，所有教授文学、哲学、历史等已消亡语言的教师，他们是失去工作还是拿到工资全靠运气，有谁想去了解那些古老的激情、神圣的王室中产阶级，或研究那些在技艺打磨下闪闪发光的词语、短语和结构？高科技很快就会扼杀这些东西。

摘录自《阿伽门农》(布鲁克-罗斯，1994，第 5 页)

操纵短语

正如我们可以从一个词语开始去构建一段文字一样，我们也可以从一个短语开始去生成一篇文章。在练习 1b 中，你要通过操纵短语去生成一段文字。要做到这一点，你必须以一个短语为起点，然后从中产生许多其他短语。一开始的那个短语中可以有一个动词，但也可能没有。重要的是它要简短，只有几个词。

一个短语比一个词语拥有更多的生成和转化能力。我们可以改变词序，用一个词语替换另外一个词语，也可以减少或增加词语。让我们逐一看看这些不同的策略。

位　移

在短语或短句中，词语之间的位置移动了，这种位移经常会让意思发生巨大的改变。比如：

案例 1. 11

　　作者的死亡

　　死亡的作者

或：

案例 1. 12

　　转换的风景

　　风景的转换

在澳大利亚诗人迈伦·利森科的诗歌中,你可以看到这种技巧是多么有效。特别是最后一个诗节的变化:

案例 1.13

他们站着

在那棵大树下

慢慢说话

在那棵树下

他们站着

慢慢说话

那棵大树

慢慢站着

他们在树下说话

那棵大树在说话

他们慢慢地

听明白了

《在那棵树下》(利森科,1998,第 27 页)

替　换

改变短语的另一个方法是用一个词语替换另外一个词语。在下面这个例子中,"死亡""作者"这两个词语被其他词语替换:

案例 1.14

作者的死亡

秋天的死亡

女儿的死亡

这个世纪的死亡

作者的消灭

作者的轨迹

死亡的授权

管弦乐队的死亡

大多数作家都将替换作为提高词语表现力的方法之一。不过我在这里不只是试图给词语寻找同义词，而是改变整个短语的意思，让语言自行其是。进行这种练习时，重点是不要固守一个预定的意思，而是要让词语自身去提供新方向。同时也不要期待短语之间能够互相衔接，或表达出什么明确的意思。这个练习的理念是沉浸在过程之中，而不是马上就要得到一个结果。

增加和减少

可以通过增加或减少短语中的词语，让这个短语发生新的转变：

案例 1. 15

扭转作者的死亡

死亡在作者的手中

在下一个例子中，作者运用了混合策略来拓展"沉默是一盏探照灯"这个充满诗意的短语。"探照灯"这个词语在语言游戏中被拆分：

案例 1.16　混合策略

　　沉默是一盏探照灯

　　灯光向外探寻沉默

　　对沉默的探寻照亮了白昼

　　黎明照亮了我们的秘密

　　明亮的光线逆转了时间

　　沉默在枯萎

　　沉默在燃烧

　　沉默是指示剂

　　沉默挖出它自己的眼睛

　　沉默是一座海岛

　　谎言是一座海岛

　　谎言是一个谜团

　　谎言伪造出一张执照

一旦你生成了自己的短语,只要愿意,你就可以将它们按照有说服力的顺序排列。你可以将文本排列为诗歌或散文。让我们再看看两个学生的习作,看看他们如何操纵短语。第一个案例来自米歇尔·斯威尼:

案例 1.17

　　旅行令人兴奋

　　令人兴奋是旅行

　　有没有令人兴奋的旅行?

　　旅行是挠痒

　　旅行是买票

旅行是长途跋涉

兴奋是过高估计

兴奋是一个词语

去旅行是不善良

去旅行是邪恶的

去旅行是一颗桉树坚果

去旅行是一个谎言

去旅行是思维偏狭

旅行者是发网

闪亮是崭新

钻石恒久远

"操纵短语"(斯威尼,1993a)

请注意,在第一节中,米歇尔·斯威尼是如何通过短语的排列组合以及替换进行创作的。她在第一节的末尾回到了"兴奋",但是抛开了"旅行"。另外请注意,随着诗歌的进展,语气如何变得更加强烈。这首诗发生了几次新的转折,最后以一句俗语"钻石恒久远"作为结尾,这看起来与一开始的"旅行"似乎没有什么关系。但是,最后两句其实还是能够与整个作品联系起来的,因为这两句提出一个问题:旅行的兴奋能否带来永恒的价值,或者它只是激发了对新鲜事物的需求。

下面这个作品是由另外一名学生——加拿大的加布里埃尔·普兰德加斯特创作的,她现在是一名专业的电影编剧。在这个案例中,她运用操纵短语的策略,对时间进行了一番充满诗意的沉思。第二节通过替换、增加和减少词语对第一节进行转换。有时,就像最后一行那样,排列组合是通过简单地移动句号的位置来实现的，这改变了词语的分组方式，进而改变了整句话的意思：

案例 1.18

时间

向后弯曲。时钟爆裂。卷曲的弹簧变成翅膀。飞向其他情人和其他人生。元素在燃烧、浸泡、埋葬，让那条道路变得凄凉。悲伤的兄弟，时间没有给出线索，只给出阴影。胶片匆匆而过，自然在小巷神庙中受洗。发抖的手指和颤抖的肉体。懦夫！真相是如此坚固和尖锐。举起我时间。敌人不肯让步。

我

向后弯曲。脊椎爆裂。卷曲的弹簧变成白色翅膀，飞向其他人生和其他情人。想象在燃烧、浸泡、埋葬，让我的道路变得凄凉。悲伤的姐妹，我找不到线索，只找到阴影。胶片匆匆而过。自然在小巷神庙中的洗礼。发抖的手指触碰颤抖的肉体。勇气是如此尖锐、坚固和真实。举起我。时间敌人不肯让步。

《白色圣诞夜》（普兰德加斯特，1991）

理查德·詹姆斯·艾伦是一位诗人，他常年在澳大利亚和美国生活与工作。他的散文诗《自由梦幻的访谈》（下面的例子就是一部分摘录），似乎也是通过操纵短语的方式写成的。每个短语都营造了一幅引人注目的画面，一个引人入胜的小世界。不过，所有短语也相互联系，形成了有关历史、语言、社会和身份的一幅全景画，这在一首专注于尖锐但焦点更狭窄的诗中很难实现。请注意这个案例中的短语如何以强劲的力量不断扩展，作者运用的策略是替换一些词语、保留另外一些词语。同时请注意声音的运用，虽然这一点并不是那么突出，但也是一个重要因素："议案"引发了"异常"，"清理机构"引发了"阴谋"。这在短语之间创造了连贯性，使它们看起来不那么分散：

案例 1. 19

　　一个看起来任意的开始，一个看起来任意的结束。一个希望的提案。一个悲剧的议案。一连串异常的国家像镜子一样任由我们在其中穿行。一场信息混杂的狂欢。一个情绪的清理机构。一个长了腿的阴谋。一个运用情绪的课程。一个装满书的家庭。一面挥舞在散文中的旗子。一个历史的光环。一个词语的光环。一段想象的历史。一段下水道的历史。一段雷鸣的历史。一个嘴巴里的饭店。一个关于不幸的神奇连接。一片由许多碎片组成的数学土地。一个关于梯子的记忆。一个在路上的桃子。一次有关命名能力的长期脱节。一段修改过的天堂的历史。一个包含自身的理论。一段穿越镜头的行走。一首纯洁心灵的交响乐。一本真正孤独的书。一个字母楼梯。一个图像的百科全书。一个不加修饰和不吉利的作品。一个令人不适的多彩世界。另一个想象的概念。另一次正在谈判的刑罚。另一天在我们这个美丽的世界。我们正在共享同一个世纪吗？在角色的结尾，什么东西开始了？马恩河上的战斗，一场玩具士兵的游戏，他童年中的丑陋再次出现，令人不满的时间中的小斑点，口袋中的空虚，一道需要填补的鸿沟，度日如年的时间，他在寻找一个任务，是的，一项事业，让自己成就一番事业。伯利恒的相关事件。留意天使的降临。奇怪的小先知。铸造记忆。发射语言。儿童因为嫉妒而对着书本吐口水,因为他们的民族英雄没有出现在书本上。爬出平庸的峡谷。争夺上帝的思想。争夺过去的房子。在天堂的版权。讨好堕落天使。在未来跳舞。死亡或一首弦乐四重奏。梦想有财产吗?吉米有局限吗?吉米认为深夜看电视可以避免死亡吗?梦见一百个白衣将军拉着一条巨大的黑腿。梦想着睡觉是一份工作。梦里有很多奇怪的角色。每本书只有开头那些话值得一说。越接近世界,模糊度越高。擦去所有的区别标志。

摘录自《自由梦幻的访谈》(艾伦,1993,第 29 页)

下面这个案例来自英国诗人弗朗西斯·普雷斯利和伊丽莎白·詹姆斯共同创作的《不是这个也不是那个》,这个作品同样采用了操纵短语的策略,其中采用了我们之前讨论过的多种策略,使用第一个句子作为基础,但又不受这个句子的限制。这种技巧让诗人可以采用一些发音相似的词语(比如往日、牧歌、困惑、萝卜等),去表达对历史、语言、宗教和环境的思考。这些词语累积起来,对牧歌传统在文学中至高无上的地位是一种有力的质疑(尽管并非通过线性思维或逻辑辩论):

案例 1. 20

我们需要小心地靠近牧歌,并记住它不是一个触手可及的乌托邦。

(剪辑)

我们需要

我们需要靠近

我们需要靠近往日

靠近过去我们需要我们需要

靠近牧歌

我们需要坐在一辆车里靠近牧歌

噢，小心地靠近牧歌

我们在阅读中靠近牧人

在车中走向困惑

到野地里把野草齐根切断

就为了找到一棵欧洲萝卜

要记住那不是

记住那不是一个修道院

记住那是一个谎言

牧歌

摘录自《不是这个也不是那个》(普雷斯利和詹姆斯，1999)

词语库

　　在练习 1c 中，你需要建立一个词语库，然后用新奇动人的方式将这些词语组合起来。词语库中的词语不一定要存在某种联系，事实上，如果这些词语不存在任何意义上的联系，那么这个练习的效果可能会更好。选择一些色彩鲜艳或强烈的动词、名词和形容词。首先创建一个包含 15～20 个词的词语库：

案例 1. 21　词语库

时间

时钟　粪便

脚步　呕吐　自行车

词语　坐立不安

鲜血　漂移

嘴巴　损失　蹲下

感觉　嚎叫　梯子

当你建成词语库之后,请将这些词语组合成引人注目、新奇动人的短语。我这样说的意思是,你可以创造出比如"时间蹲下"或"感觉嚎叫"之类的短语,这些短语都具有某种隐喻效果。你可以使用"的"或"是"来将词语库中的词语组合成短语,或者用"像"来生成比喻。在名词后面加上一个动词通常能够取得很好的效果,不过还有许多其他的选择:

案例 1. 22　从词语库中挑选词语进行组合

时间蹲下

感觉嚎叫

感觉呕吐

鲜血词语

时钟的漂移

词语坐立不安

时间的粪便

当你进行这些基于语言的练习时,你可能会发现一首诗或一篇散文正在涌现,这让你偏离了原来的练习轨道。无论如何,请你顺着这个过程自然展开,因为这个过程可能会引导你创作出一篇真正的文章。但是,在另外一些练习中,请你也尽量严格遵守练习的程序,这样可以帮助你熟练掌握这种技巧。

你还可以将两种练习结合起来,比如连接词语和操纵短语。你一开始可以单独进行某种练习,然后再按照你的意愿将不同的练习结合在一起。

跟着目标奔跑

到目前为止,我们探索的都是基于语言的策略,但有时候你可能想从一个具体的创意开始写作,或者以某个创意作为你作品的根基。这就是我所说的基于目标的策略(见练习 2)。这里的目标是指文本描述的物体或事件。创意文本的目标可以是一件物体、一个事件或一种情绪。如果你用一首诗来描述自己不幸的恋情,那你就是将那桩恋情作为目标。不同类型的目标包括:

- 物体
- 事件
- 思想
- 情感
- 政治问题

你可以从这些例子看出任何事物都可以成为目标,即便是最普通的物体。一旦你认识到这一点,你就会感到非常自由,因为这意味着无论多么普通的事物都可以成为你写作的基础。然后你就可以跟着目标"奔跑",也就是说让这个目标提供各种不同方向,你会采用其中一些方向而舍弃另外一些方向。

让我们逐一思考上述列出的各种目标，尽管这些种类在实践中会有重叠（各种目标经常会混在一起，就像把不同颜色的衣服放在一起洗涤）。在作为目标的事物中：一个物体，可以是一棵树或一本书；一个事件，可以是一次争吵或一次午餐会；一个思想，可以是时间的本质或真理的地位；一种情感，可以是愤怒或喜悦；一个政治问题，可以是环境污染或难民待遇。当然，你还可以使用几种不同的目标来作为一首诗或一部小说的基础。事实上，文学理论的一种重要观点是，任何文本在本质上都是政治性的，因为任何文本都是基于某种意识形态立场而写的。换句话说，所有文本都因为其意识形态属性而具有一个政治目标，尽管看起来并不是那么明显。

练习2要求你以一面镜子、一张地图或一架机器（这些目标都是物体）为基础写一个创意文本。你的创意文本可以是一首诗、一段描述或一段速写，总之是你认为最能表达自己思想的形式。这个练习是为了向你展示几乎任何目标物都可以作为创作的源泉。当然，当你跟着目标奔跑时，你还需要写作技巧来打造你的文本。正如我之前说过的，大部分写作结合了以语言为基础的策略和以目标为基础的策略。如果你和语言玩游戏，那就会生成一些可以供你考虑的创意；如果你从一个创意开始，那就需要用语言来展现这个创意。所以你会发现自己在两种策略之间转移。比如说，你可能想出了一个创意，在一张纸上写下来，然后你可能会在另外一张纸上和语言玩游戏，最后再把这两者结合起来。

作为媒介的镜子

镜子是强有力的参照物，因为它具有很多象征性、文化性和哲学性的共鸣。我们看着镜子，就可以看到自己的倒影，但这副模样并不总是我们期待或想要的。我们自己的形象和我们在镜中的形象存在一种错位：这两个形象永远都不会完全相同。这产生出一种"分裂的自我"，其中的含义在第 8 章中会有更加详细的说明。镜子还投射出社会对我们（特别是对女人）的形象的期待，我们永远都不可能完全符合这种期待。镜子的含义还有更广阔的影响力，比如我们看待历史的方式，因为不同时代经常会互相映照（尽管这面镜子也可能是一个扭曲的透镜）。镜子也一直被幻象和现实之间的关系所困扰，因为镜像既是对真实的反映也是对真实的截取。因此镜子有很多不同的含义，任何文本都可能同时涉及其中几种含义。

关于镜子的一些可能含义，你想要了解的可能包括：

- 作为身份的一种隐喻
- 图像在镜子中的反转
- 身体形象
- 照镜子是一种自省的方式
- 一面哈哈镜
- 一个有很多镜子的房间
- 记忆就像一系列的镜子
- 历史就像一系列的镜子
- 性别化的镜子

- 通过联系来展开工作。与镜子存在联系的概念，比如阴影、回声、反射、双胞胎和相似性（你可以从镜子的含义出发，想出许多与之存在联系的概念）

当你跟着目标"奔跑"时，你可以把自己能够想出来的所有概念列成一个清单，或者把那些出现在你脑海里但还无法组合成一个创意文本的短语简单记下。你可以在一个大框架内产生许多概念，以下是一些相应的方法：

- 将镜子作为事件的一部分
- 描述照镜子的感受
- 将镜子作为一个隐喻

这样就可以利用这个目标来探索心理上或政治上的内涵。通过镜子，我们可以探索身份的流动性和不稳定性；通过地图，我们可以探索移民的复杂性；通过机器，我们可以探索当下社会的机械化问题。将地图和镜子作为目标还有一些特别的好处，那就是这两者本身都能带出一些隐喻。比如镜子就可以成为主观性的隐喻。

让我们看看将镜子作为参照物的一些案例，首先是莱尔·麦克马斯特的诗歌《镜子》：

案例 1.23

我看向镜子中自己的人生，
然后看到了我的母亲。
她也在盯着我，
眼神很严厉。
她说，"我非常失望"。

然后她说，

"你很幸运"。

我转开目光。
但透过余光看到
紧绷的下巴和紧闭的双唇,
充满伤痛的感觉。

"我很难过,"她说,
"你不抛开深深的怨恨",
"就难以生存"。

《镜子》(麦克马斯特,1994,第 121 页)

在这首比较传统但充满力量的诗中,镜子成为我们思考自己身份和家族遗传的一种工具。叙事者照镜子是为了在镜子中看到自己和自己的人生,但她只看到她母亲的强大存在,还有她跟母亲的相似之处,而且她并不喜欢这些相似之处。这首诗利用镜子的意象来表达母亲和女儿之间的权力斗争,并对传统观念认为这是一种亲密和谐的关系提出疑问。但镜子还象征着我们继承的重负和我们可能达到的高度之间的冲突。

镜子的意象经常在小说中出现。下面这个案例来自美国作家卡森·麦卡勒斯的《心是孤独的猎手》,镜子象征着记忆的矛盾性,还有比夫对自己身份的重新评估,当时他的妻子刚刚死去,这结束了他们平淡乏味却安稳可靠的婚姻:

案例 1.24

比夫打开瓶盖。他在镜子前面裸着上身,然后在他那长满黑毛的腋窝轻轻抹了一点香水。那股香味让他的身体僵住了。他和镜子里的自己交换了一个神秘莫测的眼神，一动不动地站在那儿。香水引发的记忆让他呆住了，这不是因为这些记忆有多么清晰，而是因为这些记忆将那段漫长岁月完整地凝聚在一起。比夫摸摸鼻子，斜睨着自己。死亡的边界。他时时刻刻都能感觉到自己和她生活在一起。现在他们在一起的生活是完整的，因为只有过去才是完整的。比夫突然转身走开了。

摘录自《心是孤独的猎手》（麦卡勒斯，1981，第198页）

在这里，镜子和其他象征性元素（比如香水的气味）一起融合在叙事之中。这段话之前的句子是"他很少想起她"，之后的一个段落告诉我们比夫是如何"受够了"之前那个"俗气、凌乱、邋遢"的卧室，然后把这个卧室变得更加整洁明亮、漂亮时髦，让房间显得"奢华而大方"。我们被告知"在这个房间中没有什么东西能让他想起她"，尽管与此同时爱丽丝的香水瓶引发了许多关于过去的回忆，其中有一些是比较正面的，比如他们结婚之前的那段时间。照镜子象征着回忆过去与迈向未来之间的平衡。

美国作家唐·德里罗的小说《身体艺术家》探讨了死亡和自我之间的关系。在下面这段文字中，镜子的意象是回忆和再现已故者的一种方式。这段文字还暗示着镜子也有自己的生命，不同的镜子以其特有的方式展示着同样的现实：

案例 1.25

当她记不起他的模样时，她就会望向一面镜子，然后他就在那儿。不是真真切切，只是隐隐约约，若有若无，但还是以某种形式存在，主要是思维的形式。一些镜子比另外一些镜子展现出更多信息，不仅仅是可怜分分的再现。这取决于具体的时间、光线的明暗、玻璃的质量、使用镜子的方式、镜子是向右转还是向左转、镜子是在这个房间还是在那个房间，因为每一面镜子里的每一个影像都是虚构的，哪怕你期待在镜子中看到的是自己。

摘录自《身体艺术家》(德里罗，2001，第 112 - 113 页)

在英国小说家朱利安·巴恩斯的小说《爱，以及其他》中，奥利弗正在思索一次与他妻子吉莉安有关的意外。他用自己热情而夸张的声音去思考，如果我们都有一面后视镜来记录过去的事件和那些事件的影响，那将会发挥多大的作用：

案例 1.26

就这样，我开车驶出你的视线，经过一个闪闪发光的钢铁酿酒罐，罐中装满了密内瓦葡萄压碎后的血红汁水。与此同时，吉莉安在我的后视镜中迅速消逝。"rear-view mirror"（后视镜），一个笨拙的词语，你不觉得这个词既冗长又累赘吗？不妨跟简洁明快的法语单词"rétroviseur"（后视镜）比较一下。往回看，我们多么希望拥有这样的能力，不是吗？但是我们的生命中没有这么一面有用的小镜子，可以用来观察我们走过的道路。我们在 A61 公路上一路向北开往图卢兹，只顾着望向前方，只顾着望向前方。那些遗忘历史的人终将重蹈覆辙。后视镜不仅对交通安全很重要，对于种族存续也至关重要。噢，亲爱的，我觉得一句广告词就这么诞生了。

摘录自《爱，以及其他》(巴恩斯，2001，第 18 - 19 页)

在我自己的散文诗《镜子》中,镜子的隐喻在不断变换:

案例 1.27

镜子有点歪斜地挂在墙上,又薄又长像一张面具。这面镜子有时似乎融入了墙壁,有时又似乎凸显出来。某一天你直直地看着它。另一天你又坐在能够避开它的地方。

有时候你会把镜子从墙上拿下来,然后像背着十字架一样背着它,镜子的重量压得你弯腰驼背。有时候镜子似乎要融化了,然后你用手蘸着它抹在自己身上。这是最糟糕的情况。

镜子中有一个男人,他试着想要说话,但是不能发出声音。只有一张嘴巴在开合,还有一双手在疯狂地比画。

有一次,你用布盖住玻璃,就好像它有点见不得人。你经常摸着镜子的边缘想要把它掰弯一点。你试着教你的朋友变戏法,让他学会从帽子里变出兔子。或者你会跟她玩爱情游戏,用你的手在她脖子后面抚摸。

有时候镜子是由一层又一层的东西组成的,这一层层是你可以撕开的,就像把标签从黏糊糊的背面撕开。有时候你用鲜血、牙膏或粉笔在上面涂抹文字。你渴望穿过镜子,但你不敢冒险。

当你移动磁铁时,你的自我感觉很好,因为如果没有你它就无法移动。这块磁铁可以屏蔽陌生人的思想,或梦境的画面。

你曾经在锋利的镜子边缘划破手指。

有时候你把镜子转向墙壁,或者你盯着镜子却看不到任何东西,或者你将自己的面孔误认为是新的镜像。

《镜子》(史密斯,2000,第 11 页)

关于我们是什么和我们期待自己是什么之间的张力,身份(和性别)的不确定性,还有真实和幻觉的融合,镜子都可以是我们进行探索的方式之一。镜子是一个流动的形象,在诗中以不同的伪装出现,比如"玻璃""磁铁"和"十字架"。

澳大利亚作家理查德·伦恩的《镜子》是一个具有实验性的短篇故事,讲述了一个有钱的贵妇发生婚外情的故事。这篇文章分成好几个部分,作者将现实场景和极具象征性的镜子迷宫融合在一起,那个女人和她的情人被困在镜子迷宫之中,但他们同时也发现这个镜子迷宫能够让他们的情欲变得更加强烈。在这对男女试图走出迷宫的过程中,那个男人"死掉了",留下那个女人独自挣扎。这时文本用相当有力的语言描述了那个女人和镜子的斗争,她努力控制那些试图复制、分裂和覆盖她的镜像。

案例 1. 28

一股缓慢而冰冷的愤怒控制了她,将她像一颗石头那样从那个玻璃走廊中抛出去。一面镜子在她的拳头四周裂开破碎。然后是一面又一面镜子。但是饥饿和疲惫也像拳头一样,伴随着她的行动,在她内心敲打,直到她仿佛许多破碎镜像中的一片摔倒在地。在昏迷中,她的记忆碎片和各种幻觉融为一体,就像许多镜像纷纷碎裂和现实融为一体。当她醒来时,她已经想不起过去的事情,没有思想也没有情感,只有那种将她从玻璃走廊中抛出去的愤怒。她失去了记忆,也忘记了恐惧和悔恨,只顾着在闪闪发光的玻璃房间中奔跑。她的镜像在身边奔跑,她举起血淋淋的手臂,把自己摔成哐啷作响的碎片。她躺在地上,置身于一大片参差破碎的镜像之中,然后她又迎着一大堆自我镜像冲向那个玻璃隧道。有时候,她觉得自己没有肉体，只是一个移动的意识体，既没有任何身体又有许多个身体，既不存在于任何地方又存在于任何地方，这个意识体正在与一大群自己奋勇作战。她的身上血迹斑斑。她举起拳头砸碎一面镜子。这面镜子在一片哐啷声中变成碎片，露出一个面朝下躺在地板上的男人。

摘录自《镜子》（伦恩，1986，第9页）

所有这些文本都是在尝试用各种不同的方式表达镜子的力量。现在你也可以开始尝试！

总　结

和语言玩游戏和跟着目标奔跑是写作的基本策略，对写作的新手和老手同样适用。虽然这些只是初级策略，但随着你的写作技能的发展，这些策略会为你的写作打下基础，你可以在这个基础之上再增添其他许多技能。你可以运用它们来扩展已经完成的文本，或者只是用来开始写作。一段时间之后，这些策略就能以不同程度的复杂性融入你的写作中，比如你在一个文本之中可以同时跟着几个目标奔跑，而且以语言为基础的策略和以目标为基础的策略并不互相排斥，这两种策略经常可以同时使用。这本书建立在这些初级策略的基础之上，这些策略会在整本书中逐步展开，但有时某些策略会在后文中再次出现。比如，在第8章会有许多和语言玩游戏的练习，在第12章会更加深入地帮助你把"城市"作为一个特定目标。

参考文献

Allen，R. 1993，'Interviews for the Freedom of Dreams'，*Hope For a Man Named Jimmie & Grand Illusion Joe*，Five Islands Press，Wollongong，pp. 27 – 34.

Barnes，J. 2001，*Love，etc*，Picador，London. First published in 2000 by Jonathan Cape.

Belsey，C. 2002，*Critical Practice*，2nd edn，Routledge，London. First published in 1980 by Methuen.

Brooke-Rose，C. 1994，*Amalgamemnon*，Dalkey Archive Press，Normal，Illinois. Originally published in 1984 by Carcanet Press，Great Britain.

Crawford，E. 1992，'word association'，unpublished.

Culler，J. 1976，*Saussure*，Fontana Press，London.

DeLillo，D. 2001，*The Body Artist*，Picador，London.

Hawkes，T. 1977，*Structuralism and Semiotics*，Methuen，London.

Lunn，R. 1986，'Mirrors'，*Transgressions: Australian Writing Now*，（ed.）D. Ander-son，Penguin Australia，Ringwood，Victoria，pp. 3 – 11.

Lysenko，M. 1998，'Under The Tree'，*Winning and Losing*，Hit & Miss Publishers，Brunswick，Victoria.

McCullers，C. 1981，*The Heart is a Lonely Hunter*，Penguin，Harmondsworth，Middlesex. First published in 1943 by The Cresset Press.

McMaster，R. 1994，'The Mirror'，*Flying the Coop: New and Selected Poems 1972—1994*，Heinemann，Sydney.

Nealon，J. T. and Giroux，S. S. 2003，*The Theory Toolbox: Critical Concepts for the Humanities，Arts，and Social Sciences*，Rowman & Littlefield Publishers，Inc. ，Lanham，Maryland.

Prendergast, G. 1991, 'White Christmas Eve', unpublished.

Presley, F. and James, E. 1999, *Neither the One nor the Other*, Form Books, London.

Smith, H. 2000, 'Mirror', *Keys Round Her Tongue: Short Prose*, *Poems and Peformance Texts*, Soma Publications, Sydney.

Sweeney, M. 1993a, 'phrase manipulation', unpublished.

—— 1993b, 'word association', unpublished.

Walwicz, A. 1989, 'wonderful', *Boat*, Angus & Robertson, Sydney, pp. 249 – 52.

第 2 章
文体是一场变动的盛宴

  在本章中，我们将运用写作诗歌和散文的基本技巧来进行文体的实验。"文体"（Genre）是一个源自法语的术语，指作品的类型、样式或流派。人们用文体这个术语来区分一系列不同类型的作品，其中包括了非文学和文学的作品。在文学研究中，文体主要用来区分诗歌、小说和戏剧。文体以各种不同的样式和规则为特点，这些样式和规则会随着历史环境的改变而改变。然而，"文体"这个术语也可以用来区分某种特定类型（如侦探小说或科幻小说）中的不同写作类别，或者某种特定类型（如现实主义、讽刺文学或超现实主义）中的不同写作模式。

  本章的第一部分集中讨论散文，第二部分则讨论诗歌。在第一部分中，我们会写出一篇现实主义的短文，然后用超现实主义和讽刺文学的模式来进行改写。我们会看到文体是一场变动的盛宴，我们稍微改变一下运用语言的方式就会带来文体的变化。在这一章的第二部分，我们会从散文再次转向诗歌。我们会把一个句子变成一首诗，看看可以采用哪些不同方式来对这个句子进行重组和转换，以突出其诗意的特质。我们从始至终都在关注表达的问题：我们如何用词语来表达这个世界，而文体就是其中的一个重要因素。虽然本章对诗歌和散文的探讨是分别进行的，但一些策略跟这两种文体都密切相关。这些策略尤其适用于隐喻，尽管隐喻一般放在诗歌的部分讨论，但隐喻在散文中也同样重要。

练习

1. 写一篇现实主义的散文，在其中描写某个人的行动。你的文本应该是一些细节描写，而不是一个故事。

2. 对这篇散文进行改写：

   a) 超现实主义模式

   b) 讽刺文学模式

3. 以任何一个主题写一首短诗（在 4 行到 30 行之间）。写作这首诗时请注意诗歌的分行、排列、隐喻和句法，并留意这些技巧如何影响了这首诗的意思。

给散文换装

下面的内容会帮助你写出一篇现实主义散文，然后你再进行改写，或者说进行"换装"，将其变成超现实主义模式和讽刺文学模式。这些模式之间不一定毫无关联：用不同方式改写同一个段落会让你看出这些模式是如何交织在一起的。

关于现实主义

在写作中，现实主义可以是用来表达心理或社会现实的有力工具，这可能也是你最为熟悉的写作模式。我们接下来会讨论一些写作现实主义散文的技巧,这些技巧你可能已经在自己的写作中自然而然地运用了。但这并不意味着这些技巧就适合所有类型的写作,其他类型和模式的写作可能需要你去打破一些常规。

　　事实上,本章的一个重要观点是:现实主义只是可供选择的许多写作类型之一。现实主义是当今社会的主流小说模式,因为它似乎像镜子一样可以反映我们的社会。但是我们要记住,现实主义建构了一套常规,在这些常规之下反映的只是现实的外壳,而不是直接反映出现实本身。现实主义的根基是维持对现实的一种"幻觉"。正如凯瑟琳·贝尔西所言:"现实主义看起来似乎很合理,这并不是因为它反映了世界,而是因为它构建在我们相对熟悉的事物之上。"(2002,第 44 页)因此贝尔西认为,现实主义本质上是一种保守的形式:

　　　　无论故事中的事件是多么悲惨,阅读现实主义的文本总是令人心安,因为这个世界在小说中得以再现,其中包括因果逻辑、社会关系和道德观念的模式,这些在很大程度上确认了我们对这个世界的认知模式。

(贝尔西,2002,第 47 页)

所以说,现实主义是一种重要而强大的写作模式,具有很多不同的表现形式。但如果我们用现实主义来排除其他写作模式,那么现实主义就会表现出其局限性。我们将在第 7 章中看到,后现代主义小说经常会颠覆现实主义的惯例。

描写一个行动中的人

　　练习 1 要求你用现实主义模式去建构一个行动中的人,也就是要尽量逼真。我用的词语是"建构"而不是"描述"，是为了强调这个过程的动态性。因为你开始这个练习时可能马上就会想起你观察过的某个人，但在开始时你并不一定有任何想法，你可以运用练习中的词语去构建这个正在行动的人。完成这个练习的方法之一是使用建构主义的方法，逐步建构短文。所以，你一开始可以先写下"人"和"行动"。这两个词语作为提示，让你的思维开始活跃起来。即便你没有有意识地用这种方法进行练习，你可能也会下意识地用这种方法来创作。先从两个词开始：

案例 2.1
人
行动

然后开始连接这两个部分的词语：
身体部位
由身体部位发出的行动

然后列出各种选项：
腿、手、脖子、脸
洗碗、走路、唱歌、说话、吃东西、演奏乐器

然后把选项缩小为其中之一：
瘦得像火柴棍的大腿和手臂
不规律的进食、打开和关上冰箱门
厌食症患者的行动

让我们开始把这些词语组织成句子。在这个阶段组成的句子可能比较简单：

案例 2.2

　　她非常瘦，她的手臂和大腿就像火柴棍一样细。她刚打开冰箱门又关上。她先走开又转身回来。她再次打开冰箱门，拿出一盒酸奶，然后再关上。

在你写下这篇短文的框架之后，你可以慢慢扩展填充，运用增加和替换的策略围绕着这个框架去展开。那些已经出版过作品的作家也经常运用这种技巧，比如彼得·凯里就描述过一个他称之为"悬臂浇注"的过程（格伦维尔和伍尔夫，1993），他一遍遍地重写一段话，每一次都对这段话进行建构和修改。这个过程跟我希望你在这里进行的练习很相似。所以，这段话可以变成：

案例 2.3

　　她变得越来越消瘦。她的手臂和大腿变得瘦骨嶙峋，你可以看到血管凸出来，她的脸变得干枯又凹陷。她开始掉头发，她的头发变得稀稀拉拉。她在冰箱前面走来走去，然后打开冰箱门。里面是一排排的原味酸奶和果味酸奶，还有一些鸡蛋三明治和盒装牛奶。她突然把冰箱门关上。她走开了，然后又回来，再次把冰箱门打开。她到处看看。她拿出一盒酸奶，打开盖子，快速吞下一勺酸奶。然后她关上冰箱门，对自己的行为感到强烈的焦虑和厌恶。

这个转化过程主要是对每个句子进行扩充和精炼。也就是说你可以填充一些细节,充实内容,不过你还是要注意,不要偏离主题,同时还要注意修饰语言,以便更清楚地展示这个女人的外貌和感受。

你在建构这篇短文时,要注意使用一些比较有力的动词。这一点在这篇短文中有点困难,因为文中描写的这个人在行动时很犹豫。不过,在下面这个版本中,我还是调整了一些动词,请注意那些带有下划线的词语:

案例 2.4

她的手臂和大腿变得瘦骨嶙峋,你可以看到血管凸出来,她的脸变得干枯又凹陷。她开始掉头发,她的头发变得稀稀拉拉。她在冰箱前面来回走动,然后打开冰箱门。里面是一排排的原味酸奶和果味酸奶,还有一些鸡蛋三明治和盒装牛奶。她突然把冰箱门关上。她挪开脚步,然后又转身回来,小心翼翼地打开冰箱。她左右扫视。她偷偷摸摸地拿出一盒酸奶,打开盖子,快速吞下一勺酸奶。然后她关上冰箱门,对自己的行为感到强烈的焦虑和厌恶。

现在让我们看看建构一个行动中的人还需要考虑什么细节。

(1) 视觉方面

在现实主义写作中,创造一个强烈的视觉印象通常是很重要的。想象一下,你既是一位电影制作人,也是一位作家。你能够让自己的写作在视觉上更具画面感吗?我们可以向电影制片人学到很多东西,因为电影在某些方面已经取代了写作,成为现实主义表现领域中的主要形式。

除了视觉,你还可以引入其他的感官知觉,这样可以让你的文章变得更有力量。你可以将五种感官知觉全都用上。关于我们描写的这个场景,也许我们需要听到其中的声音或闻到其中的味道。比如说,在我提供的这个案例中,我们可以听到那个女人"砰"地关上冰箱门的声音。也许我还可以唤起食物的味道。

(2) 动作方面

我建议在练习中建构一个行动中的人,而不只是简单地描写某个人,因为描写通常是静态的。我想让你们创造一种运动或变化的感觉,一种真实发生的感觉。你可以使用一些强而有力的动词来做到这一点,也就是那些使动作生动起来的动词。

让我们在一些已经出版的作品中寻找案例,以下三个案例都描写了行动中的人。第一个案例来自英国作家安吉拉·卡特:

案例 2.5

她拉开抽屉和橱柜,把里面的东西倒成一大堆,用强壮的双手在这堆东西里面使劲扒拉。她把一盒盒化妆品和一瓶瓶香水全部打开,用手指蘸着抹在自己身上、家具上和墙壁上。她把床垫和枕头从床上拖下,然后对着床垫和枕头拳打脚踢,直到弹簧刺穿了锦缎床罩,枕头炸裂喷出许多羽绒在空中飞扬。她的嘴里还咬着那封电报,那张纸在口水的浸泡下慢慢变黑了。她就像一个被撞坏的机器人,看不见任何东西,也听不见任何声音。她脸上的泪水和油脂粘住了一些羽绒。

摘录自《魔幻玩具铺》(卡特,1981,第 25 页)

这篇短文很有感染力,因为卡特运用了许多强而有力的动词,比如"扒拉""拖下"和"拳打脚踢"。请留意这个女孩的动作是如何将她四周的物体都激活的,比如"枕头炸裂喷出许多羽绒在空中飞扬"。

下面这篇短文来自加拿大小说家玛格丽特·阿特伍德:

案例 2.6

弗莱格小姐不失时机地推了我一把,我蹒跚地走上舞台。正如她之前跟我说过的,要让我看起来尽量像个樟脑丸。然后我开始跳舞。我的舞蹈并没有什么舞步,因为没有人教过我应该怎么跳舞,所以我只能自己胡编着临场发挥。我挥舞着手臂,撞向那些蝴蝶,我转着圈圈,在脆弱的舞台地板上使劲踩脚,直到地板开始抖动。我全身心地投入这个角色,这是一场关于愤怒和毁灭的舞蹈,我在头套之下泪流满面,那些蝴蝶会死去。在这之后我的脚疼了好几天。"这不是我,"我不停地对自己说,"是他们逼我这么做的。"虽然我藏身在让人浑身大汗的泰迪熊表演服里面,但我还是觉得自己赤裸裸地暴露在观众面前,就好像这场滑稽的舞蹈展露了我的本质,而所有人都看到了。

摘录自《女祭司》(阿特伍德,1982,第 50 页)

在"我挥舞着手臂……"这句话中,我们可以看到许多充满力量的动词。不过这段话的动人之处还在于这些动作表达了这个女孩的情感、她的羞耻和愤怒,如"这是一场关于愤怒和毁灭的舞蹈"。

第三段话来自美国小说家保罗·奥斯特,其中对默片时代的一位电影明星进行了虚构描述:

案例 2.7

　　赫克托可以用成百上千个动作迷住你。他步履轻盈，动作敏捷，淡定得有点漠不关心。他在生活的艰难险阻中穿行，没有丝毫的笨拙和恐惧。他的后退和闪避，突然的扭动和瞬间的猛冲，他的翻跳舞步、单脚跳步和伦巴旋转都让人眼花缭乱。当他看到一些出乎意料的东西时，请注意观察他微微抖动的手指，骤然加深的呼吸和略微抬起的脑袋。这些细微的动作是为了角色扮演，但这些动作本身也令人愉悦。

　　　　　　　　　　摘录自《幻影书》（奥斯特，2002，第 33 页）

在这段文字中，奥斯特不仅使用动词，还使用名词和形容词来暗示赫克托行动的流畅和技巧。例如，在"他的翻跳舞步、单脚跳步和伦巴旋转"这句话中就可以明显看出来这一点。叙述者还指导我们如何在屏幕上观察他的动作，"观察他微微抖动的手指，骤然加深的呼吸和略微抬起的脑袋"。

（3）细节方面

　　正如你在前面那些案例中看到的，细节是现实主义写作的一个重要方面。如果你只是说"她无精打采"，然后就此打住，那你的写作就会显得相当平淡乏味。如果你说"她的脚步很沉重，好像要费力提起双脚，然后再把身体的重量往前挪动"，那么你就能通过一种视觉印象引发读者的情绪和感受。当你在建构一个人、物体或行动时，都要尽可能写出更多细节。如果你的思路卡住了，那你可以通过联想来列出特征的清单。比如说，如果你要描写一个人，那你可以从"红头发"开始，然后继续描述"绿色的眼睛"和"翘起的鼻子"，就像在拼拼图一样。你不需要在脑海里有一个清晰完整的图像,因为可以慢慢拼凑起来。

与此同时,一些概括性描述比如"她看起来很累"或"她看起来很沮丧",如果加以节制地使用,也有助于让人留下一个大致印象。这些概括性描述可以和一些细节描写放在一起,这样才能让这种描述变得更有力量。所以在"她看起来很累"后面,可以再加上一句"她的眼睛下面挂着眼袋"。这样就给出了更多细节,从而营造出一个更加精确的视觉图像。如何在细节描写和概括性描述之间把握轻重,不同作者的处理方式也各不相同。

与此密切相关的是如何处理局部和整体之间的关系。在我的文本中,"她变得越来越消瘦",这句话描写的是人物的整体形象,但手臂上的血管和凹陷的脸颊描写的则是身体的局部。你在描述一个人洗碗时,可能会关注他们的手和整个身体之间的切换。我们需要在整体和局部之间把握平衡,因为局部暗示了整体是什么样子,而且整体也是由局部组合而成的,这对于任何类型的现实主义创作来说都很重要。在安吉拉·卡特的案例中,第一个句子的焦点从整个人转向那双手:

案例 2.8

　　她拉开抽屉和橱柜,把里面的东西倒成一大堆,用强壮的双手在这堆东西里面使劲扒拉。

这个过程有点类似电影制作人,他将一个场景的几个长镜头混合在一起,在这些长镜头中我们看到了整个动作过程,然后镜头拉近,我们看到了某个局部的细节。将各种镜头混合在一起可以取得最佳效果,镜头从不同角度进行拍摄,在局部和整体之间转移。在这里,你面对的是局部和整体的复杂综合体:人物、人物的行动和人物行动时所处的环境。

关于超现实主义

　　练习 2 将会探索与现实主义传统不同的写作方法，这些方法将会以完全不同的方式来建构现实。写作的一个悖论是，当你不完全按照现实主义的方式去写作时，你反而可以表达出许多社会层面和心理层面的真实。偏离现实主义的方法之一是采用超现实主义或讽刺的写作方式。尽管现实主义构建的世界通常让我们感到更为熟悉，但超现实主义是对这个世界的陌生化，也就是说，让我们感觉好像第一次看到这个世界。现在请尝试通过改写你之前的练习文本，来写一篇超现实主义的短文（见练习 2a）。你会发现经过改写之后，那个正在行动的人变成了被行动塑造的人。

　　超现实主义作家通常对表现外部世界不感兴趣，而更喜欢通过一种不同寻常的方式来展现这个世界，从而传达出心理层面和社会层面的真实。超现实主义文本经常会创造出一个违反客观现实的场景，这样的文本打破了正常的物理定律，虚构出一种现实中不存在的情况。

　　比如弗朗茨·卡夫卡的名作《变形记》，讲述了一个人变成昆虫的故事。这种情况在现实中当然是不可能的，但这种变形显然包含了某种深刻的心理学含义（比如说，对越界的恐惧）。案例 2.9 的情况与此相似，这个案例来自美国作家唐纳德·巴塞尔姆的短篇小说，其中描述了一个膨胀的气球：这个气球不断膨胀，最终覆盖了大半个城市。当然，这又是一个与现实不符的形象：

案例 2.9

这个气球出现在第十四街的一个角落,具体地点我不能透露。在人们静静安睡时,这个气球在一夜之间向着北边不断变大,直达公园。我在那个公园中阻止了气球的继续膨胀。黎明时分,气球最北端的边缘已经把广场遮住了,整个气球悬在空中轻轻摆动。但是,即使是为了保护树木也要停下来,这让我感到有点恼火,而且我觉得没有理由不让气球继续向上膨胀,越过它已经覆盖的城市部分地区,进入那里的"空中区域"。我请工程师来看看这个气球。气球在整个上午继续膨胀,气体通过阀门发出几乎难以察觉的细微声音。最后气球覆盖了北边和南边的四十五个街区,东边和西边的一些不规则地带也被覆盖。在一些地方,大街两侧的六个街区都不能幸免。当时的情况就是这样。

摘录自《气球》(巴塞尔姆,1993,第53页)

那么,你要如何创造出一幅超现实主义的画面呢?让我们想想之前练习中的画面,其中包括一个人和一系列的动作。一个现实主义的动作可能是"她坐在桌子旁边,双手交叉起来然后又打开"。一个超现实主义的动作肯定是违背了客观规律,比如,"她看着自己的双腿在房间的另一边交叉起来然后又打开"。这在现实中是不可能的,但是这在心理层面上很有意思,因为我们都有过这样的感觉:看着自己的动作,却觉得那些动作并不完全属于自己。现在让我们把之前那篇短文改写成一个超现实主义的文本(练习2a):

案例 2.10　超现实主义写作

她呆呆地看着冰箱门时,冰箱门突然炸开了。一块深棕

色的巧克力蛋糕跳到地板上,然后慢慢走过餐厅。蛋糕后面
还跟着一大盒没有打开的奶油。蛋糕在餐厅中间等着那盒奶
油,然后它们一起跳到餐桌上。

我在这里使用了倒置的策略。我让物体保持运动,让人保持静止。
我还让物体做出了几乎不可能完成的动作——巧克力蛋糕不可能
拥有自我意识。

虽然这段话描述的内容在现实层面是不可能发生的,但看起
来表达了某种心理层面的真实。我们都知道这种感觉:食物的搭
配好像有它们自己的行为逻辑。但是用这种方式来表达的心理真
实和我们在现实主义写作中的观察很不一样,在现实主义写作中
物体通常受制于人类的行动。

另外一种超现实主义的场景可以是:如果那个女人打开冰箱,
就会发现一个小孩在里面睡觉。在这种场景之中,那个女人会继
续行动,但她遇到的情况在现实中根本就不可能发生。因此,超现
实主义经常会让出人意料和难以想象的情况变成现实。

关于讽刺文学

我们还可以通过讽刺文学来突破现实主义的局限,这是练习
2b 的重点,这个练习要求你用讽刺的模式来改写之前那段话。在
讽刺文学中,作者经常会发出对社会的评论,也就是通过"夸张"来
抨击社会。有一种观点认为文学角色是一些"类型",这些类型代
表了某些社会典型。讽刺文学的特点是夸张、失谐和反讽。在案
例 2.11 中,我用讽刺的模式对原来那篇短文进行改写。通过改

写,这篇文章表达了对食物和当代社会的讽刺:

案例 2.11　讽刺性的改写

她正在欣赏镜子中的自己,然后她的胃一阵抽搐。她穿着高跟拖鞋从卧室中跌跌撞撞地跑出去。一股更强大的力量正在指挥她。冰箱门还没有打开,她的鼻孔就已经张开。她的情绪越来越高亢(high),冰箱里的那盒酸奶跟广告上的一模一样。她像念出咒语一样唱出这首广告歌曲。然后她扶着冰箱门,猛地抓住那盒酸奶。她贪婪地舔着酸奶盖子,心中夹杂着罪疚和狂喜。

在这里,我们看到一个人因为两种当代信条而进退两难:美丽和食物。这段话利用信条隐喻和对女人行为的夸张描写来进行讽刺。其中充满大量的失谐,文中的人物想要保持优雅,却走得跌跌撞撞。文中的"high"是一个双关语,暗示了信条的崇高力量。这篇短文还提到高楼大厦,并借此对当代社会进行抨击。这些高楼大厦象征着当代社会的疏离和孤独,以及随之而来的心理问题。

我们还可以感觉到文中的女人属于某种"类型"。我们对她的关注更多的不是针对某个个体,而是针对某种特定行为类型的代表。除此之外,叙事视角跟原来那篇短文相比也发生了变化,叙事者与主题之间的距离变得更远了。

唐·德里罗的《白噪音》也是讽刺文学的一个优秀案例,文中写到美国的一座大学里面有一个希特勒研究所:

案例 2.12

其他地方根本就没有这样的希特勒研究所。我们所在的是世纪大楼,这是一座深色砖砌的建筑,我们和流行文化研究所共用这栋大楼,这个流行文化研究所的正式名称是美国环境研究所。这些人充满好奇心。教职员工几乎都是来自纽约的流亡者,这些人聪明、粗鲁、痴迷电影、关注各种冷知识。他们在这里是为了解读这种文化的自然语言,对他们在欧洲阴影笼罩下的童年所体验的纯真快乐进行正式研究。这是一种关于泡泡糖纸和清洁剂广告歌曲的亚里士多德主义。研究所的领导是阿尔封斯·斯通潘纳托,这是一个胸背宽阔、脸色阴沉的男人,他收藏的战前汽水瓶一直陈列在一个壁龛里。他手下的教师都是男人,他们衣服邋遢、头发凌乱、随地吐痰。这些人聚集在一起,看起来就像一群卡车司机在辨认被肢解同事的尸体。他们给人的印象是无处不在的怨恨、怀疑和阴谋。

摘录自《白噪音》(德里罗,1986,第 9 页)

这段话的特色是夸张,比如"教职员工几乎都是来自纽约的流亡者,这些人聪明、粗鲁、痴迷电影、关注各种冷知识";还有失谐,比如"一种关于泡泡糖纸和清洁剂广告歌曲的亚里士多德主义";还有漫画手法,比如"他手下的教师都是男人,他们衣服邋遢、头发凌乱、随地吐痰"。这篇文章对大学进行嘲讽,暗示一些学者把他们喜欢的流行文化当作精英学术,并依靠这种所谓的学术研究来谋生。文中还采用了类型化的手段来达到特定效果。总的来说,这篇文章抨击了学术的浮夸,尽管学术总是给人一种严谨的印象。

当散文变成诗歌

在本章的第二部分，我们将对诗歌进行各种实验，这样你就可以创作出一首短诗，这部分主要集中在练习 3。诗歌的类型多不胜数，任何作家都会采用一些策略而忽略另外一些策略。我们在第一章中介绍了以语言为基础的策略（连接词语、操纵短语和建立词语库），这些策略可以帮助你创作诗歌。我会在这个部分探讨一些更具诗意的技巧，不过这些技巧只是可供选择的一小部分。在你的诗歌中，你并不需要尝试所有的技巧，只要尝试其中几种就可以了。也许你会试着将这些技巧和第一章提到的其他技巧结合起来。

为了分析其中的一些策略，我会观察可以对一个句子进行什么不同的操作，从而将其变成一首诗。美国诗人威廉·卡洛斯·威廉斯的诗歌《红色手推车》就是从一句话改写而成的。《红色手推车》成为一首诗而不是一个句子，是因为威廉斯排列词语的方式，还有他对某件物体的强烈视觉聚焦（威廉斯，1976，第 57 页）。因此，我将以一个句子为例，看看我们如何才能挖掘出它的诗意和内涵，采用的方法包括调整词语顺序、将词语变成隐喻或突破语法常规。这并不意味着当你创作诗歌时，你必须局限于一个句子，这样做只是为了清楚展示出诗歌写作的技巧。这些技巧的目的在于让这句话陌生化，于是我们可以用一种全新的眼光来看待这句话。陌生化、语言的压缩和语言的多义游戏，这些都是我们区分诗歌和散文的方法。不过，诗歌和散文有时也有一些共同点，而且我们有时也会写出一些诗歌化的散文或散文化的诗歌。

分　行

　　诗歌展现出的可能性之一就是分行写作（这只是一种可能性，因为散文诗就没有分行）。诗歌的分行可以发挥很多功能，比如，如果你把单独一个词语作为一行，那就是对这个词语的特别强调。同样，分行还可以作为一种标点符号来使用，许多当代诗人很少使用标点符号，而是用分行来代替。诗歌分行的方式可以给词语的意思带来巨大变化，可以通过创造模糊性来让诗歌的内涵变得更丰富。不过，一个意义整体也可以跨行表达，这样可以让诗歌增强向前推进的气势。许多缺乏经验的作者没有认真地考虑如何分行，尽管分行可以是控制和释放诗歌意义的一种非常有效的手段。

　　那么如何进行分行的实验呢？让我们用一个句子来试试，看看能否通过分行来让这个句子变成一首诗。这个句子是"她站在门前，想着要不要打开这扇门"。

案例 2.13

　　她站
　　在
　　门
　　前
　　想着要不要
　　打开
　　这扇门

在这里，分行制造了原来句子中所不具备的可能性。"她站在"成为一个独立的短语，作为一个整体与诗歌的其余部分相关，从而产生一种隐含的意义——"她正在期待什么东西"。如此一来，这个短语就获得了另一个层次的意义，这层意义叠加在句子的整体意义之上。我们也可以把"想着要不要打开"作为一个独立单位。于是这首诗就变成一个女人在想着要不要打开自己，而不仅仅是在想着要不要打开一扇门。通过给句子分行，我们创造出多个层面的意义，这些意义彼此共存。

间距和字体

你可以尝试的也许不只是分行，还有间距和字体：

案例 2.14

她站在
门前
想着
　　　　要不要
打开
　　　它

在这里，字词的间距，还有不同字体的运用，共同反映了这个女人的犹豫不决。在下一个案例中，字词的间距又发生了变化，一些字词被删去了，让这首诗变得更加晦涩难懂。在这种情况下，读者需要完成更多工作，因为读者需要自己补充上下文：

案例 2.15

这扇门

　　是

　　开

　　　还是

这是一首**极简**的诗,重点在于极端压缩。

　　通过这种方式也可以形成**离合诗**或**中格诗**。在离合诗中,垂直的单词在最左边,每个字母是每一行的开头,比如这一章中的案例 2.32。在中格诗中,垂直的词垂挂在诗的中间。于是"door"成为连接其他词语的中枢(这种方式可以很好地组成各种名字),如此一来,这首诗在横向和纵向都可以读得通:

案例 2.16

she　　stoo**D**

　in front **O**f the door

　　　　　w**O**ndering

　　　whethe**R**

也许你想把你的诗歌变成一个视觉图像:

案例 2.17

D O O R

O　　O

O　　A

R O A R

案例 2.18

```
        D O O R
        D O O R O
        D O O R O A
        O R O A R   R
        O A R
          A R
            R
```

这些案例都是**象形诗**，这种诗歌主要通过视觉形象来传达意义。在案例 2.17 中，诗歌变得图像化，也就是说图像本身看起来就像这首诗所表达的事物。通过"door"和"roar"的构图，这首诗暗示了一个人站在门前时看到的画面。在案例 2.18 中，这首诗变成了一个复杂的视觉化字母游戏，以更抽象的方式表达了这个女人的焦虑不安。这种诗歌的重要特色是外形和内涵的紧密结合。

明喻和隐喻

你可以运用明喻和隐喻来丰富你的诗歌语言。隐喻的基础是转移。你用另外一个物体来形容另一个物体。比如，时间是一条河，你用一条河来形容时间，而读者必须自己想出时间和河流之间有什么相似之处。在明喻中，我们直接说某个事物和另外一个事物很相似。明喻和隐喻是扩展语言范围的方法，也是我们认知世界的方法。明喻和隐喻在表面看来似乎毫无联系的事物之间缔造新的联系。隐喻可以为文本增加更多层面，尽管在第 8 章中我将指出隐喻的一些弱点和局限。

缺乏经验的写作者经常很想创造隐喻，却不知道应该如何进行。正如我们在上一章看到的那样,使用词语库可以形成一些不同寻常的隐喻,所以你在创作诗歌时也可以使用词语库。比如,你可以想出一个中心思想,然后从词语库中找到适合表达这个思想的词语组合。运用词语库经常可以让这个思想向着全新的方向展开。不过,创造隐喻的另外一个方法是专注于转移的过程:将一个物体或事件视为另一个物体或事件。让我们看看这样做的一些方法。

"她站在门前想着要不要打开这扇门",如果在诗歌的语境下来看待这句话,那么这句话本身就可以被当作一个隐喻。比如说,这句话可以暗示那个女人正面临某种重大的个人或政治抉择。这扇门可以是有意识和无意识、个人和政治以及其他事物之间的分界点。

因此,我们有充分的理由让这句话的措辞保持原样。威廉·卡洛斯·威廉斯有一句名言:"没有脱离事物的思想。"威廉斯的意思是我们不一定要创造隐喻,因为事物本身无论如何都会与它们自身之外的意义产生共鸣。你也许会觉得创造隐喻太刻意了,你更喜欢一种更加直接的写作方式。在第 8 章中,我们会看到还有其他很多选择。不过,创造隐喻也是一项值得了解的基本策略,无论你是否想要运用这种策略。

所以,关于"她站在门前想着要不要打开这扇门",另外一种表达方式可以是,"她问自己是不是应该打开这扇门"。如果我们把这扇门替换为一个问号,或者把这扇门与一个问号进行比较,那我们就可以创造出一个明喻或隐喻:

案例 2.19

这扇门紧闭着

像一个没有答案的问号

或者:

案例 2.20

这扇门在呼唤

但是她找不到

她的回答

在这里,这扇门被赋予了生命力。在下一个案例中,这扇门的生命力与词语的游戏联系在一起。这个游戏利用了这个词的不同含义,比如"呼唤和回答"的含义,以及"访问"的意思:

案例 2.21

这扇门在呼唤

但是没有得到她的回答

在案例 2.22 中,这扇门变成一个人,并发出互相矛盾的信号:

案例 2.22

这扇门

对她发出吸引

却拒绝她的接近

案例 2.23 暗示这扇门就像一只握着卡牌的手,而且这只手已经伸出来了:

案例 2. 23

> 这扇门露出了
>
> 那只隐藏的手

在案例 2.24 中,"炫耀着"取代了"露出了",让隐喻变得更有力量:

案例 2. 24

> 这扇门
>
> 炫耀着
>
> 那只隐藏的手

下列案例的关键是联想。问题来了:这扇门像什么呢? 这扇门就像一道边界:

案例 2. 25

> 她在边界之前停下脚步
>
> 那个新空间不让她进入

在下一个案例中,边界的概念被重新审视,产生了截然相反的结果。使用疑问句是为了增强张力:

案例 2. 26

> 边界还是前线?
>
> 黄金还是炮火?

在案例 2.27 中,疑问就像风筝一样飞走了。这扇门消失了,不过

联想再次发挥了重要作用,营造出疑问在一阵风中飞走的画面:

案例 2.27

> 一阵风吹来
> 她的疑问飞向空中

在案例 2.28 中,这扇门再次出现,但疑问变成一种颜色,而且这种颜色还有深浅变化。请注意最后两行的词语压缩:

案例 2.28

> 这扇门
> 提出
> 一个疑问
> 变深又变浅

在接下来的这个案例中,"印记"这个词语是从问号这个意象延伸而来。然后,我又把这个词语变成一个短语:思想的印记。一种思想正在阻止她走进这扇门。这向我们展示了隐喻如何自我生成,所以一个"转移"会引发另外一个转移:

案例 2.29

> 思想的印记
> 在门把手上

接下来这个案例将这扇门的特点转移到疑问之上:

案例 2.30

> 疑问
>
> 在门合页上
>
> 摇摇晃晃

在案例 2.31 中,这扇门消失了,开门或关门的念头转移到隐喻中的自我。这个案例显示出心理层面的涵义,这一点在其他案例中也有所体现:

案例 2.31

> 她在寻找
>
> 她自己
>
> 在想着
>
> 要不要
>
> 打开
>
> 自己

在案例 2.32 中,我们看到的不只有一个隐喻。这首诗中有好几个隐喻:正在播撒的种子,还有气候和风的意象。还有“是否”(whether)与“气候”(weather)、“风儿”(draught)和“稿子”(draft)的谐音:

案例 2.32

> Dreams blow their draughts
>
> On the wastes of decision
>
> Only the whether sows
>
> Rites become reasons

　　　　梦想吹起风儿
　　　　在思想的荒原
　　　　只有气候撒种
　　　　仪式变成根源

一旦你开始创造隐喻,这个过程是自发的:一个隐喻会引发另外一个隐喻。有时候你会发现,隐喻带领你走向一条新的道路,而诗歌也开始以出人意料的方式增长。事实上,让隐喻自行展开会让你充满自由的创造力。不要强迫所有隐喻彼此"一致",人们有时会假定写作者应该遵守一个"规则":诗歌中的隐喻应该巧妙地彼此配合。但很少有诗歌会遵循这一规则。事实上,如果你允许隐喻同时往几个方向飞出去,那这首诗可能会更有活力。

　　案例 2.33
　　　　一扇高门
　　　　一个疑问变成灰白
　　　　一个问号去掉遮盖

在这里,连贯的句子被分解开来,变成一系列几乎彼此独立的意象。读者可以将它们融合成一系列事件或思想,但结构比其他案例更加松散。

　　在上面这些案例中,你可以在一首诗中始终追逐同一个隐喻,也可以在一首诗中创造出多个隐喻。一些诗歌,比如迈克尔·德兰斯菲尔德的《一只怪鸟》(1991,第 354 页),这首诗中只有一个隐喻。另外一些诗歌,比如西尔维娅·普拉斯的《词语》(1981,第 270 页),则在诗中创造出许多互相关联的不同隐喻。这首诗中不是只有一个占据主导的隐喻,而是由许多个隐喻形成一个网络。在更具实验性的诗歌中,隐喻往往拥有更强的多样性和灵活性,我们将在第 8 章对这个问题进行更加详细的讨论。

语法和句法

最后,你可以尝试一些非常规的语法和句法:

案例 2.34
　　打开面前的门
　　是不是犹豫着

在这个案例中,词语受到压缩,主语缺失了,而且词语并没有按照正常的方式去排列或组织在一起。这就形成了一个更加抽象的印象。不太强调清晰的视觉形象,因果关系也相当松散。这些诗行变成了一连串快速变化的意象,但是身为主角的"她"却被移除了。这样处理可以同时表达多种含义,在这个上下文中,"面前"(fronts)会让我们想起"面临"(confronts)。许多实验性诗歌都会运用压缩的技巧,还有异于寻常的语法和句法,从而获得更加丰富的意义。同样,我们在第 8 章会对这种语言实验进行更加详细的讨论。

现在你已经准备好去写一首短诗了,你可以只使用一个句子,也可以写一首较长的诗。不过,请尽量运用我介绍的写作策略来组织、编排和展开这首诗。下面这首诗是艾米·塔恩的学生习作,其中结合了上一章中作为目标的"镜子",还有这一章中介绍的一些策略。注意这首诗充满想象力的布局,还有贯穿始终的隐喻:

案例 2.35 学生习作

我来到你面前
你让我陷入
　　　　控制
我每一天都不能没有
你

你
像主人一样统治而我成了
　　　　你的奴隶

你看着我
我渴望你每日的评价
你的凝视紧紧抓住
　　　　　我

我在你面前赤身裸体
你审视
我
你让我陷入
　　　控制

镜子，你像主人一样统治
　　　而我成了你的奴隶

《镜子》(塔恩,1998)

总　结

　　在本章中,我们探讨了如何通过改变语言来改变文体。我们不只是在散文和诗歌之间转换,还探讨了在讽刺文学和超现实主义等文体模式之间的转换。这让我们明白文体的灵活性,在文体的边缘推进经常能够带来激动人心的作品。事实上,对文体的颠覆是写作实验的一种主要策略,这种方式也可以通过写作来对我们表现周围世界和内心世界的惯常模式提出疑问。因此,在后面的章节中,我们对文体的探索还会继续深入。比如,第 5 章阐释并"动摇"了作为一种文体的叙事文;第 7 章和第 8 章对后现代小说和诗歌的惯常边界进行重新划定;第 9 章探讨了文体的倒错、颠覆和跨越。第 10 章和第 11 章,我们会看看文体是如何在表演和网络中进一步自我调整和自我扩展的。

参考文献

Atwood, M. 1982, *Lady Oracle*, Virago Press, London. First published in 1977 by André Deutsch Limited, Great Britain.

Auster, P. 2002, *The Book of Illusions*, Henry Holt & Co., New York.

Barthelme, D. 1993, 'The Balloon', *60 Stories*, Penguin, Harmondsworth, Middle-sex, pp. 53 – 8.

Belsey, C. 2002, *Critical Practice*, 2nd edn, Routledge, London. First published in 1980 by Methuen.

Carter, A. 1981, *The Magic Toyshop*, Virago, London. First published in

1967 by William Heinemann.

DeLillo，D. 1986，*White Noise*，Picador，London.

Dransfield，M. 1991，'A Strange Bird'，*The Penguin Book of Modern Australian Poetry*，（eds）J. Tranter and P. Mead，Penguin Books Australia，Ringwood，Victoria.

Grenville，K. and Woolfe，S.（eds）1993，*Making Stories: How Ten Australian Novels Were Written*，Allen & Unwin，Sydney.

Plath，S. 1981，'Words'，*Collected Poems*，Faber & Faber，London. Tan，A. 1998，'Mirror'，unpublished.

Williams，W. C. 1976，'The Red Wheelbarrow'，*Selected Poems*，Penguin，Harmondsworth，Middlesex.

第3章
结构的设计

　　几乎所有人都会喜欢某种形式的音乐,我们在欣赏音乐时也是在欣赏某种结构。比如说,很多流行歌曲都是基于某种结构的,在结构中,旋律会在连续不断的歌词中一遍遍地重复。当我们谈论结构时,我们指的是文本元素之间的关系,以及它们形成的模式。结构的一个重要方面是它可以将独立的文本片段组合在一起,让这些文本片段互相呼应并归属于一个整体设计。这些片段可以保持为独立的部分,也可以融合在一起形成一个新的整体。

　　结构通常基于一个或多个结构原则或组织方法。比如,结构的基础可能是重复,这可能是作品的结构原则,虽然大部分大型作品都会基于好几个结构原则。作者从结构原则的角度去思考可以提高文本的控制力和灵活性。这种方法能让你以富有启发性的方式去组织材料,并通过组合使用多种结构原则来创造出文本的复杂性。一旦你开始尝试不同的结构,你就可以开始创造属于自己的结构,你可以对文本元素进行编排组合,让它们向各个方向延伸。

　　结构非常重要,因为它们帮助你用不同寻常和出人意料的方式来设计你的作品。这意味着你的作品会更具刺激性和独创性。更重要的是,你组织材料的方式会影响到你表达的内容。同样一些词语用不同的方式组织起来,可能会营造出很不一样的印象。

比如说，一个巧妙的结构可以帮助你在同一时间展现互相冲突的政治问题或互相矛盾的心理状态。

设计结构当然有很多不同的方法。你可以在开始写作之前先写出一个详细的大纲，这个框架设计可能会帮助你产生创意。更常见的是，当你的写作逐渐走上正轨，某种类型的文本模式和组织结构开始出现。选择了某种结构也就决定了文本的形式和内容，这不只是因为文本的形式会影响到文本的内容，还因为某些类型的结构比另外一些结构更保守。保守的结构倾向于封闭性，而创新的结构更倾向于开放性。这些结构拓宽了写作的范围，让意义的多元性和复杂性得到最大化，让心理层面和政治层面的含义变得更加丰富。本章将会探讨一些结构原则，如果能够有效运用这些原则，就可以形成更加开放的写作形式。

对结构充满兴趣甚至敬畏是结构主义运动的核心。这对于文本分析来说是一种革命性的方法，这种广受认可的科学方法在1970和1980年代很有影响力。结构主义的核心原则之一是：任何文学文本都是由更小的单元组成的（也就是说每个宏观结构都由微观元素组成），这些单元通过彼此之间的关系、在文本中的组合方式获得形式和意义。结构主义分析（请参阅霍克斯，1977；伊格尔顿，1996）倾向于强调文本中不同元素之间的关系，比如重复、变化、对立、对称和并列。在这一章中，我们将从创作实践的角度探讨文本各个组成部分之间的关系。此外，我们还会密切关注对结构的选择会在语义上和文化上造成什么影响，这一点在结构主义分析中经常被忽视。

在这一章的前半部分，我们会讨论几种不同类型的结构原则，最终目的是让你可以设计出自己的结构。在这一章的后半部分，我们会探讨如何将一些具有文化意义的非文学形式（比如广告、清单和食谱)融入文学文本。

结构原则

在这个部分,我们会看到基于不同原则的六种结构:线性结构、重复结构、变体结构、共时结构、多层结构和数字结构。你可以逐一尝试每种结构,也可以选择一两种你最感兴趣的结构。

后文的案例列举出各个文本的结构,这些结构代表的是文本的主干或框架,而不是整个文本。

> **练习**
>
> 1. 根据一个或多个结构原则创作出具有不同结构的文本:
>   a) 线性结构
>   b) 重复结构
>   c) 变体结构
>   d) 共时结构
>   e) 多层结构
>   f) 数字结构
> 2. 创作一个属于某种文化类型但不属于任何文学形式的文学文本。

线性结构

线性结构(练习 1a)由一系列的事件或思想组成,这种结构以先后顺序为基础。线性结构是所有结构形式中最简单的,因为这种结构不要求对材料进行重新编排。线性结构可以是一篇叙事文或一篇逻辑论证。下面是一个采用线性结构的示例，请注意这只是一个结构大纲，而不是一首已经完成的诗歌：

案例 3.1

    a) 女人靠近一扇门

    b) 她的手放在门把上犹豫不决

    c) 进入房间

    d) 发现一些出乎意料的东西

在这个案例中，以上四行文字可以是四个诗节的起始句。不过更重要的是整个结构呈现为一种简单的线性叙事。

线性结构是最为保守的结构类型，因为这种结构并没有对材料进行实质性重组，这里介绍的其他结构类型在不同程度上打破了这种线性结构。在第 5 章中，我们将看到如何运用非线性结构来组织较长篇的叙事。

重复结构

线性结构以时间顺序或逻辑顺序为基础。而重复结构（练习1b）通常不会有那么强的线性逻辑，因为这种结构更多的是围绕一个观点打转而不是逐步推进。重复结构适合用来探索某个观点或某个主题的不同层面（包括互相矛盾的层面）。这种结构还可以营造出强烈的节奏性和持续性的效果，并引起发自内心的共鸣。这种结构的案例之一，是用一个重复的短语或结构将文本中的不同部分联系在一起。这个重复出现的短语就像一个钩子，可以把所有观点或画面都挂在一起：

案例 3.2

　　她想着要不要

　　a

　　她想着要不要

　　b

　　她想着要不要

　　c

在案例 3.2 中，"她想着要不要"这个短语将会开启文本的每个部分。

　　现在让我们来看一个采用了重复结构的案例，这个案例来自澳大利亚诗人艾莉森·克罗根的诗歌《停顿》：

案例 3.3

　　在那不可分割的时刻

　　一列火车停在桥上

　　一个女人的手指抚摸着一个男人的嘴唇

　　一个孩子躲在他的秘密角落数着他收藏的石子

　　一个将军告诉他的士兵正义是不可能的

　　在那不可分割的时刻

　　一个女人准备说出她曾经说过多次的谎言

　　一个男人决定揭穿这个他曾经揭穿多次的谎言

　　一个谎言成为真理然后又成为历史

　　一个学生熄灭书桌上的灯火凝视着夜色渐浓的窗外

　　在那不可分割的时刻

一个婴儿第一次尝到橙子的味道

一个士兵踩住一个小男孩的双手

一个男人在宽阔无边的花园中失去理智

在那不可分割的时刻

一根树枝落在空荡荡的小路上

一只飞蛾停在仅剩一丝光亮的窗户边

一只蜘蛛在医院的橱柜后面抖动它的蛛网

一只甲虫停下来在一个血泊边上转过身

在消失的恋人上空

光辉璀璨的云朵再次出现

这种美丽没有人能够看见

《停顿》（克罗根，1997，第 6 页）

这首诗就有一个我在上文中说到的"钩子"一样的东西，一个起到连接作用的短语"在那不可分割的时刻"将其他句子聚集到一起，同时有助于给诗歌划分出不同的段落。不过，这首诗的结构并不是那么规整，因为在大多数诗节中的诗行数目并不一致。结构意味着形状，但这个形状不一定是对称的或规则的。事实上，过分强调对称或规则的形状可能会导致形式和内容的单调乏味。

"在那不可分割的时刻"是一个令人印象深刻的"钩子"短句，它暗示着这些被选中的时刻都具有独特的完整性和某种特质，这种特质可能是其他时刻所不具备的。但这个"钩子"短句也拥有某种力量，这种力量可以改变我们对诗歌中那些被"挂在一起"的画面的解读。一些时刻看起来很特别或很紧张，但其他时刻看起来就比较平淡，比如"一列火车停在桥上"。这些日常时刻被感知的方式让它们看起来似乎是"不可分割的"。但这首诗也暗示大多数时刻——因为这些时刻是生命过程的一部分——拥有一些特质，而这些特质经常被人们忽视。因此，这首诗用一个相对简单明晰的结构达到了复杂而朦胧的目的。一个不断重复的句子将一系列不同的意象联系在一起，但都具备某种值得关注的特质。

变体结构

　　与重复结构紧密相关的是变体结构（练习 1c）。你可以构建一个结构，其中的几个文本片段是同一个思想或同一种技巧的变体。你要创造的不只是一个词语联想，而是三个互相关联的词语联想：

案例 3.4

　　　　a）基于绿色的词语联想

　　　　b）基于红色的词语联想

　　　　c）基于蓝色的词语联想

完成这个练习的方法之一是，创造三个以某种颜色开头的文本，并运用词语联想的技巧来完成这三个文本。因此这三个文本的风格和重点会比较相似，但描述某种特定颜色的方式会有所不同。当你完成这三个文本之后，你可以把这三个文本连成一个无缝的整体，也可以让它们保持独立。让这三个文本保持独立的好处是大家都可以清楚看出它们的结构，也就是这三个文本各自的样子和它们的组织方式。在这一章中，我会把这种方法清楚地展示出来，不过在写作实践中，作者通常会将文本结构中的连接部分遮盖起来，让这些连接部分变得不太明显。

　　你可以看出，这种结构比那种只是由一个词语延伸而成的结构更复杂,因为在这种情况下,读者需要思考文本中的不同片段之间存在什么关系。类似的,你也可以用三个正在行动的人物来组建一个结构:

案例 3.5

a) 人物 a 在行动

b) 人物 b 在行动

c) 人物 c 在行动

变体结构还有另外一种类型,这种类型的诗歌无论是宏观结构还是微观细节都有清晰可见的特点。让我们看看英国诗人休·塞克斯·戴维斯的作品《诗歌:在那个老树桩上……》:

案例 3.6

在那个老树桩上,木心已经腐烂,那里的一个空洞大概有男人的手臂那么深,空洞底部积了一滩雨水,落叶在雨水里变成只有叶脉的骨架。但是你不要把手伸进去,因为在那个老树桩上,木心已经腐烂,那里的一个空洞大概有男人的手臂那么深,空洞底部积了一滩雨水,落叶在雨水里变成只有叶脉的骨架,一只死鸟张大的嘴巴就像一个陷阱。但是你不要把手伸进去,因为在那个木心已经腐烂的老树桩上,聚积的雨水、腐烂的树叶和死去的鸟儿就像一个陷阱,那里的一个空洞大概有男人的手臂那么深,在这烂木头的每一个缝隙里都长着软体动物,眼睛和黄鼠狼一样,它们的眼皮随着水波一开一合。但是你不要把手伸进去,因为在那个老树桩上,有雨水、落叶、死鸟和眼睛同黄鼠狼一样的软体动物,那里的一个空洞大概有男人的手臂那么深,在洞底一本湿透的书上写着白嘴鸦的语言。但是你不要把手伸进去,因为在那个木心已经腐烂的老树桩上的一个空洞大概有成年男人的手臂那么长,黄鼠狼在这里落入陷阱,湿透的树叶上写着白嘴鸦的语言,洞底有一只男人的手臂。但是你不要把手伸进去,因为在那个木心已经腐烂的老树桩上,有一个深洞聚积了一滩雨水,如果你把手伸进去,虽然你可以在锋利的草叶上擦手直到手指流出血滴,但你再也不想用这只手吃东西。

《诗歌:在那个老树桩上⋯⋯》(戴维斯,1964,第 227 − 228 页)

当我们看到这首诗的开头(写于 1936 年),我们可能不知道这首诗会往哪个方向发展,这首诗看起来似乎和自然环境有关。但是,这首诗通过变体结构继续发展,然后迎来一个并不愉快的高潮:树桩里面有一只男人的手臂,这可能是一场战斗的残骸。这首诗与很多写于 1930 年代的战争诗歌很不一样,那个时候有很多诗歌都沦为平庸的战争宣传工具。这首诗不仅反映出战争的残酷,而且还具有某种微妙的政治性,这种效果主要是源于这首诗的变体结构。

《一个世界、一个女孩、一段记忆:场景 1》是伊莎贝尔·杰拉德学生时期的习作,这首诗采用了变体结构("那是泥土、那是一个天空、那是蚂蚁、那是一个女孩"),以及重复结构("那是一个世界"):

案例 3.7

那是一个世界,在这个世界中有一个小女孩。这是一个小小的世界,一个笨重的圆形世界,一个有泥土、天空和蚂蚁的世界。

那是泥土，当她跪下时，泥土沾到她的膝盖上。泥土压进她的肉里，在她的腿上和手掌上留下一些红色的小坑。她跪着，孤独地跪着，四周是土堆和水井。

那是一个天空，这个天空在上方略带迟疑地飘动。一个拥有自我意识的天空，因为心中的疑惑而不安："为什么这个孤独的小女孩没有抬起头来仰望天空？"害怕，这个淡灰紫色的天空拒绝与地平线相遇。

那是蚂蚁，它们带着时间无法抚平的愤怒在前进。它们的任务是收回地盘，从水井中收回土堆，从土堆中收回水井。四周的地平线都在上下起伏，仿佛处在一阵狂风之中。空气静止不动，但天空正在旋转。

那是一个女孩，她的决心与那些蚂蚁不相上下。她是一个制图师，她热爱地图，热爱浅蓝色的网格，热爱弯曲的线条。在这变幻不定的风景中，她的绘图工具藏在柜子里，她手下的浅色网格中空无一物。

那是一个世界，而那个女孩必须让这个世界平静下来。所以她跪在地上，耐心而温柔地用拇指和食指捏起每一只蚂蚁。她的身边是一个小小的透明玻璃农场，准备好了，里面装满了泥土。她的另一边是一个小小的蚂蚁堆，支离破碎的蚂蚁身体让这个蚂蚁堆变得越来越高。她一边工作一边皱眉叹气，缓缓流下孤寂的泪水。

那是一个世界，在这个世界中有一个小女孩。这是一个凹凸不平的圆形世界，上方的天空变幻无常。这个世界有一张空无一物的地图、一堆蚂蚁和一个装满凝重眼泪的水井。

《一个世界、一个女孩、一段记忆：场景1》（杰拉德，1999，第59页）

这篇习作表面看来是在描写一个正在玩泥巴和昆虫的小女孩。但是伊莎贝尔没有采用推进式或叙事式的结构,而是把这个场景打散之后再重新安排结构。她以变体结构为基础,通过这种方式让我们每次都把注意力集中在某种要素之上。这样做的效果是减少这个场景的整体表现力,而强调每个象征性和仪式性的元素。

共时结构

一些结构允许几件事同时发生,就好像几个人在同时说话。我把这种结构称为共时结构(练习 1d)。有一种共时结构是由页面上的两个或两个以上的垂直栏组成的,这样读者就可以选择是横向阅读还是纵向阅读。这个练习既新奇又有趣,你可以在同一时间看到许多不同的信息聚集在一起。如果一个作品在横向和纵向上都有很好的阅读效果,那么这个作品的共时结构就很成功。我们通过在空间上的不同阅读方式,来让诗歌获得不同的维度。下面这个案例就是一次很好的展示:

案例 3.8

90 年代的市场

她说	他说
给我这个世界	活在
在这种不体面的	贫穷之中
你的风格	是丑陋的
我想要	美丽的东西
补偿	总是
陷入纷争	高高在上
真相	不敢

足够接近	放下
不是	它的不安
足够好	去相信
但是	然后
他说	她说
相信我	去活着
好好过日子	这没什么
这样更好	去死
愤怒	年轻
男人	出名
无处不在	是了不起的事情
难道你不想	闯出名堂
与众不同	只做自己

《90年代的市场》(里昂斯,1996)

请注意,横向或纵向阅读栏目,会形成不同的场景和版本。这样读者不仅对这两个人之间的关系可以有不同解读,还可以了解他们对物质主义或反物质主义的看法,以及个人主义的重要性或危险性创造的不同视角。个人和社会以一种流动和多元的方式交织在一起。事实上,不同的阅读方式至少可以形成三个版本,当我们纵向或横向阅读时,这个文本在叙事上和诗意上几乎有无限的可能性。

多层结构

不同的文本材料交替出现的结构就是我所说的多层结构(练习1e)。

下面是一个多层结构的案例：

案例 3.9

文本 A：词语连接(a)

文本 B：行动中的人(a)

文本 C：以目标为基础的文本(a)

文本 A：词语连接(b)

文本 B：行动中的人(b)

文本 C：以目标为基础的文本(b)

文本 A：词语连接(c)

文本 B：行动中的人(c)

文本 C：以目标为基础的文本(c)

多层结构就像多层三明治一样，一层面包，一层番茄，一层面包，一层鸡蛋，一层面包，又一层番茄，然后又一层面包。所以，一个多层结构中叠加着不同类型的文本，不同类型的文本层层叠加，尽管其中有一些变化。在案例 3.9 中，三种不同类型的文本轮流出现，但这些材料每次重复出现时都会得到深化。一个结构能够以很多不同的方式进行多层叠加，不同的故事、画面或主题可以轮流出现。当小说家想要同时讲述几个故事，或者诗人想要在不同观点和主题之间创造出复杂关系时，就经常会使用这种多层结构。T. S. 艾略特的《荒原》(1963)就是一个多层结构文本的优秀案例，作者通过这种结构将丰富的历史典故和文学典故交织在一起。不过，多层结构在电视剧中也很流行，剧情经常在两三条不同的故事线之间来回切换。

数字结构

　　数字结构建立在数字的计算或限制之上,这一点我们会在练习 1f 中看到。数字可以是文本中各部分的基础,也可以是一个诗节中的行、一行中的词语或音节的基础。比如,你可能决定写一首诗,这首诗的第一个诗节有 3 行,第二个诗节有 5 行、第三个诗节有 7 行,以此类推。或者你可能决定写一首诗,这首诗要分为 12 个部分,每个部分里面有 12 个句子。一个例子是,在每个诗节中,每一行的词语数目会逐渐增加。

> **案例 3.10**
> 　　诗节 1:3 行,每行 3 个单词
> 　　诗节 2:5 行,每行 5 个单词
> 　　诗节 3:7 行,每行 7 个单词
> 　　诗节 4:9 行,每行 9 个单词

或者:

> **案例 3.11**
> 　　诗节 1:2 行
> 　　诗节 2:5 行
> 　　诗节 3:8 行
> 　　诗节 4:11 行
> 　　诗节 5:7 行
> 　　诗节 6:3 行

在案例 3.11 中,每个诗节中的行数每次增加 3 行,然后又每次减少 4 行。

数字在写作中经常发挥着重要作用。传统的日本俳句就是根据数字系统创作的,传统的诗歌韵律也有一个数字结构。不过,在这里,我建议你创造出一个自己的数字结构来进行创作,而不是一味套用传统模式。

运用数字方法来写作很有意思,因为这给你设置了一些限制,这些限制通常是障碍而不是完全的自由,却可以促使你写出最激动人心的作品。这种限制是传统韵文和韵律诗歌的优点之一,但是回到过去的韵律结构可能并不合适,因为那是之前时代的文化特色。在形式和内容上都与当代密切相关的作品才能发挥最大效用,所以我们必须找到一种与时俱进的方法来运用数字。我们也不希望被束缚在规则之中,这样就像套上了紧身衣,被自我施加的限制压抑了创造力。这种自我设定限制的方式有时被称为**程序性**写作(佩罗夫,1991,第 134 - 170 页)。

一些当代作家利用数字结构进行创作,达到了耐人寻味的效果。美国诗人罗恩·西利曼运用数字结构写了很多诗歌。比如,他的作品《我遇见了奥西普·布里克》有十三个诗节,每个诗节有十三行(西利曼,1986)。有时作家会使用一些广为人知的数列,比如斐波那契数列(1,1,2,3,5,8,13,21),在这个数列中每个数字是前面两个数字之和,这个数列被西利曼运用到他的散文诗《涂蜡器》中。有时候作者使用的数字似乎与主题密切相关。《我的生活》是美国诗人林恩·赫吉宁的另类反传统自传作品,这部不同寻常的自传最初写于 1978 年,当时诗人是 37 岁,而这部作品总共有 37 个章节,每个章节有 37 行。赫吉宁在 45 岁时又修订了这部作品,她给这本书增添了 8 个章节,又给原有的每个章节都增加了 8

个句子，新增的句子不是放在每个章节的末尾，而是不规律地插入原文之中。她后来又继续对这部作品进行修订，每次都会增加新的章节，最新版本的书名是《我在九十年代的生活》(2003)。数字结构对于法国文学团体"乌力波"（简称 Oulipo，法文全称是 Ouvroir de Littérature Potentielle，意为"潜在文学工场"）来说也非常重要，这个颇具影响力的团体在 1960 年建立，关于这个团体在第 8 章中会有更加详细的介绍。

　　你可以想出一个自己感兴趣的数字系统，然后以这个数字系统为基础写一篇文章。你可以用递增或递减的数列、一个或一组对你来说有特别意义的数字或任何你熟悉的数列来创作一首诗。

非文学的形式和文学的变形

　　本章开头的练习 2 就建议你可以写作一个属于某种文化类型但不属于任何文学形式或体裁的文本。这个练习不仅可以拓宽你对文学形式和结构的认知，还可以对文学在所有文本类型中占据的崇高地位提出疑问。文学文本与在我们文化中同样占据重要地位的其他写作类型（比如报纸文章或流行歌曲）有那么大的不同吗？当代文化理论倾向于把所有写作都视为文本，并质疑文学和非文学之间的意识形态区别。比如说，一则广告的语言趣味可以与一首诗相媲美，也可能具有同样丰富的文化内涵。

　　因此，这样的文本既可以凸显"文学"世界，也可以对当代的交流模式进行讽刺。它可以采用下列某种形式：

- 一份旅游指南
- 一份食谱

- 一本指导手册
- 一篇报纸文章
- 一则广告
- 一本日记
- 一份清单

将文学文本改编为非文学文本，这样你就可以在写作中引入流行文化的元素。许多当代作家已经将这些元素融入他们的作品。伯纳德·科恩的小说《旅游》的结构编排就像一本旅游手册，不过书中对澳大利亚各个城市的介绍跟其他旅游手册很不一样，这些介绍不像通常的旅游手册那样具体化和商业化，而是更加抽象化和哲学化。关于伯纳德·科恩的这部小说，本书的第 12 章将会进行更加深入的探讨。

多年来，我看到很多学生使用这些方法创作出许多既有趣又深刻的作品。一名学生创作了一个文本，这个文本试图通过广告的形式出售死亡。另外一个学生把一部莎士比亚戏剧的一个部分改写成了一份食谱。

关于这一点，我并不是要求你把整个文本都建立在这样一个原则之上。不过很多已经出版过作品的作家确实把一些非文学形式的文本插入他们的作品之中。比如，澳大利亚作家简·麦克米希在她的小说《记忆中的空白》(1985)中插入明信片，英国作家马克·哈登的小说《深夜小狗神秘事件》(2003)中充满数学公式、图表、地图和各种列表。从 19 世纪到现在，在小说中插入信件或日记都很常见。在小说中插入这样的文本，可以有助于打破叙事，从而产生更多的一般性变化。非文学文本也可以是混合文体文本的一部分，这一点我们会在第 9 章中展开。

下面这段话用网站广告的语言风格来讽刺消费主义的局限

性,因为那些网页广告总是声称在数字环境中几乎能够完成任何事情。我们不能买到"现成"的道歉,如果我们能够买到,那这样的道歉根本就没有任何意义,而且道歉并不能抹掉已经发生的事件。这段话暗指澳大利亚总理约翰·霍华德拒绝为澳大利亚原住民受到不公正对待而道歉,这些原住民遭受的不公正对待包括屠杀、虐待和把孩子从父母身边带走:

案例 3.12

　　顾客朋友们,欢迎来到我们的网站! 你可以下载我们一千万个虚拟道歉中的任何一个! 可以试听一下你选中的音频。抹掉所有的负罪感! 擦掉过去的记忆! 选择任何你喜欢的措辞,或者让我们的常驻作家为你精选出最能抚慰人心的词语。我们所有的道歉都有一个重要特色,那就是不必把那些说辞当真或把那些说辞放在心里。我们有任何你想要的道歉:小事和大事、家庭和国家、种族主义和多元文化、新时代、特定场所、低脂肪、易护理、快速修复、超级胶水、缓释剂。这些道歉全都可以配上艺术图案,并可即时索取。

　　请记住:如果你现在购买,那我们的道歉可以根据你的喜好进行个人定制,还可以获得减价套装,包含自动续订功能。

　　内部选购和每月优惠:一个给原住民的道歉,谨慎措辞以免表达出任何真正的歉意。

　　如果我们没有你想要的道歉品种,那我们只能说非常抱歉,并建议你下次提前预订。

　　欢迎再次惠顾。

　　摘录自《假体记忆》(布鲁斯特和史密斯,2002,第 200 - 201 页)

注意这里的文字如何模仿广告的语言和风格:内部选购的概念、货物可以"个人定制",做成"减价套装"等等。此外还采取了消费文化中的常见立场,暗示顾客正在询问的货物可以满足一切需求。

日本诗人熊谷由莉亚曾经是我的研究班学生,我们会在案例3.13 中看到她的作品《无题》。这则关于一个"失落之声"的寻物启事讽刺了深深植根于资本主义社会的观念:我们只要付钱就能得到或重新得到任何东西。不过这个作品还探索了声音和身体之间的关系。特别具有讽刺意味的是,这个作品还暗示,就算不确定发声体的具体位置,也可以找到那个声音。

案例 3.13

失物

一个极具情感价值

的深沉声音

最后出现

在国际机场

的候机厅

赏金

找到那个声音可以得到 1953 美金

找到那个声音的主人可以得到 1995 美金

联系方式

电话:1 - 800 - 28 - 1117

《无题》(熊谷,1995,第 12 页)

这些文本都具有讽刺性,都对当代文化进行了批评,而且文本形式也在创新。这些形式有时来自广告,而广告的目的是促使我们去购买某种东西,无论我们是否真的需要这种东西。而有时,这些文本形式以媒体为基础,其目标可能是说服我们接受某种基于政治偏见的世界观。

非文学的文本元素也可以融入文学文本。伊朗诗人穆罕默德·塔瓦拉埃的《英语学校》是他在攻读研究生时的作品,这首诗一开始的文字看起来就像护照或签证申请表格上的信息栏。然而,诗人感受到的文化歧视反过来以自我贬低的形式对他产生了反作用。护照的详细信息加强了诗人因西方和非西方之间的分歧而遭受的歧视。

这些例子展示了如何将非文学的文本元素融入文学作品中,从而丰富作品的表现形式,并通过对社会、文化和政治现象的讽刺和批评,引起读者的思考和反思。

案例 3.14

　　年龄:49

　　性别:男

　　身高:165 厘米

　　体重:63 千克

　　头发:黑色和白色

　　面部:长满皱纹、相当丑陋

　　鼻子:有很多肉

　　眼睛:近视加散光

　　对于来自异国他乡

　　的进口材料来说

这些特征并不奇怪

而文化移入

就是像猴子一样模仿外国人的声音和符号

在尴尬中一本正经地拍马屁和微笑

把受割礼的人和未受割礼的人

变成敌对阵营?

为什么除去包皮

在他们的心中是如此重要的问题?

他们的语言:

我的沉默地带,

一段后巴比伦时代的牙牙学语

比殖民历史和殖民地区带来更多伤害。

《英语学校》(塔瓦拉埃,1996,第 57－58 页)

总　结

设计结构意味着对材料进行巧妙的调整和重新组织,从而让文本在形式上和文化上拥有最强大的力量。结构在页面上有时会显得清晰可见(比如重复结构一眼就能看出来),文字在页面上排列而成的视觉图案也可以增强效果。不过,结构有时会相当复杂,我们需要读过几次之后才能完全理解。本章探讨的是比较简单的结构,不过随着你的写作逐渐深入,你对各种不同类型的结构原则也会越来越清楚,而且还会知道应该如何同时运用几种不同的结构原则。在接下来的许多章节中结构也非常重要，最常见的是打破线性描写，这是大多数写作形式的特征，但在实验性文本中表现得最为明显。比如在第 5 章中，我们会看到如何打破叙事的线性描写，才能让叙事的内容达到最佳效果。同样的，在第 7 章、第 8 章和第 9 章，我们也会看到打破线性描写的不同方式，还有后现代诗歌和散文中另类的结构方式。最后，在第 11 章我们会看到网络空间的网状、分叉和循环结构。

参考文献

Brewster, A. and Smith, H. 2002, 'ProseThetic Memories', *Salt. v16. An International Journal of Poetry and Poetics: Memory Writing*, (ed). T.-A. White, Salt Publishing, Applecross, Western Australia, pp. 199 - 211.

Cohen, B. 1992, *Tourism*, Picador, Sydney.

Croggon, A. 1997, 'Pause', *The Blue Gate*, Black Pepper, North Fitzroy, Victoria.

Davies, H. S. 1964, 'Poem: "In the stump of the old tree ... "', *Poetry of the Thirties*, (ed.) R. Skelton, Penguin, Harmondsworth, Middlesex.

Eagleton, T. 1996, *Literary Theory*, 2nd edn, University of Minnesota Press, Minneapolis.

Eliot, T. S. 1963, *Collected Poems 1909—1962*, Faber & Faber, London.

Gerrard, I. 1999, 'A World, A Girl, A Memory: act one', *Unsweetened*, (eds) R. Caudra and A. Phillips, UNSW Union, Sydney.

Haddon, M. 2003, *The Curious Incident of the Dog in the Night-time*, David Fickling Books, Oxford.

Hawkes, T. S. 1977, *Structuralism and Semiotics*, Methuen, London.

Hejinian，L. 1987，*My Life*，Sun & Moon Press，Los Angeles.

——2003，*My Life in the Nineties*，Shark Books，New York.

Kumagai，Y. J. 1995，'Untitled'，*Her Space-Time Continuum*，University Editions，Huntingdon，West Virginia.

Lyons，G. 1996，'90s Market'，unpublished.

McKemmish，J. 1985，*A Gap in the Records*，Sybylla Cooperative Press & Publications，Melbourne.

Perloff，M. 1991，*Radical Artifice: Writing Poetry in the Age of Media*，University of Chicago Press，Chicago.

Silliman，R. 1981，*Tjanting*，The Figures，Great Barrington，Massechusets.

——1986，'I Meet Osip Brik'，*The Age of Huts*，Roof Books，New York，pp. 76 - 8.

Tavallaei，M. N. 1996，'School of English'，*New Literatures Review*，vol. 32.

第4章
循环利用的写作

    本章中,我们将探讨如何在创意写作中循环使用文本。说到对文本的循环利用,我的意思是你可以利用其他人的文本来丰富自己的写作。与之相关的是互文性概念。这个概念最早由茱莉亚·克利斯蒂娃提出,然后又经过罗兰·巴特和其他人的进一步阐释,他们指出没有任何文本是全新的、原创的或独立的:从某种程度上说,作家总是在重新创造已经写过的东西(沃弗雷,2004,第119-121页)。写作就像纸张的循环利用,通过重塑它们的方式,给你的已读文本新的生命。或者换个说法,当我们写作时,我们总是直接或间接地从已读文本中汲取养分。我们不仅从文学文本"窃取",而且还从许多非文学文本"窃取",比如报纸文章,还有电视或广播等媒体,尽管这种"剽窃"是以最合法的方式进行的。

    循环利用文本就是在你自己写作的文本和别人写作的文本之间创造这种互文性。这也是一种不单靠自己的思想去建立新想法的方式。就好像你身边发生的所有事(你看到和想到的所有事物),都可以是你的写作素材,所以你读过的任何东西都可以成为你的素材,并可以在你的作品中重新塑造。

    很多作家都用这种方式循环利用文本,你也可以利用这个资源。当然,我并不是建议你停止创作自己的文本,而一味利用其他作者的文本。恰恰相反，这是一种技巧，可以与其他写作技巧一起使用。它也是启发你创作的一种非常有效的方式，比如说你可以先浏览一些报纸、文章或小说，然后把这些阅读材料作为一个跳板，将其中那些打动你的字句记下来。事实上，这种情况发生在大多数作家身上，他们经常因为看到某一本书中的某一句话而激发了写作灵感，无论是有意还是无意，无论是在读书的当时还是在之后。不过，当你循环利用其他文本时，你必须清楚说明资料来源，以表明你并不是在剽窃其他人的作品。

循环利用文本有许多技巧，包括拼贴、重新发现已有文本，还有从另一个视角来改写经典小说。在这些技巧的基础之上，还可以有很多扩展和变化的技巧。比如说，美国诗人杰克逊·马克·洛提出了一种叫作"书中书写"的写作方法。这种方法是将一个文本作为"底本"，然后按照某种规律（比如说从每五个单词中选出一个）形成另外一个文本。马克·洛在《弗吉尼亚·伍尔夫诗集》（1985）中使用了这种方法。这部作品是对伍尔夫的小说《海浪》的一次"书中书写"，尽管在马克·洛的文本中几乎看不出《海浪》的痕迹。另外一个例子是英国艺术家汤姆·菲利普斯的《人类印记》，这本书改编自威廉·麦洛克创作的维多利亚时代小说《人类档案》。菲利普斯在每一页上绘画，遮盖了原文的大部分段落，从而改造了原来的小说。他保留原文的小部分文字，这些文字表达出来的意思与原文语境所表达的意思很不一样。通过这样的操作，菲利普斯在麦洛克的小说基础上创作了另外一部小说。小说的主角是比尔·托格（Bill Toge 中的"Toge"是从"together"和"altogether"中制造出来的，麦洛克的小说中出现的"together"和"altogether"被遮住一部分之后就变成了"toge"）。

这些技巧多多少少都有所重叠。我们主要看看这三个技巧：

拼贴、发现文本和改写经典文本。

练习

1. a) 用剪刀和胶水,通过剪切和粘贴制作一个拼贴作品。
   b) 将这个拼贴作品改写为一首诗或其他类型的创意文本。
2. 创作一个发现文本。
3. 对一个经典文本进行改写,运用当代观念去改写一个童话或神话故事。

拼　贴

什么是拼贴?

练习 1 的重点是制作一个拼贴作品。拼贴通常是从几个不同作者的文本中摘取出一些内容重新放在一起。拼贴通常会将来自好几个文本的一些片段组合在一起。这些片段从原文中摘取,然后再拼接起来形成一个新的文本。

20 世纪早期,拼贴在视觉艺术和文学中占据了突出地位。作为现代主义运动的一部分,布拉克、毕加索、库尔特·施威特斯和其他 1900 年代的艺术家,还有埃兹拉·庞德和 T. S. 艾略特等现代主义诗人都运用了拼贴技巧。比如说,施威特斯的一些作品就是"集合艺术",其中包括火车票、邮票或剪报之类的东西。拼贴在后现代主义写作中继续发挥着重要作用,尽管有些转变为引用、模仿和互文指涉。

文学拼贴通常是将一些不同来源的文本片段并列放在一起。

它将文本或文本的一部分从原文中摘取出来,然后再把它们放在一起组成一个新的文本。在一个拼贴作品中,我们通常能够注意到各个部分之间存在某种不连续性,但也会注意到这些部分的组合产生了新连续性。因此,拼贴的主要特点是并置,也就是说不相关的文本可以并列放置,并借由这样的并列放置在这些文本之间形成联系。并置在实验性写作中非常重要,因为它使得思想可以互相共鸣,而不一定是无缝连接在一起。这种不连续的结构意味着文本之间的联系保持了更大的流动性,从而让各种意义以多种方式相互作用。

有时拼贴作品的文本主要由作者自己创作的文本组成,但在其中插入了来自其他作者文章的摘录。有时候作者完全从写作现场退出,所以没有一个字是作者本人写的。但是,即便在这种情况下,作者还是在重新编排文本时扮演着重要角色。因此,拼贴鼓励你借由个人经验之外的其他方式来进行创意写作。你的创造力通过你选择的文本、你构建它们之间关系的方式以及你对它们进行转化的程度来表达。

许多 20 世纪的作家都运用了拼贴的技巧。比如 T.S. 艾略特的长诗《荒原》(1963)就是一种拼贴作品,因为艾略特在自己的作品中插入了来自神话、文学或宗教文本中的词句和引文。这里的拼贴主要以引述的形式出现,但艾略特也对一些文本进行了改写,比如,莎士比亚的戏剧《安东尼和克莉奥佩特拉》中有一段著名的台词:"她所坐的驳船,像发光的王座",他将这个场景改写为一个颓废的当代背景。这部长诗主要是艾略特自己写出来的,但其中一些部分也融合了其他文本。关于拼贴的另外一个例子来自美国诗人威廉·卡洛斯·威廉斯的《帕特森》(1983)。在《帕特森》中,威廉斯选取了一些文本片段(比如一封信中的一个段落或一份历史文件中的一部分),并将这些文本片段和他自己所写的文字放在一起。

封闭式拼贴

澳大利亚作家劳里·达根在他的作品《灰烬山脉》中运用了日记、杂志和报纸上的故事——包括早期澳大利亚拓荒者的一些口述记录,讲述了维多利亚州的吉普斯兰岛的历史——他把这些故事拼贴在一起,有时还对这些材料进行重组,从而更好地适应他的诗学目标。当我们阅读《灰烬山脉》时,我们可以透过侵略者的声音了解到澳大利亚殖民地的早期历史。但这与作者直接告诉我们他对这些历史事件的看法很不一样;相反,作者在这本书中扮演的只是一个引导者的角色,因此各种观点就像变魔术一样从材料本身中涌现出来。这种方式展示出某些声音能够被人听到是一件意义重大的事,因为土著人民的历史通常只能通过殖民者的报告来猜测。

在下面的摘录中,你可以看到达根如何运用早期探险者的口述记录,其中包括他们对这片土地的印象,还有他们对澳大利亚土著居民那种居高临下的态度:

案例 4.1　文本片段的并置

我们经过一连串的山丘来到一片开阔的　　　　　马克·柯里
丘陵,在那里我们遇到一个土著部落,他　　　1823 年 4 月 6 日
们一看到我们靠近就逃走了,不过我们
很快就拿出饼干送给他们表示友好……

再加上我们队伍中一个经过驯化的土著
人的帮忙，我们跟这些土著人的关系越
来越近，最后我们跟这些土著人成了好
朋友。不过他们无论如何都不会碰或靠
近我们的马，他们从一开始就很害怕马，
在他们看来马比我们还要可怕。我们听
说前面那个村庄叫作莫纳罗。

广阔的原野　　　　　　　　　　　　詹姆斯·阿特金森
上面没有任何树木　　　　　　　　　　　　1826 年
波浪一般微微起伏
延伸到曼尼隆平原
在乔治湖的南边
大片的土地上
到处都是牛羊

在这广阔的无人荒野，那种寂静和孤独
真是难以尽述。
这里没有任何人造物品，甚至没有任何
人类居住的痕迹，只有河岸边一个火堆
留下的灰烬。
望着如此空旷寂寥的景色，心灵也会变
得苍白枯萎。

罗斯先生的车站附近有一座高耸的平顶
山,这座山是一道山脉的起点,那道向着
西南方延伸的山脉叫作"布冈"。

在一年中的某几个月,一些叫作"布冈"
的小飞蛾会聚集在花岗岩的石堆旁边。

11月、12月和1月,那些土著黑人会去
收集这种布冈飞蛾,因为这种昆虫的身
体含有一些油脂,所以土著人就把这种
虫子当作美味佳肴。

12月12日的清晨,我在一个牧人和几
个土著黑人的陪同下开始远行。

在布冈山脉的第二高峰,南方的风景一
览无余。

乔治·贝奈特
1834年

摘录自《灰烬山脉》(达根,1987,第33-34页)

《灰烬山脉》中的文本编排,主要是按照时间顺序和某些特定时期
(比如淘金热)。不过,当拼贴作品中的文本截然不同且这些文本
以出人意料的关系聚集在一起时,这种拼贴作品常常会呈现出意
想不到的效果。下面这个文本的作者是安妮·布鲁斯特,文本摘
录自一部关于回忆的作品集(布鲁斯特和史密斯,2002)。在这里,
作者插入了19世纪作家梭罗颂扬男性成就的文章片段、玛丽塔·
斯特肯关于歇斯底里症和恢复记忆综合征的文章片段,以及格特
鲁德·斯泰因的文章片段。这些文章片段来源截然不同,其中两
个片段是文学文本,但其所处时代和所用视角完全不同,而另外一
个片段则是非文学文本。

案例 4.2 *文本剪接*

斯泰因、斯特肯和梭罗的文本拼贴

歇斯底里主要源于回忆。当然,我会重新开始。一个人在回忆往事时发现自己从未虚度光阴,他就是所有凡夫俗子中最有福气的。我没有重新开始,我只是开始了。那个对象也许并没有真正死去,只是再也不是一个被爱的对象。然后,我跟自己说,这次会不一样,然后我又开始了。最重要的是,我们不能不活在当下。关于女人恢复记忆的案例,信仰的问题和不相信的历史紧密联系。然后,我跟自己说这次会不一样,于是我又开始了。他就是所有凡夫俗子中最有福气的。胜利者才有资格去忘记。在那之后发生了什么变化,在那之后还有什么变化。我们能不能有一个关于经验的理论,既允许记忆的暗示性,又不给女人贴上歇斯底里的标签?一个不可避免的开端开始了。保持对那个对象的爱或理想化。我一直写下去,几乎写了一千页。人们通常都不知道事情是怎么发生的,直到事情完全结束。这种最初的遗忘无迹可寻。

摘录自《假体记忆》(布鲁斯特和史密斯,2002,第 204 页)

这篇作品展示了拼贴是如何融合不同话语的,也就是不同模式的对话或写作,有时候是关于同一个主题或多个主题。不同的话语传递着不同的意识形态,而拼贴经常将这些互相矛盾的观点放在一起,从而制造出一种非常明显的紧张关系。因此,拼贴可以在互相冲突的政治观点、不同时期的文本、某个话题的不同方面,以及个人和政治之间创造出一种相互联系。在上面这段文本中,来自斯特肯的是那些比较技术性和理论性的精神分析语言,比如"那个对象也许并没有真正死去,只是再也不是一个被爱的对象"和"我们能不能有一个关于经验的理论，既允许记忆的暗示性，又不给女人贴上歇斯底里的标签"。这些语句与那些充满诗意重复的句子放在一起，比如来自斯泰因的"我会重新开始""我没有重新开始，我只是开始了"。此外还有来自梭罗的 19 世纪文本，其中有一些基于男性本位的言论："一个人在回忆往事时发现自己从未虚度光阴，他(he)就是所有凡夫俗子中最有福气的。"迥然不同的文本和这些文本的不同作者表明男人和女人可以拥有不同形式的回忆。

这个案例中的拼贴有一个显著特点，那就是在无关的文本之间快速切换。这个特点在阿曼达·斯图尔特的表演性诗歌《浪漫》中也有所体现：

案例 4.3 文本剪接

《浪漫》

第一次约会　第一次接吻　第一次接吻　第一次

做爱　第一次/第一次/第一次/重温

　　　　玫瑰/蜡烛

月亮/海浪/沙滩/特殊的同步

礼物/巧克力/清晨

情欲/散步/火光/唱歌/跳舞/手拉手

紧紧相拥/目光交汇/双手/运动/双手

移动/嘴唇/眼睛/肩膀/肚脐/眼睛/耳垂/耳朵/眼睛

直到死亡让我们分离

　　　如此甜蜜

　　　抱歉

　　　　说我

爱

你是道路、真理和

　　　　光明

银色月亮萝丝就是玫瑰，就像玫瑰就是玫瑰

　　　　　说我

爱

你是我的爱，爱就是爱，就是爱，就是爱

就是爱

《浪漫(1981)》(斯图尔特，1998，第 13 页)

在这首诗的第二部分，一系列的老套说辞被拼贴在一起，但又合并在一起，使它们相互重叠。诗中引用了《圣经》中的一句话"直到死亡让我们分离"。一些来自流行老歌的歌词，比如"在银色的月光下"，还有来自格特鲁德·斯坦因作品的"萝丝就是玫瑰，就像玫瑰就是玫瑰"，这些语句来自不同的社会背景和艺术背景。这些语句拼贴在一起，表明了当代社会中浪漫情感的商品化和商业化。值得注意的是，引文原来的旧语境和引文并置形成的新语境之间形成了张力。比如说，许多流行歌曲都会使用关于"浪漫"的一些刻板意象，但阿曼达·斯图尔特讽刺了这些意象，颠覆了这些意象的原有含义。

创作一个拼贴作品

那么，如何创作一个拼贴作品呢？有很多方法，但请先试试用剪刀和胶水来剪贴文本的方法(练习 1a)。这是对威廉·巴勒斯与作家布里昂·吉辛共同开发的"剪裁法"的改编，这种方法在 20 世纪变得广为人知并被广泛使用。巴勒斯会对文本(通常是他自己写的)进行剪裁，然后重新编排，创作出"正常"写作无法产生的新文本。

下面的步骤可以帮助你尝试制作拼贴作品：

1．准备一大张纸和一把剪刀。查看你最近读过的文本，比如报纸文章、书本摘录、网站资料（或者你以前读过的文章中那些你特别喜欢的）。复印这些文本（你需要这样做，因为你要把这些文本剪开）。比较简单的方法是先选定一个主题，比如战争、种族或身体，然后搜索一系列以不同方式涉及该主题的文章。不过，把关于不同主题的内容拼贴在一起也可能获得很好的效果，特别是在不同文本之间进行大量的交互剪接。无论你采用哪种方法来进行拼贴，都要注意从比较多的不同文本中选取材料。你可以寻找一些文本来进行拼贴，或者使用那些你读过又很喜欢的文本，或者对你自己写作的诗歌、小说、散文进行裁剪（一个拼贴作品并不需要完全借用其他人的写作）。

你可能还想在拼贴作品中加入照片或图画。这些视觉图像可以穿插在文本之中，不过你可能也需要对一些照片进行裁剪。与此同时，你可能还想发挥一下标题的作用，比如从报纸上剪下一张照片，然后再给这张照片拟一个新的标题。

2．把你收集的文本裁剪成小碎片，或者剪下那些你最感兴趣的部分。一个小碎片可以是一个词语、一个短语或几个句子。虽然用比较长的段落也可以制作出很有意思的拼贴作品，但如果你采用一种更加密集的交互裁剪技术，也就是将许多比较小的文本碎片进行并置，那你很可能在一开始就能取得最佳、最激进的效果。这种方法可以让不同文本之间产生更紧密的共鸣，并给原材料带来更大的变化。比如，阅读比较长的报纸文摘可能很枯燥，但阅读一个由许多小碎片组成的新文本，却能领略到超出原来文本的新含义。你在不同材料之间进行越多的交互裁剪，你创造出来的新文本就越有可能成为一件"你自己"的独特作品。

3. 当你开始设计拼贴作品时,试着在不同想法或观点之间建立有启发性的联系。如果你拼贴在一起的材料包括:关于难民营的报纸摘录、官方文件中包含种族主义观点的部分、两个政客讨论移民问题的虚拟对话、一个难民营中被拘留者的叙述,那么这个拼贴文本产生的效果肯定与阅读每个单独文本的效果截然不同。这个拼贴文本中将会有多个声音在互相作用,这些声音可能互相矛盾,也可能互相补充,这样的文本会比你写作的连续性文本拥有更多层面的内涵。同样的,如果你把两三段看来毫不相关的文本片段拼凑在一起(比如电脑使用手册上的一个条目和一则咖啡机的广告),那么就会建立起一种其他任何方式都无法产生的联系。这样一个文本可能会激发出关于机械主义或当代营销的灵感。处理拼贴文本的一种方法是将各部分焊接成一个连续的整体,这样拼接处就不明显了。不过另外一种同样有效的方法是保留几个不同文本之间那种格格不入的感觉,因为拼贴作品的益处之一就是帮助作者和读者去探寻原来毫不相关的文本之间的关系,当拼接处清楚可见时,这个益处就更明显了。拼贴作品的一个重要特质可能是(或者说应该是)多样性,将许多主题和想法同时放在一起,创造出丰富的内容。

4. 不要马上就把文本片段的位置固定下来,除非你清楚地知道应该把这些片段放在文章的什么地方。你可以移动这些片段,试着在这些片段之间建立不同的关系,考虑一下以后可能会剪切掉哪些部分。虽然你可能想把这些文本片段排列起来组成一篇文章,但你也可以通过空间设计来为你的拼贴作品添加另外一个维度。你可以尝试一下不规则的排列,比如把文本片段上下颠倒,或以某个角度摆放,或者散布在页面上而不是对这些文本片段进行整齐排列。可以考虑用不同的方式来摆放文本，比如两个文本片段可以并列摆放，因为这两个文本之间的关系是互相支持或互相矛盾的。

5. 当你已经决定要把那些文本片段放在什么地方时，你就可以把它们粘贴下来了。请记住，就像其他类型的写作一样，拼贴也存在很多可能性，对于拼贴设计来说没有哪种方法是绝对正确或绝对错误的。如果你想要探索各种不同选择，那你总是可以把那些文本多复印几份，然后多尝试几种不同的拼贴方式。

6. 你的拼贴看起来可能已经是一个完整的作品了，于是你想到此为止。或者在你看来，你的拼贴还是很粗糙。无论是哪种情况，你都可以试着把你的拼贴作品改写为散文或诗歌（练习 1b）。你可能会发现你可以按照拼贴作品中的文本顺序来写，也可能发现必须对这些文本进行彻底的重新调整。拼贴作品的空间设计可以为改写文本的结构提供思路：比如在拼贴作品边缘的文本可以用来作为衬托诗歌或散文的开头或结尾。不要害怕改变作品，你可以增加或删减文字，甚至可以对整个部分进行删减。在某些情况下，你可能会紧贴原始素材进行创作；在另外一些情况下，你可能会和原始素材保持相当大的距离。在特定情况下，你甚至可以使用那些没有被你列入拼贴作品中的原始材料。

当你根据拼贴作品进行改写时，你还可以运用一些"小窍门"。比如，你试着横向阅读和书写并排放置的两段文字，看看会发生什么，或者试着在整个拼贴作品中都这样做。总而言之，要对新的可能性保持开放态度。不用担心改写后拼贴作品并不总是"合乎情理"。这可能是有益的，因为这意味着你敞开自己去迎接新的方向和各种类型的意义。

当这个练习结束时，你会拥有两个拼贴作品，一个是原来拼贴的，一个是改写的。你可以决定哪个作品更引人注目。拼贴的方法也许并不比其他方法更好，但这种方法对你来说可能更有效。

你可能想在写作时严格采用拼贴技巧，但你也可能决定只是松散地或部分地运用这些技巧。例如，你的文本只有一部分采用拼贴的方法。或者你可以利用拼贴技巧来开始一个文本，然后再转变文本的整体方向，这样就可以摆脱那些原始材料的影响。一些作家确实采取了"纯粹"的拼贴技巧，但另外一些作家在采用拼贴技巧时要灵活得多，我们可以称之为"应用型"拼贴。事实上，当你听到或看到一些短语，然后将它们融入你的写作时，你就已经采取了应用型拼贴技巧，只不过你并没有完全意识到这一点。

发现文本

循环利用文本的另一个方法是从"发现"材料中制造文本。所谓"发现文本"是指事先存在的非文学文本。我们都有过这样的感觉，即看到一份通知、一份说明、一份菜谱或一则广告，就觉得这个文本会成为一首好诗。"发现文本"的作者就是利用这种印象创作的。作者发现了一篇并非用于文学目的的文本，然后让读者把它当成文学对象。当你在创作一个发现文本时，你会让这个文本保留原样，或者稍加修改以强调其文学潜质，比如对文本进行分行来让它变得更像一首诗。

将发现的材料作为艺术品的基础，这种做法在视觉艺术中比在文学中更普遍。比如说，美国艺术家罗伯特·劳森伯格，他在1960 和 1970 年代经常将"真实"物品（比如一张床）纳入他的艺术创作。

发现物品和发现文本颠覆了我们对艺术创作的许多基本假定。首先,发现文本从根本上模糊了日常文化和高雅艺术之间的界线。它们提出了一些至关重要的问题:到底是什么东西构成了一件艺术品?为什么重视某些艺术品而不重视其他艺术品?马塞尔·杜尚将一个小便池放在美术馆里,在上面署名"穆特",并称其为艺术品,这是发现艺术的一个引人思考的案例,它提出了我们将什么归类为"审美"的问题。

此外,发现文本就像拼贴一样,对"作者"这个概念提出了挑战。作者仅仅是把他/她的名字写在某个已经存在的物品之上吗?事实上,这样的文本似乎一直都默默地存在于我们身边,只是我们还没有"发现它们"。

让我们看看加拿大社会活动家和诗人伊恩·杨格的一首发现诗歌,这首诗叫作《在日记本便签条中发现的诗歌》。

案例 4.4　发现诗歌
请把这些便签条放在你日记本中的适当位置

明天是我妻子的生日

明天是我丈夫的生日

明天是我的结婚纪念日

明天是我母亲的生日

明天是我父亲的生日

明天我的假期就开始了

明天是

明天是

明天是

《在日记本便签条中发现的诗歌》(杨格,1972,第 190 页)

这个文本是一些便签纸的列表,这些便签纸是制造商为日记本设计的,这样日记本的主人就可以在他们的日记中注明一些重要的日期。但是,如果我们用一种文学的而非实用的眼光来看待这个文本,就会发现它的结构和布局可以被视为一种近似诗歌的文本(文字以一行行的形式出现,重复的结构将它们联系在一起)。除此之外,用诗歌的形式来呈现这个文本,可以将其变成对当代价值观的讽刺性评论。比如,文学批评家史蒂芬·迈特森认为,这首诗探讨了社会对个体的期望。人们通常假设一个人要有丈夫或妻子,还要庆祝生日和纪念日。他们会结婚,有工作并且以家庭为重。而单身、失业、私生子或与家庭疏远的人则被认为是不正常的(迈特森,1990)。

　　将日记本便签条作为诗歌呈现这一观点被赋予了重要的意义。我们从隐喻和语义的角度对这个文本进行了认真解读,就像我们对待文学作品的通常态度。这种方法很可能为文本带来多种解释。例如,即便我们认同迈特森对这首诗的解读,我们还可以补充说明最后几张留有空白的便签纸是为了让日记本的主人去自由填写。这些留有空白的便笺纸可能代表着一个能够容纳社会和文化差异的空间。换句话说，我们在这个文本中也可以发现一些模糊地带。

迈特森指出诗歌末尾重复出现的"明天是"，是对莎士比亚戏剧中麦克白的台词"明天，又一个明天，又一个明天"的模仿。也许原来文本中的"明天"并不是在模仿麦克白的台词，但作者聪明地选择了他的发现文本并将其编排成一首诗，所以才能建立起这种互文联系。

当你在创作一个发现文本时，你必须具有敏锐的观察力和丰富的想象力。你在日常生活中看到的很多文本（比如食物罐头上的说明）都可以作为一首发现诗歌的素材，如果你把注意力放在这些文本的语言、结构和各种有可能的含义上，而不只是侧重其实用性。书信和其他用于交流的文本也可以成为强大的发现文本。莫亚·科斯特洛的《附带信件》（1994，第 115 页、第 118 页），就是她根据自己作为编辑和作家的经历写给文学杂志编辑的往来书信。作者将这两个部分的内容放在一起，同时揭示了书籍出版过程中作者的无奈，以及对于编辑来说在一堆无关紧要的投稿中挑选的痛苦过程。

开始关注你周围的文本，看看能否将它们变成一个发现文本。

循环利用中的改写

练习 3 是从当代视角改写经典文本，比如童话或神话。为了完成这个练习，你需要选择一个通常是众所周知的文本，比如《简·爱》或《哈姆雷特》，然后从一个崭新的视角对其进行改写。这通常是采用当代视角,但也可能是女权主义或后殖民主义视角。关键是要使故事与时俱进,如果你从一个古老的童话故事开始,然后又用同样的模式创造出另外一个童话,那就没有多大意义了。对经典故事进行当代化的改写可能很有启发性,因为像《李尔王》和《米德尔马契》这样的经典文本都是我们文化遗产的一部分。我们对这些故事很熟悉,总是很容易就接受了它们,而不会真正质疑这些故事建立的前提。这些故事都是很久以前写成的,所以对这些故事进行改写有助于检视人们对写作和历史的态度发生了什么变化。重写的过程可以让我们重新思考这个文本,而改写可以把原作中被压抑的某些元素凸显出来。比如,英属西印度群岛作家简·里斯的《藻海无边》(1966),就是从女权主义和后殖民主义视角对《简·爱》进行的改写。

　　安吉拉·卡特的《血腥密室》(1981)是对经典童话故事《蓝胡子》的改写。在童话故事中,蓝胡子是一个又老又丑的男人,他给了年轻的妻子一串钥匙,并警告她不要使用其中一把钥匙,因为这把钥匙是用来打开一间密室的。但是,年轻的妻子经不住诱惑,还是打开了那间锁起来的密室,她打开密室之后发现了蓝胡子之前几任妻子的尸体,这些女人都被蓝胡子杀死了。她用过的钥匙染上了血迹,成为她打开密室的证据。她无法除去钥匙上的血迹,因为这把钥匙被施了魔法。蓝胡子发现她违背命令,准备将她杀死,不过她的兄弟及时赶到并杀了蓝胡子,于是她就继承了蓝胡子的全部财产,故事的结局是"皆大欢喜"。这显然是一个正义战胜邪恶的道德故事。但这个故事还隐含了另外一层关于父权主义和性别歧视的道德规则,那就是如果一个女人违抗她的丈夫,她就可能会陷入困境。在这个故事中,因为丈夫很邪恶,所以对他的违抗是可以接受的,但这个故事仍然强化了婚姻中关于服从的规则。

安吉拉·卡特保留了原童话故事的许多方面，她当然也重复了同样的故事情节：妻子进入密室，发现了前面几任妻子的尸体，留下一把沾满鲜血的钥匙。但是卡特的改写把故事放到了当代背景之下：蓝胡子是一个有钱有势的男人，他出差在外，而他的新婚妻子在电话上跟自己的母亲聊天。与此同时，蓝胡子还是住在一座城堡之中，所以这个改写有一点时代错乱的感觉：故事中包含了哥特式元素，而且继续坚持童话故事的某些特征。在重新创作这个故事时，卡特在许多方面改变了它的意识形态视角。她还增加了原著所不具备的深度和微妙之处，这是一个精心设计的关于善恶斗争的高度模式化的故事，在这个故事中善者必胜。

卡特从性别视角重新审视了这个故事，并将其转变为对父权制、财富和阶级的批判。在原来的童话故事中，性元素被完全压制了，但是在卡特的版本中蓝胡子是一个好色的老男人，他的性欲充满暴虐和色情。女性的欲望及其矛盾心理也得到探索：女主角说，"我一想到爱，就感到一种奇怪的、不正常的兴奋，但同时又感到一种难以抑制的厌恶……"（卡特，1981，第15页）。她的欲望最终在一个双目失明、无钱无势的钢琴调音师身上得到满足。童话故事的核心是正义战胜邪恶，而改写则对纯真的概念提出疑问。在童话故事中，女主人公只是过于好奇，但卡特的改写暗示了堕落是人类行为中难以避免的部分。女主角不像在童话故事中那样是女性美德和纯真的传统典范。她说，"我意识到自己走向堕落的可能性，这让我喘不过气来"（卡特，1981，第11页），而且她一开始也因为蓝胡子的财富和权势而受到诱惑。所以卡特从女性主义的视角重新构想了这个故事：这部小说讲述的是性别政治和两性之间的权力斗争，而妻子最终赢得胜利。值得注意的是，救了这个女孩的是她的母亲而不是她的哥哥（在原童话故事中是哥哥救了她），这样就强调了女性互助的重要性。

整个改写充满了原著所不具备的心理深度。比如说,当蓝胡子回来时,女孩不像在童话中那样只是感到恐惧,而产生了一种混合恐惧和怜悯的复杂感情。卡特在这个故事中增加了精神分析的解读:女孩与蓝胡子的复杂关系可以解读为俄狄浦斯情节,密室可以解读为"无意识"或"子宫"。童话的魔法因素被转化为隐喻和象征,这样就赋予了故事更多的阐释空间。丈夫身上散发出白星海芋的恶臭,这种气味是死亡的象征;而女孩则借由她丈夫卧室中的许多镜子来建构自己的身份。

《血腥密室》提醒我们注意童话中那些被压抑的观点,它不仅颠覆了童话故事的价值观,还从精神分析学和政治学的角度拓展了这个故事的深度。卡特坚持了童话的故事框架,这有助于突出改写中的其他变化。不过,改写也可以产生完全不同的文本类型,比如一部经典小说可以改写为一首长诗。

我要如何进行改写?

在练习 3 中,实际选择的文本是非常重要的。如果你选择了一个众所周知的文本,那你的改写会更有效。如果你选择的是读者之前并不了解的文本,那他们可能无法看出你的改写对原著进行了哪些改动,除非你能把原著和你的改写都展示出来。

在你选定了要改写的文本之后,还有一些问题需要考虑:

- 在原来的文本中,有哪些元素被遗漏、压制或减少?
- 如何让这个故事政治化?哪些道德、伦理或文化观点可能受到挑战?
- 是什么人通过什么角度进行讲述?能否质疑或互换英雄和坏人的角色?

- 能否改变或调整故事所处的地点和时代？
- 原来的文本中有多少内容需要继续保留？改写后将会有多大的差异？
- 改写之后的文本应该是什么风格、形式或体裁（比如，是一首诗还是一部戏仿作品）？
- 应该采用什么样的语言风格？比如说，原作中是 19 世纪的语言，那么想要让这个文本变得现代化就应该采用一些 21 世纪的习惯用语。
- 你的改写能否将原文中的一些重要内容转化为隐喻和象征？

这个练习也对你的叙事技巧提出了要求，你可能会发现，等你完成了第 5 章的练习之后，再回到这个练习会更有帮助。

　　图 4.1 是爱丽丝·科尔哈特的学生习作（1998），爱丽丝用新颖独特的方式对灰姑娘的故事进行改写。她使用了从普通小报到精英报纸的各种各样的新闻风格，并加入了招聘广告和寻人启事，给故事增添了时代气息。

白马王子慈善化装舞会：
年度社交盛典

数千位社会名流将会前来参加今年的"白马王子慈善舞会"。慈善舞会将于8月22日星期六在白马王子家中举行，白马王子目前仍然是一名黄金单身汉。他的父母亲是查尔斯和克丽丝特尔，他们给儿子取了这个奇怪的名字。这对夫妇是通过做电脑生意发家致富的。一位与白马王子关系密切的消息人士说，这场舞会将吸引一大群电视和电影明星前来参加，还有一些从事时装设计的精英，甚至还可能有一些来自海外的出乎意料的嘉宾。

8月10日星期一，
《人物周刊》，第10页

西部郊区有一个年轻女孩，她身无分文，受到两个继姐妹的虐待，她那个糊涂父亲对她疏于照顾。这个女孩需要一位仙女教母，因为她需要得到帮助才能走出困境。这位神仙教母必须有与人打交道的经验，还要有能力利用很有限的资金获得这项工作所需的一切必要物品。这项工作没有任何薪酬，但一定可以获得个人满足感，如果能成功完成任务，之后还可以分到一定比例的财富。第一项工作任务很有难度，而且需要马上开始。

联系电话：3217823，联系人：辛迪。

8月11日星期三，
《每日电讯》，招聘版块

白马王子慈善化装舞会成功举办，但谁是他的神秘女伴？

　　昨天晚上化装舞会在白马王子位于沃克吕兹的家中举办，这次舞会是有史以来最成功的一次，与会嘉宾的独家照片请见本报的社会版。舞会筹集的善款超过 20 万澳元，然而参加舞会的宾客最关心的是白马王子那位戴着面具的女伴究竟是谁。白马王子不知疲倦地和这位女伴跳了一整晚。在以前的舞会中，白马王子总是冷落女伴，只顾着和商业伙伴交谈，但昨天晚上悉尼最受欢迎的单身汉却一直陪着他的舞会女伴，那位女伴是一个苗条高挑、有着棕色头发的女孩。记者致电几家知名模特经纪公司，发现这个女孩并不在这些公司的名册上，不过这些公司的人已经目睹了她的美丽风姿，还有她是如何迷住了白马王子，所以都对她很感兴趣。不难想象，悉尼的数百名女性在昨天晚上是多么失望，她们在今天早上又是多么咬牙切齿。

8 月 23 日星期天，《太阳先驱报》，第 2 页

急切地寻找辛迪

我们整晚都在一起跳舞，我紧紧抱着你，抱着你紧靠在怀里，你在午夜钟声敲响时就匆忙离开了。我到处找你，却看不到你的身影。然后我的保镖来找我，他在大门口发现一只鞋子。我知道，这是你的鞋子，因为这只鞋子看起来是如此小巧。所以，我现在正在寻找一个能够穿上这只 3 码鞋子的女孩。你的王子想要你回来，亲爱的，没有你，我会心碎。在我心碎之前，请回到我在沃克吕兹的家。你一回来，我们就结婚。

8 月 24 日星期一，
《悉尼先驱晨报》个人版

白马王子的宅邸遭到围攻：
10 名女性被捕

昨天发生了戏剧性的一幕，数百名女性聚集在博尼塔庄园，这里是白马王子在沃克吕兹的宅邸。警察过来驱散这些擅自闯入白马王子宅邸的女性，她们这样做是因为看到《悉尼先驱晨报》在昨天刊登的一则寻人启事，这则充满感情的启事显然是在寻找一个叫辛迪的女人，这个女人拥有一双穿 3 码鞋子的小脚。据说，这个女人就是白马王子在周六晚舞会上共度了好几个小时的面具美女。被捕的 10 名女性都被控非法入侵。

8 月 24 日星期一，
《悉尼先驱晨报》，第 5 页

悉尼的社会名流大为震惊！白马王子的梦中情人竟然是22岁的坎贝尔镇清洁女工！

许多主妇都在茶话会上没完没了地讨论这件事。白马王子经过一个月的寻找，终于有一个女人出来承认自己就是在上个月的慈善舞会中与他共舞的那个人。她是一个22岁的女人，名字是辛迪·纳尔勒·卡拉瑟斯，她的家在悉尼的西郊，家中有一个父亲和她父亲在第二次婚姻中的两个女儿。辛迪负责料理家务，有时还到附近的麦当劳店中当清洁工。

自从真相大白之后，卡拉瑟斯小姐并没有对媒体发表任何评论，只是安安静静地待在白马王子的房子里，不过白马王子的一个发言人在今天早些时候代表他们向媒体发言。他发出以下声明："白马王子希望大家知道，他不是那种会让阶层问题阻挡真爱的人。他已经向卡拉瑟斯小姐求婚，她已接受。他们期待着长久而幸福的生活，希望媒体能够让他们在远离聚光灯的地方好好生活。"目前还不清楚卡拉瑟斯小姐是如何成功参加了每人需要缴纳250澳元的舞会活动，不过她的两个继姐妹也参加了这次活动。

9月25日星期二，《悉尼先驱晨报》，第4页白马王子与来自悉尼西郊的辛迪·纳尔勒·卡拉瑟斯结婚，他们昨天在海边举行了一场豪华婚礼。三个月前，他们在白马王子的化装舞会上相遇。婚礼招待会在丽晶酒店举行，新婚夫妇将会在皮蓬岬的一座崭新的豪宅中居住。

11 月 22 日，《温特沃斯信使报》，第 2 页

真相揭露："我受雇于辛迪，帮助她迷住了白马王子"

仙女教母玛丽看到一份请求帮助一个女孩迷住男人的广告，她觉得自己找到了一份完美的工作。这位 65 岁的仙女教母说："我已经跟我的梦中情人度过了 45 年的婚姻生活，我知道很多迷住男人的办法。"她根本就没有想到，她最后会引起悉尼社交圈的一场大风暴。雇佣她的人正是之前的辛迪小姐，也就是白马王子现在的夫人，曾经在广告中承诺事成之后会给仙女教母提供金钱报酬。仙女教母说："接受这份工作之后，我给了辛迪许多鼓励，还教会她很多简单技巧，然后我让她穿上漂亮的礼服去参加舞会，我甚至让我的丈夫弗雷德开着我们的老式劳斯莱斯送她去参加舞会。但是我最后并没有得到她的一句感谢，更别说她承诺过的金钱报酬。现在我准备写一本关于"如何嫁给有钱人"的书，希望这本书能给我带来一些经济收入，不过我现在正依靠救济金过着拮据的生活。我只是想要得到本该属于我的东西。"

12 月 1 日，《妇女日报》，第 5 页

> ### 白马王子的妻子遭受重大打击
>
> 　　悉尼最受关注的女人辛迪，也就是白马王子的妻子受到了双重打击。她今天发表声明，说刚刚跟她结婚两个月的白马王子已经跟她离婚了，这都是因为《妇女日报》最近刊登了一篇该死的人物访谈，那个受访的女人自称受到辛迪的雇佣去帮助她找一个有钱的丈夫。这份声明刚刚出来没多久，又有一份声明出现了，这次发表声明的是仙女教母，也就是那位声称受到雇用的女士，她宣布将对辛迪提起控诉并索赔1000万澳元。现在还不清楚白马王子夫妇是否签订了婚前协议。

　　　　　　　　　　　　　　　12 月 20 日，《金融评论报》，第 1 页

图 4.1　《无题》(科尔哈特,1998)

总　结

　　在这一章中，我们探讨了各种循环利用文本的技巧，让你更加了解写作中的互文性。在你尝试过这些技巧之后，你可能会在日后的写作中经常使用这些技巧，或者只是偶尔一用。你可能想要以一种非常明显的方式使用这些技巧（比如在你的写作中加入一些引文），或者是比较间接地利用这些技巧来激发你的写作灵感。第 9 章会讲到虚构批评，到时我们会进一步探讨循环利用文本的技巧和文本的互文性。在第 7 章中，借由后现代的改写历史的概念，我们也会继续探讨循环利用文本的问题。

参考文献

Brewster，A. and Smith，H. 2002，'Prose Thetic Memories'，*Salt. v16. An International Journal of Poetry and Poetics: Memory Writing*，（ed）. T. -A. White，Salt Publishing，Applecross，Western Australia，pp. 199 – 211.

Carter，A. 1981，*The Bloody Chamber and Other Stories*，Penguin，London.

Coltheart，A. 1998，'Untitled'，unpublished.

Costello，M. 1994，'Covering Letters（A Found Story）'，*Small Ecstasies*，University of Queensland Press，St Lucia，Queensland.

Duggan，L. 1987，*The Ash Range*，Pan Books，Sydney.

Eliot，T. S. 1963，*Collected Poems 1909—1962*，Faber & Faber，London.

Mac Low，J. 1985，*The Virginia Woolf Poems*，Burning Deck，Providence.

Matterson，S. 1990，'Contemporary and Found'，*World，Self，Poem: Essays on Contemporary Poetry from the 'Jubiliation of Poets'*，（ed.）L. M. Trawick，The Kent State University Press，Kent，Ohio，pp. 187 – 95.

Phillips，T. 1980，*A Humument: A Treated Victorian Novel*，Thames & Hudson，London.

Rhys，J. 1966，*Wide Sargasso Sea*，W. W. Norton & Company，New York.

Stewart，A. 1998，'.romance（1981）'，*I/T: Selected Poems 1980—1996*，Here & There Books/Split Records，Sydney，Book and CD.

Williams，W. C. 1983，*Paterson*，Penguin，Harmondsworth，Middlesex. First published in 1963 in one volume by New Directions Books.

Wolfreys，J. 2004，*Critical Keywords in Literary and Cultural Theory*，Palgrave Macmillan，Basingstoke，Hampshire.

Young，I. 1972，'Poem Found in a Dime Store Diary'，*Contemporaries: Twenty-Eight New American Poets*，（eds）J. Malley and H. Tokay，Viking Press，New York.

第 5 章
叙事、叙事学和权力

　　叙事是我们日常生活中非常重要的一部分。它们以故事的形式存在,同时也出现在报纸文章、历史报告、广告、肥皂剧、闲聊和交谈之中。叙事也是创意写作的一个重要组成部分,因为叙事是长篇小说和短篇小说的基本特征。本章中,我将借鉴叙事学这一特殊的叙事理论,研究叙事、聚焦(视角)、时间的处理和人物的概念等问题。

　　很多关于写作的书籍都会帮助你用某种类型的叙事模式去写作。我的方法略有不同,我将分析叙事的动力,并将其应用于创作实践。因此这一章不仅能帮助你理解叙事的结构,还能让你对叙事的结构进行拓展和尝试。许多人在讲故事时都以现实主义为根基,并切实遵循各种现实主义的惯例。如果你想要进行写作实验,那你有时就必须要扭曲、颠覆或打破这些惯例,将现实主义推倒重来。

　　叙事是一种文学类型,也是我们社会意识和社会交往的重要方面。虚构技巧如何影响文本的意识形态和心理内涵(特别是在权力关系、文化身份和记忆等方面),这是本章的重点内容,这个问题我们将在第 7 章中继续讨论。

练习

1. 用不同的方式改写同一个段落,使用不同类型的叙事者,这些叙事者包括故事的局中人和局外人(这两种叙事者分别被称为同构叙事者和异构叙事者)。在写作实验中还可以采用元小说的、公开和隐蔽的叙事者。考虑不同类型的叙事如何影响叙事内部以及叙事者与读者之间的权力动态。

2. 写一篇强调叙事者(讲故事的人)和叙述对象(被讲故事的人)之间关系的作品。

3. 写两段叙事短文,其中一段主语的语法位置是固定的,而另外一篇主语的语法位置是不固定的。

4. 写一篇对叙事铺垫进行解读的短文。

5. 写作一个包含非叙事元素的文本,即包含叙事者缺席的段落。

6. 用知觉、感受和思考建立一个视角(焦点)。

7. 建立一个视角,这个视角在外在行动和内在思想之间交替。

8. 从两个或三个完全不同的视角或焦点来写同一件事,用它来探索不同形式的主观性和不同的文化观点。

9. 写一个重组叙事的文本,叙事在过去和现在的不同时间点之间移动。思考一下,文本的结构和记忆的运作之间有什么联系。

进入叙事学,进入权力

通过熟悉叙事学,你可以学到很多控制叙事的知识。叙事学是关于叙事的理论,是结构主义的产物:它是一种理解叙事结构的分析系统。叙事学家将叙事形式的宏观结构分解为微观要素。叙事学挑战了传统的叙事定义,即有情节和角色的叙事。相反,它将叙事分解为多个组成部分。叙事学消除了讲故事的神秘感,而更加注重叙事的建构,并提醒我们注意现实生活和文本生活之间的区别。因此,叙事学关注的是叙事的具体细节,而不是叙事的主题。比如说,叙事学并不关注人物有什么行为或他们过着什么样的生活,而是关注这些角色在叙事中的功能。因此,叙事学为详细思考叙事技巧提供了一些不可或缺的工具和术语。

近年来,叙事学因其理论太过脱离语境而备受批评。叙事学确实有些过度简化。它没有全面论述叙事所处的社会和文化语境,还有这些语境能够强化或挑战不同社会群体之间不平等的权力关系。此外,叙事学并没有探讨叙事过程本身所固有的权力动态,因为由谁讲述故事以及如何讲述故事本身就是一种支配和控制。比如说,叙事可以是"独裁的",只反映叙述者的观点;也可以是"民主的",呈现多种不同的观点。然而,如果我们在写作时能够将叙事学分析与更注重主题、联系语境的写作方法结合起来,叙事学的局限性是可以克服的。这两种方法并不是互相排斥的,这也是我希望在这一章和后续章节中表达的意思。我们运用叙事学的理论时必须与对后结构主义理论的认识结合起来,例如米歇尔·福柯在他深具影响力的著作中提出"权力关系是所有话语的基础"。(如果想更多地了解福柯的思想,可以参阅《理解福柯》,丹纳赫、斯寄拉托、韦伯,2000。)

因为叙事学是基于系统分析而非人文主义的研究方法,因此其使用的术语通常与你可能熟悉的术语有所不同,比如说"闪回"(flashback)被称为**"倒叙"**(analepse)。这些取而代之的术语比原来那些术语更加具体,所以我也会使用这些术语,不过我有时也会将这些术语与那些更传统的术语一起使用。

叙事学家将叙事定义为一系列事件。他们将叙事的内容（即叙事讲述了什么）和叙事的方式（即叙事是如何讲述的）区分开来。叙事学家西摩·查特曼将"叙述的内容"称为"故事"，将"叙述的方式"称为"话语"。在这些术语中，语言学家重点关注的是话语，而我们在这一章中重点探讨的也是话语。

在叙事学方面，里蒙-凯南的《叙事虚构作品》是特别值得一读的好书。虽然这本书针对文学分析而非创作活动，但只要运用想象力加以适当使用，就可以将其作为叙事技巧手册来使用。这本书可以与马克·柯里的《后现代叙事理论》（1998）配合使用。《后现代叙事理论》介绍了叙事理论的新近发展，并强调了文化在叙事理论中的重要地位。

叙事、叙事者、意识形态

叙事决定了叙事者的参与程度和思想投入程度——与材料的距离或接近程度，还有投入和控制情感的程度。接下来的几个部分介绍了建立叙事的一些考虑因素，并用不同的叙事技巧对同一个文本进行改写。这样你就能获得一种感觉，了解你可以如何巧妙地处理叙事，创造自己的故事情节，并模仿这一改写过程。

关于叙事者

练习 1 建议你用几种不同类型的叙事者来改写同一个文本。这个练习还要求你仔细考虑不同类型的叙事对权力动态的影响，这种权力动态包括叙事之中的，还有叙事者和读者之间的。一个叙事者可以在故事之外，也可以在故事之内。在叙事学中，在故事之外的叙事者是异故事叙事者，在故事之内的叙事者是同故事叙事者。在故事之内或之外会营造出不同的距离感和倾向性，这些都是叙事权力动态中的重要因素。

异故事叙事者和同故事叙事者还有不同的类型。这两者都可以以第一人称或第三人称出现，可以是显在叙事者或隐在叙事者，可以是可靠叙事者或不可靠叙事者，而这些对于读者和叙事者之间的关系都会产生微妙的影响。通过对同一个文本的几次不同改写，我希望向你展示如何使用同故事叙事者和异故事叙事者，这样你自己就可以进行其他尝试。

首先让我们看看异故事叙事者：

案例 5.1　异故事叙事者(第三人称)

苏菲身为画廊主管的位置岌岌可危。董事会中没有人支持她。她希望推动画廊更快发展，收入更多当代艺术品，但多位董事会成员都对她不屑一顾。她是一个优秀的财务管理者，画廊在她的领导下蓬勃发展，但她的工作重点是创造性的发展，而不是财务上的盈亏。她的这种发展方向和直率风格惹恼了那些西装革履的家伙，因为他们只想把画廊当成一个单纯的股份公司。这个画廊存在很多内部斗争，董事会想要更多权力，但董事会也存在内部纷争。董事会成员中有两名艺术家，他们本应支持苏菲，却没有这样做，因为他们觉得苏菲没有支持他们的工作。当事情涉及一个女人时，总是有很多没有说出口的偏见。

这段文字表面上让我们鸟瞰了当时的情况，以及苏菲发现自己所处的困境。请注意这段文字是以第三人称写成的，叙事者保持着比较遥远的距离，这更突出了表面上的公正性。这样的叙述既告诉我们苏菲的动机，也告诉我们一些苏菲所不知道的关于董事会的信息。所以叙事者掌握的信息比任何一个单独的角色掌握的信息都要多。但是，我们还要注意到，叙事者并不是完全保持公正和距离的。在某种程度上，叙事者也表现出自己的情感倾向，她的同情更倾向苏菲而非董事会（在这里，叙事者的性别模糊不清，但我还是把叙事者当成女性）。她提到那些董事会的成员时说道"那些西装革履的家伙"，这样说多少有点讽刺意味，因为"西装革履"意味着墨守成规，而且她还说到董事会存在没有说出口的偏见。当然，如果叙事者愿意，那她完全可以不表露出这种情感倾向。她的措辞可以用"董事会成员"代替"西装革履的家伙"，可以用"意见"代替"偏见"。我们在这里可以看到叙事者的权力，叙事者可以控制读者对角色的认知。特别重要的是，这些语言上的细微差异会影响文本的意识形态立场，如果按照我的建议修改措辞，这个文本会变得更加保守。目前的情况是，现在这个文本，多少显示出对这个商业世界及其背后权力结构的不满。叙事者对苏菲作为一个身居要职的女性所面临的困境也表示了同情。基于这些理由，我们可以感觉到叙事者更同情的是苏菲而不是董事会。

虽然在这个案例中我们可以感觉得到叙事者的存在，但她相对来说并不是那么显眼。让我们来看看一个叙事者喧宾夺主的例子。

案例 5.2　异故事叙事者，显在的和元叙述的（第一人称）

现在我要给你们讲讲苏菲的故事，请读者们坐好，认真听，不要打断。我也不知道应该从哪里说起，但这总体来说就是一个经济非理性的结果。那些大老板想让她走人，只是他们内部也不能达成一致。坦白说,他们不喜欢被一个女人摆布。但是不要想当然,也不要望文生义,因为我了解他们的情况。苏菲并不是一个单纯无辜的受害者,她知道自己在做什么。她和其他人一样,也是这个游戏的参与者。

在这里,叙事者仍然置身故事之外,但这个文本是用第一人称来写作的,而且他的存在感更强了(虽然叙事者的性别模糊不清,但我还是把叙事者当成男性)。叙事者通过让我们清楚意识到写作的过程,以及我们所读到的是一种建构或虚构的事实,强烈地认同了作者。这种显在的叙事者是后现代主义小说的一个特色,尽管这种特色在 18 世纪和 19 世纪的小说中也有所体现。这种类型的叙事者有时被称为元小说叙事者,也就是叙事者让我们非常清醒地意识到写作的过程,并提醒我们正在阅读的是一个虚构文本。这种让作者的存在感在故事中清楚展现的做法在小说中相当普遍。比如,辛西娅·奥齐克在《帕特麦斯档案》中的侵入性叙事:"停,停,停!帕特麦斯的传记作者,停下来!快停手,拜托了。"(1998,第 16 页)在这里,叙事者跳出来说他会跳过一个场景,于是把注意力引向"现实主义幻象",把文本的写作定义为一场"表演",这与叙事本身并不是同一回事。

请注意案例 5.2 中声音和语言的不同,其中的语言在某些地方比较口语化(比如"大老板""摆布"),但看起来更有攻击性。叙事者(比之前那个叙事者对苏菲的批评要多得多)在施展他的权力,并试图以比前一个例子更直接的方式控制他和读者之间的权力关系。

相比之下,同故事叙事者是故事中的一个角色,而且大多是以第一人称与我们交谈。在这里,同故事叙事者应该是苏菲或董事会成员之一,因为他们是了解相关信息的人。

让我们看看苏菲可能如何描述这件事:

案例 5.3　同故事叙事者,中心人物(第一人称)

我开始感到恐慌,感到束手无策,似乎所有事情都对我不利。他们很可能会把我从画廊主管的位子上赶走。董事会中没有人支持我,而我也无能为力。我在画廊经营上的成功实际上对我不利。我希望画廊朝着更前卫的方向发展,展出更多的当代艺术品,但那些董事会成员却对我不屑一顾。我把画廊的财务管理得井井有条,而且画廊也在蓬勃发展,但他们却视而不见。我知道,这都是权力游戏,鲍勃和艾瑞克是董事会中的艺术家,他们肯定也在打着自己的算盘,因为他们肯定没有支持我。

这是一个更情绪化、更偏激的描述。请注意苏菲是如何强调自己的无能为力,并把她自己塑造成受害者的。另外,请注意这里运用的是过去时,我特意采用过去时是为了让苏菲的一部分讲述看起来像是在回顾过去。虽然她在结尾处转换成现在时,但前面部分使用的过去时给了她更多思考和反省的机会。

不过,同故事叙事者在叙事中也可以是一个次要角色:

案例 5.4　同故事叙事者,次要角色(第一人称)

那苏菲呢? 你可能会问! 那个女人对我来说有太多新奇的想法,所以我很高兴看到她在前几天的董事会议上被击败。她总想出风头,我觉得只要把那些画挂起来让客人看看就好了,但情况并非如此。她总是好高骛远! 我看不出她想要推

广的画作有什么意义,那些画对我没有任何意义,我猜想它们
对其他人也没有任何意义。像她这样的品位,到明年画廊里
就没有人了。

在这里,叙事者用第一人称将自己直接插入叙事中。他可能是小
说中的一个角色(我又一次把这个叙事者当成男性)。他的语气听
起来像是那些不支持苏菲的董事会成员之一,在这种情况下他是
一个同故事叙事者。不过他也可能是一个在故事之外的叙事者,
只是掌握了一点内部信息,因为这段话比较短,所以这些信息多少
有点模糊。

第一人称再次使叙事更加贴近生活,并使叙事者的性格更加
鲜明。这个叙事者显得迂腐保守。他不会花费太多时间去考虑别
人的观点。这对我们如何看待这个故事十分重要,当我们面对着
这样的叙事者时,我们很可能会更加同情苏菲的处境。这里还有
另外一个问题:叙事者的可信度。在大多数情况下,我们希望叙事
者是值得信赖的,但是当叙事者的道德立场与作者的道德立场之
间存在明显的距离时,叙事者可能就不那么值得信赖了。一般来
说,当叙事者是第三人称时,我们希望叙事者就算持有偏见也是基
于充分的理由。当叙事者是第一人称时,我们就更容易觉得叙事
者所说的可能是虚假或者夸大其词的。

事实上,有很多实验性的方法可以用来控制叙事者的身份、可
信度和存在感。比如说,在阿根廷作家豪尔赫·路易斯·博尔赫
斯的《剑的形状》(1970)中,一开始是第三人称的叙述,紧接着是一
个没有名字的叙事者开始讲述自己和一个名叫文森特·蒙的角色
的故事。直到故事的结尾,叙事者才表明他就是文森特·蒙,于是
我们只好回过头去重读这个故事,并对叙事者告诉我们的事情进

行重新评估。博尔赫斯在这部作品中隐藏了叙事者的身份,从而跟我们玩了一个叙事者权力的游戏,也让故事拥有了一种双重性。类似的,在新西兰作家珍妮特·弗雷姆的《简·戈弗雷》中,叙事者声称要讲一个关于艾莉森·亨得利的故事,然后在结尾宣布她就是艾莉森·亨得利,尽管她的身份还是不太明确。苏菲的故事也可以由她自己讲述,直到最后才说明她就是画廊的主管,不过这样就需要对叙事进行许多调整。

　　以上所有案例都是关于现实主义的场景,但同样的技巧也可以应用到现实性比较少而寓言性比较多的叙事之中。比如说,叙事者可以是一股控制着事态发展的更高力量,或者是一个从自己的角度来观察整个事件的没有生命的物体。无论是哪一种,叙事者都可以采用同样的叙事技巧,也可以采用同样的权力动态。

关于被叙事者

　　在任何叙事中,叙事者实际上是在对叙事学中称为被叙事者的人说话(请见练习 2)。被叙事者可以是读者,但叙事者也可以对书中的其他角色说话。以第二人称“你”出现,可以在叙事者和被叙事者之间营造出一种亲密的关系,有时甚至可以制造出一种令人不安的氛围。让我们试着用第二人称来改写苏菲的故事:

案例 5.5　第二人称叙事

　　你以为你可以保持理想主义,可以躲过麻烦,你总是对未来的情况保持乐观。你对画廊的管理很成功,所以认为没有人可以对你说三道四。你怀疑自己的直率是不是有时会冒犯到别人,你好像被自己的诚实劫持了。但你无法将艺术变成金钱的得失,事实就是如此。

在这里，叙事者假定了她想象中的苏菲的观点，并对着怀有这种观点的苏菲说话。第二人称让叙事者拥有了某种权力，甚至让她占据了道德高地（虽然我把这个叙事者当成女性，但在这里叙事者的性别并不明确）。

在叙事中使用第二人称，还可以让谁是被叙事者显得比较模糊，所以在实验小说中最经常使用第二人称。通过代词"你"，叙事者可以一边对叙事中的某个人说话，一边对读者说话，从而让读者了解正在发生的事（这种称呼也经常出现在诗歌中）。第二人称有时可以非常有效地用来暗示一个分裂的主体，这个主体的一部分仿佛正看着另一部分在做什么，于是这个主体既是行动者也是受动者。美国作家弗雷德里克·巴塞尔姆的短篇故事《女店员》就是一个第二人称叙事的优秀案例。

如果被叙事者是明显存在的，我们通常会希望这个被叙事者持续在场。不过，在实验性叙事中被叙事者可能以一种令人困惑和不安的方式在叙事中出现和消失。通过这种方式，我们不仅可以质疑是谁在讲故事，也可以质疑故事是对谁讲的。

主语地位

对被叙事者的疑问引导我们去探讨主语地位的问题。我们已经看到如何使用第一人称和第三人称（还有比较少见的第二人称）来进行叙事。练习 3 请你用两种方式来描写同一件事，其中一个的主语地位是固定的，另外一个的主语地位是不固定的。

在很多短篇故事和小说中，主语地位从始至终都保持一致。大多数叙事都倾向于让主语地位保持稳定，但在实验性叙事中，主语地位可能会发生变化，这种变化越快速越频繁，那么造成的破坏性就越大。这样会影响我们辨认主语，也就是主语究竟是谁，他（或她）占据着什么地位，他（或她）和故事中的其他人是什么关系。让我们用实验模式来改写苏菲的故事，在这个模式之下她的自信受到打击，她试图接受镜子中的自己，一种不固定的主语地位反映出她的困境。

案例 5.6　不固定的主语地位

　　我说不清这是谁。你的目光欲拒还迎。她在避开我的视线。我转过头，看着自己的肩膀。如果你移动，我也会移动。她在镜子中飘动，犹豫着，又停下。你想要知道得更多，想要分开海浪穿行而过。她向后退，需要为她的梦想找到合适的语言。

这里究竟是有一个人还是有两个人，这个问题有点模糊不清。不过这里有一面镜子，所以我们可以推测这里只有一个人，而我们正在探索她分裂的主体性。我们也可以把这个文本视为第 1 章的镜子练习的另外一个案例，这个案例不仅在主题上而且在写作技巧和语法层面上展现出多重和镜像的概念。

　　这样改变主语地位有什么意义呢？最重要的意义是从根本上和语法上摧毁了一个传统观念：我们拥有一个无需质疑、和谐统一的自我。这强调了我们都是由分裂甚至是破碎的自我所组成的。美国作家卡罗尔·马索的《戴着中国帽子的美国女人》(1995)就是一个优秀案例，这部作品用不断转换的第一人称和第三人称创造出一个分裂的自我。在下面这个文本中，叙事者用第一人称来表达自己，同时也用第三人称来审视自己：

案例 5.7　不固定的主语地位

在旺斯的第二天,我去了市政游泳馆。

她听到水浪冲刷岩石的声音。

她看着法国人在游泳,注意到他们更喜欢蛙泳。她看着一个穿黑色泳衣的女人点燃一根雪茄。这些日子她感到一种无处不在的奇怪情欲。微风将她推向一些陌生的男人。那些男人说着她听不懂的语言。

她戴着那顶中国帽子。手上拿着一本打开的笔记本。

在这些日子里,她发现她经常用第三人称来描述自己,就好像她是另外一个人。在远处看着自己。

摘录自《戴着中国帽子的美国女人》(马索,1995,第21页)

主语地位的微妙变化经常在实验小说中出现。澳大利亚作家萨布丽娜·阿基里斯的小说《荒野》就具有这个迷人的特色,主语转换为第三人称有时会打断第一人称的连续性,反之亦然。

全知的叙事者

叙事者不仅可以控制我们对故事的道德判断,还可以控制我们对叙事的了解程度。在这个意义以及其他许多意义上,叙事者掌握着主动权。叙事者可以提前告诉我们某些信息,也可以暂时保留某些信息(请见练习4)。有时候,读者知道的要比角色(或某些角色)知道的更多,有时候读者知道的更少。有时候叙事者会留下一些与结局有关的线索,请注意下面这个案例的结尾:

案例 5.8　叙事的铺垫

苏菲身为画廊主管,她的位置岌岌可危。董事会中没有人支持她。她希望推动画廊更快发展,收入更多当代艺术品,但多位董事会成员都对此不屑一顾。她是一个优秀的财务管理者,画廊在她的领导下蓬勃发展,但她的工作重点是创造性的发展,而不是财务上的盈亏。她的这种发展方向和直率风格惹恼了那些西装革履的家伙,因为他们只想把画廊当成一个单纯的股份公司。这个画廊存在很多内部斗争,董事会想要更多权力,但董事会也存在内部纷争。董事会成员中有两名艺术家,苏菲原本希望能够得到这两人的支持,实际却没有得到他们的支持,因为他们想要一个更热情支持他们作品的主管。此外董事会成员的态度也与他们对一个女性管理者的看法有关,苏菲后来才发现这对整件事的结局有很大影响。

这样的暗示通常足以激起我们的好奇心,让我们想知道接下来发生了什么事情。

在一些文本中,叙事者知道的要比角色知道的更多。在这种情况下,叙事者会把角色的观点展示出来,同时暗示事情远比我们看到的更复杂,而这些复杂因素对故事的结局有着重要影响:

案例 5.9　*叙事的铺垫*

苏菲看着新来的董事会成员,想着她是不是曾经见过这个人。他看起来很眼熟,但苏菲想不起他的名字。也许他只是看起来跟另外某个人有点相似?这很难说得清。他看着苏菲的表情,让人觉得他并不认识苏菲,但他的若无其事看起来好像有点刻意,这让苏菲感到不安和可疑。几个月后,苏菲才想起她在什么地方见过他。

在芭芭拉·范恩的畅销小说《烟囱清洁工的男孩》(1998)中,每个角色和读者对故事的认知总是处于不同阶段,最终的真相是兄弟两人并非出于故意的乱伦。到最后只有作者和读者清楚地知道整件事,而其他所有角色对真相都是一知半解。这种对信息有所保留和缓慢揭示的方式(这不仅是对读者的尊重,也是对书中角色的尊重),在侦探小说或其他以情节为主导的小说中最为常见。

缺失的叙事者

最后(请见练习 5),你可能想在你的叙事作品中引入一些非叙事性的内容,这些内容可以是日记、书信、报纸文章或广告。在苏菲的故事中,这种非叙事性的内容可能是董事会的会议记录或报纸上关于她即将辞职的消息。非叙事性内容可以打断叙事的连贯性并制造出多样性。非叙事性内容还可以给一个事件提供不同的观察角度,并质疑客观事实的概念。所谓的"事实"依据从来就不是完全客观的,其中总是隐含着一些没有完全披露的意识形态干预。比如说,一篇报纸文章中总是包含着记者的个人偏见。

你在创作非叙事性的内容时,回头看看第 3 章中关于非文学形式的内容,可能会有所帮助。

聚　焦

叙事会影响到视角,这在当代叙事理论中有时被称为**聚焦**或导向。叙事视角是叙事者或角色对某一事件或情况所持的某种特定视角。当苏菲是叙事者时,她从自己的叙事视角来描述这件事,因为她要对正在发生的事情表达自己的观点。但是叙事并不等同于叙事视角，因为一个叙事者可以传达出几个对立角色的叙事视角。所以下一个问题是，叙事跟聚焦之间有什么关系。最明显的叙事视角有两种：一种是由一个第三人称叙事者告诉我们，某个特定人物有什么想法和感受；另外一种是角色的声音实际上占据了主导，于是叙事者和聚焦者（观察者）几乎不可分割。第三人称的优点是可以在一个较远的视角（全局视角）和某个角色的视角之间来回转换。你可以用那个角色的视角去观察，也可以用一个俯瞰的视角去观察所有角色。不过，第一人称的优点是你可以捕捉到角色的声音，还可以更明显地贴近角色的思维模式。

案例 5.3 的叙事者是苏菲，其中采用的显然是她的视角。但是，苏菲的视角也可以投射到一个第三人称叙事者身上：

案例 5.10　叙事视角，第三人称叙事

那个星期，苏菲开始意识到她的地位受到威胁。想要知道董事会的想法很困难，她只能通过猜测。她不知道情况会不会变得越来越糟糕，直到她被踢出局。董事会看来对她很不满，所以她根本就无法说服董事会接受任何事情。他们不懂艺术，更要命的是他们不喜欢艺术。按照她的观察，他们只关心利益得失。她怀疑他们讨厌她的一些行为，但她不知道这种讨厌会让他们做出什么事。这种事实在难以预测。

视角不只是一个人看待事物的角度，它总是不可避免地反映出一个人身处其中或试图避开的文化语境。一个人的视角取决于一系列的因素，如社会地位、年龄、性别或种族。比如说，一个在澳大利亚出生的孩子，她看待世界的视角会跟她的波兰祖母很不一样，这部分是因为代沟，部分是因为她的祖母在一种文化之中出生，然后又移民到另外一种文化之中。苏菲的视角部分源于她对艺术价值的看重，部分源于她对商业价值的蔑视（尽管她是一位优秀的财务管理者）。

建立一个视角

有时候，当你采用某种视角时，你的脑海中会浮现出某个人（可以是真实的人或虚构的人）。不过，现在让我们脱离预设来建立一个视角（请见练习6）。

- 感知（某个物体/事件/人物看起来、听起来、摸起来、闻起来怎么样）
- 感受（对某个物体/事件/人物的感情或反应）
- 思考（将事件概念化，并使其适应特定的意识形态立场）

所以，如果你想建立一个视角，你并不需要事先拥有某种思想。你只要从感知、感受和思考这三个词语出发就可以了。

让我们看看，在没有任何预设的语境时，这些要素可以怎样建立一个视角。当你从三个基本词语出发时，你就可以建立一个场景：

案例 5.11　*建立一个视角*
- 感知（孩子偷听到父母的对话）
- 感受（发现这些对话对自己很不利）
- 思考（改变他对父母的态度）

你只要开始这样做，就会发现很容易进一步发展出一个叙事：

案例 5.12　*拓展一个视角*
感知：一个富人家的孩子偷听到父母的争吵。从他们的争吵可以听出他不是他父亲的亲生儿子。

感受：这个孩子开始改变他对父亲的态度。他开始让自己被一些冷酷的情绪占据。他觉得被欺骗了，但他仍然爱他父亲。

思考：这个孩子开始担心谁是自己的亲生父亲，还有父母为什么欺骗他。他想到自己虽然是这个家庭的一部分，但他跟这个优越的中产家庭总是有点格格不入。

在这里，我们投射出这个孩子看待整件事的方式。事实上，我们正在接近恋母情结的一个特殊的当代版本，这个孩子对父亲的感情很矛盾，因为这个父亲可能是他的亲生父亲也可能不是。我们也看到他危险地陷入了关于血缘关系重要性的保守语境，这与他的情感立场和收养身份存在很大冲突。也许他偷听父母对话时发生误解了，也许他的结论是完全错误的，但我们是在模拟他的感知、感受和思考，而不是在探究事实真相。我们在这里也可以看出，虽然"视角"这个表达暗示着单一性，但聚焦本身就包含了差异性。男孩对这件事的想法和感受充满矛盾性和模糊性，这在很大程度上影响了他对这件事的观点。很多创意写作的书本强调要保持视角的连贯性（和内部的一致性）。不过，我相信你如果能够去探索一个视角中的矛盾性和模糊性，那你将获得最激动人心的成果，即便这样做可能会打破视角的连贯性和一致性。

叙事视角也有强调差异性的一面，这就是外在行动和内在思想之间的转换（见练习 7）。让我们看看这是如何运作的：

案例 5.13　外在行动和内在思想之间（大纲）

外在行动：向同学们展示一个创意文本。表现出镇定自若的样子。

内在思想：不确定他们会不会喜欢这个文本。

外在行动：解释这个文本。

内在思想：不确定他们是否理解文本的含义。

在文本中，这个大纲可以用两种不同的方式来表达：

案例5.14 外在行动和内在思想（写成短文）

a）简把复印的文稿给班里的其他学生传阅。她以为大家都觉得这首诗很糟糕，所以她感觉自己开始脸红了。她几乎难以置信，最后大家竟然说这首诗是他们这个星期看到最有意思的。

b）简站起来把复印的文稿分给大家。

他们是怎么想的呢？我会不会很丢脸？

第一个案例（5.14a）从头到尾都使用第三人称。第二个案例（5.14b），引入了简的声音来表达她的想法，斜体字显示了从外在行动到内在思想的实际变化。第一个案例是一个流畅的叙事，第二个引入的声音虽然打断了叙事的连贯性，却产生了一种非常吸引人的效果。

多重聚焦

本章开头的练习8请你从不同的视角或聚焦去描写同一件事，并建议你通过这个练习去探索不同形式的主体性和不同的文化观点。在这个练习中，描述的事件是一样的，但是叙事的视角发生了变化。

在关于苏菲的事件中,我们看到不同的叙事者对同一件事持有互相冲突的视角:我们在用不同方式改写同一个故事,这些方式可以互相代替。不过,同时采用几个视角来写小说是一种很有意思的方式。

多重聚焦通常在有好几个叙事者共存时发生。在简·里斯的《藻海无边》(1966)中,叙事者在罗切斯特的第一任妻子和罗切斯特本人之间转移,所以书中的各个部分是由不同的人串联起来的。与此类似的是威廉·福克纳的《我弥留之际》(1963),这个故事也是由不同的人进行叙事的,每个叙事者的名字放在他们进行叙事的那个部分上方。朱利安·巴恩斯的《爱,以及其他》(2001)也运用了同样的技巧,三个角色在简短的交替独白中表达了他们对三角恋爱的看法。多重聚焦会形成复杂的文本,在这种文本中叙事的控制力减弱了,客观事实也难以确定。故事变成了对事件的多版本描述,而事实真相永远都无法得到确认。多重聚焦也为杂合文本的诞生提供了可能性,在杂合文本中,截然不同的文化视角(比如不同的种族、性别和年代)可以互相碰撞或互相补充。苏菲遇到问题是因为她的女性身份,还有她比其他董事会成员更加艺术化的态度。不过,身为一个富裕的白人中产阶级,她的问题还不算太严重(她有一份报酬丰厚的工作,虽然她可能会失去这份工作,但她肯定可以再找到另外一份工作)。比起在画廊中展示作品的土著艺术家,或那个在她手下做兼职的残疾人助理,她面临的难题就显得没有那么严峻了。

创造多重聚焦的最简单的方法,是用两三个不同版本来描写同一件事,然后把这几个版本串联起来:

- 视角 A
- 视角 B

- 视角 C

一开始不要在不同的视角之间切换，这样会让事情变得太复杂，要学会如何保持一个视角而不是转移到另外一个视角。你可以把每个叙事者的名字作为每部分的名字，比如琼、莎莉、罗斯，或者你可以给每个部分起一个更加微妙含蓄的名字。

让我们以表格的方式来展示这个问题。我在这个表格中安排两个视角，不过如果你安排三个视角，那可能会更有意思：

案例 5.15　两个不同的视角

	视角 1	视角 2	
	感知	感知	
事件	思考	思考	不同之处/相同之处
	感受	感受	

这两个视角都集中在同一件事上（在表格的左手边），但在感知、感受和思考的层面上可以有所不同（在表格的右手边）。苏菲和董事会成员都知道现在出了问题，而且苏菲很可能会失去工作，但他们对这件事的看法完全相反，而且他们对这件事的情感反应也很不一样。董事会成员对当代艺术缺乏认识（或者说缺乏兴趣），于是他们认为苏菲"好高骛远"，而苏菲则认为董事会成员太过保守，而且他们没有看到她对画廊的管理很成功。苏菲对这件事的情感反应比董事会成员更加强烈，因为她可能失去的东西更多。玛格丽特·阿特伍德的《强盗新娘》(1994) 就是多重聚焦的一个优秀案例，这部作品同时运用了几个既相似又不同的视角来讲述同一件

事。托妮、查丽丝和洛兹三人是好朋友，她们在共进午餐时看到泽尼亚回来了，她们对这个死而复生的泽尼亚充满了怨恨和恐惧。这三个人讲述的是同一件事，但她们对这件事有着不同的认知、情感和判断。

当你采用两个不同的视角来描述同一件事时，你在这两个视角中都可以采用第三人称，但要体现出这两个视角的不同。如果你这样做，那你就采用了一个总体叙事者，不过这个叙事者将采用两个不同的视角。这样你就可以投射到角色的思维上，同时还可以自由地评论他们的行为或想法，或者运用并不完全属于他们的语言去表达他们的观点。比如说，你可以采用一个孩子的视角，但使用一些孩子不会使用的词汇。你可以用这个孩子的说话方式和词汇来叙事，同时又在一定程度上保留叙事者的说话方式和词汇。

或者，你也可以用第一人称来组织这三个视角。如果这样做，那你就需要考虑到声音、语法和词汇。声音尤其重要：某个视角可能采用非常平淡的口吻，而另外一个视角却充满感情（不过，要记住声音这个概念也是过度简化的，而且任何一个角色都可以有好几个声音）。如果你使用第一人称，你可能会发现自己正在书写一系列的内心独白，其中包含了每个角色没有说出口而在内心表达的想法。

另外一种可能是用第一人称写出一个叙事，用第三人称写出另一个，再用第二人称写出最后一个。这样可以制造出一种不同寻常的实验性效果。

叙事重组

这个章节我们将会探讨叙事的结构，还有塑造和编排事件的方式。其中的主要因素是时间的组织。

时间之箭

时间在叙事中是一个非常重要的因素，因为过去和未来都与现在有关。我们在叙事中正是通过对时间的组织才能面对历史和回忆，这些是非线性的，涉及现在和过去之间复杂的双向互动。比如说，当我们回忆时，我们不只是简单地挖掘出被埋藏的记忆：我们当前的经历不断地影响着我们对已经发生之事的归纳整理。事实上，弗洛伊德用"延迟性"（Nachträglichkeit）来阐明这个观点：我们对过去的印象总会因为我们的现状而改变（请见金，2000；米德尔顿和伍德斯，2000）。同样的，叙事的结构不只是简单的形式，还涉及意识形态和政治。比如，托妮·莫里森的《宠儿》（1988）讲述了塞丝的故事，塞丝曾经是一个黑奴，她在废除奴隶制前后的不同时间中来回穿梭。复杂的结构不只是组织故事的方式，同时也展现了奴隶制（还有对奴隶制相关历史的压制）对那些曾经的黑奴、他们的后代和美国的集体记忆有着巨大而持久的影响。

人们很容易认为，写好一篇叙事文就是简单地构思一个好故事，然后让它自己展开。但是写作一篇叙事文需要对故事的原材料进行重组，特别是对这些材料的排序。这就意味着要扭曲和打断斯蒂芬·威廉·霍金所说的"时间之箭"。如果你仔细观察过叙事的结构，就会发现这绝对不仅仅是说清"事情是怎么回事"。在这个部分,我想向你展示组织一篇叙事文的不同层面。不过,我不会采用众所周知的模式来安排叙事的顺序(比如,还没开始就结束,故事中的故事)。这不是因为这些模式有什么不好,你可能发现自己正在使用这些模式,或者发现你自己的设计跟这些模式很接近,这都没问题。不过,我下面介绍的系统方法可以帮助你用更巧妙和更新奇的方式去组织材料,并让这些材料与主题紧密结合。这样你就不必依赖标准的结构来讲故事,而可以调整一些参数来适应你的目标。

过去,现在,过去,现在

你在组织一篇叙事文时需要考虑到时间顺序,也就是过去和现在的关系。这是练习 9 的重点,在这个练习中你要在过去时和现在时中转移(还要考虑你的文章结构跟记忆的运作有什么联系,如果这两者确实存在联系的话)。遵循严格的时间顺序不一定能讲出最打动人心的故事,为了达到最佳效果,你可能要改变事件的顺序,换句话说,真实时间和故事时间很不一样。如果你从头开始一直讲到故事的结尾,那这个故事读起来可能会很平淡,你要想出能够让事件呈现出最佳效果的顺序。组织材料可能意味着对时间顺序的重大改变,还可能意味着要把很多事件排除在外。你在组织结构时需要决定采用和删除哪些材料,你要建立或打消阅读期待,还要控制叙事节奏。

在常用的概念中,返回过去被称为闪回(flashback),走进未来被称为闪进(flashforward)。在叙事理论中,闪回被称为倒叙(analepse),闪进被称为预叙(prolepse),倒叙比预叙更加常见。这些更专业的术语强调了记忆和历史中的非线性因素。

在一个比较复杂的叙事文本中,从来都不只有一个过去的时间或一个现在的时间。一个故事可以回到过去的好几个时间点，当然也可以向前转移到现在。所以过去与现在的关系充满流动性和复杂性。你在组织一个叙事文时必须考虑如何将这些不同的时间点联系起来。另外一个要点是要把过去看成是非连续的，而不是一个统一的整体，过去包括了近距离的过去、中等距离的过去和远距离的过去（或者好几个近距离、中等距离和远距离的过去）。于是当你准备组织一个叙事时，你要问自己一些问题。比如，你是否想从现在开始，回到远距离的过去，然后再慢慢向前移动回到现在？或者你想从近距离的过去开始，向后移动去到远距离的过去，然后再转移到现在吗？我们已经在第 3 章中看到，用一些可以重新排序的文本片段来设计结构是多么重要。如果你把时间看成一系列无限的点，可以分割成无限多的片段，然后你把这些片段看成是可以进行无限组合的单元，那么你就能看出叙事的结构可以具有多强的灵活性。当然，这纯粹是关于形式的决定，还要考虑到主题的适应性。

在澳大利亚作家大卫·马洛夫的《空空的午餐盒》中，故事一开始是一个女人在她家的草坪上看到一个年轻人。这个年轻人让她想起自己已故的儿子，虽然这个年轻人跟她的儿子长得并不一样。这件事还让她想起了澳大利亚那段大萧条的岁月，当时她还是一个孩子，她有一个名叫史蒂夫·凯恩的同学，这个同学的家里很穷。所以他总是带着一个空空的午餐盒来到学校，后来他年纪轻轻就死于战乱。她似乎对他有某种朦胧的爱恋，尽管她从未真正承认过这段感情。在故事中，这个女人经历了一个情感修复的过程。她做了儿子最喜欢的那种饼干，尽管她从儿子去世之后就再也没有做过那种饼干。她还拿下了挂在儿子房间墙上许多年的图画。她意识到草坪上的年轻人其实是让她想起了史蒂夫·凯恩。文中暗示这个年轻人是史蒂夫·凯恩的鬼魂回来了,他的归来让她很高兴,也促使她最终接受了自己的许多失落。

　　这个故事关乎过去和现在的关系,因为整个故事是通过回忆来推进的。但这种过去和现在的关系也成为叙事的结构。事件从现在开始并向前发展,同时又通过这个女人的回忆转移到过去的几个不同时间点。事实上,故事从现在开始,回到近距离的过去(格雷格在七年前去世),之后回到远距离的过去(大萧条时期),最后回到这个女人正在做家务的现在,她做了饼干带去了儿子的房间。通过这些行动,故事从现在向前发展,但又穿插着远距离的过去(这个女人的童年)和近距离的过去(格雷格的去世)。然后我们又来到中等距离的过去(史蒂夫·凯恩的故事),接着再次回到现在,这个"现在"比一开始的"现在"又往前推进了一些。

　　上面这些只是对这个故事的简单概括,无法详细说明故事结构和内容的相辅相成。事实上,马洛夫用一种非常微妙的方式向我们展示了过去对现在的影响,主要是将过去和现在不同时期的事件和关系进行并置,并展示了这些事件和关系之间复杂的相互作用。格雷格、史蒂夫·凯恩和草坪上那个像鬼魂一样的年轻人存在于不同的时间点,并且从不同的社会背景中被抽离出来,和这个老妇人历经创伤和逐渐复原的内心联系在一起。当我们阅读这个故事时,我们很容易忽略故事的结构,因为我们的注意力都投入了故事情节之中。但正是叙事结构联系起过去和现在的经历,还有个人和历史的记忆。在练习 9 中,你将采用这种结构来创作你的文本。

　　苏菲的故事(即便这只是一篇叙事文中的一部分)中的时间也可以用多种不同的方式来组织。比如说:(1)我们可以从苏菲被解雇的时间点开始,然后回到近距离、远距离和中等距离的过去时间点，这些时间点发生的事情导致了最终结果；（2）我们可以从故事的中间点开始，这个时候苏菲的问题开始变得严峻，接着叙事可以向后转移到近距离、中等距离和远距离的过去，然后时间再向前转移到现在的故事高潮；（3）或者采用"从头开始"的方法，从苏菲得到这个职位讲到她失去这个职位。用不同的方法来组织叙事能够产生不同的效果。比如说，从苏菲被解雇的时间点开始，这就意味着我们知道故事的结局是什么，所以我们在阅读时就可以仔细留意先前发生的事情如何导致了最终的结局。从另外一个角度来说，如果我们开始阅读时并不知道故事的结局，那叙事者就有更多的机会制造悬念，能够控制我们知道什么和不知道什么。

让我们采用第二种方式，也就是从故事的中间开始：

案例 5.16

现在：在一次董事会投票中，苏菲意识到她认为是盟友的人想要她离开这个职位。

近距离的过去：鲍勃和艾瑞克来找她，抱怨他们的作品没有得到足够多的展示。他们还暗示，如果苏菲不让他们的作品得到更多展示，那他们在董事会中就不会给她支持。

中等距离的过去：苏菲被委任为画廊的主管。

远距离的过去：苏菲回忆她身为一名艺术生的岁月。

向前推进的现在：董事会通过投票，解除了苏菲的职务。

向前推进的远距离的过去：毕业之后，苏菲对自己的艺术作品缺乏信心，于是决定进入艺术管理行业。

继续向前推进的现在：苏菲意识到她其实更想成为一名艺术家而不是一名管理者。她没有进入另外一个管理岗位，而是卖掉房子，搬到乡村去生活，她靠着微薄的收入生活，全身心地投入艺术创作,尽管她还没有得到社会认可,她的作品还卖不出去。

这个结构(开始和结束于现在的不同时间点)在叙事中最大限度地挖掘了苏菲的过去经历,这种叙事结构让我们更好地理解她对过去的认知是怎样促使她作出关于未来的重大决定的。不过,还可以有很多其他的可能性。

你也可以决定要不要"说清"过去和现在的联系,也就是在多大的程度上说明过去和现在怎样互相关联,以及过去和现在有什么因果关系。在实验叙事中,过去和现在的联系可能不像在传统叙事中那么明显。这种联系可能会被彻底颠覆,比如英国小说家马丁·艾米斯的《罪行的本质》(2003),在这部作品中故事是倒着讲的。这个问题我们在第 12 章中会进行更加详细的讨论,到时我们还会讨论关于时空压缩的问题。

结论:开放性和封闭性

所有的叙事都具备某种程度的开放性和封闭性。封闭式叙事是结局已经基本确定的叙事。大多数侦探小说都是封闭性结构,因为这些小说最后都会揭露谁是凶手。不过也有越来越多的侦探小说家对这个文体进行拓展,为真相的揭露留下更多模糊性,从而创造出更具开放性的叙事。苏菲的情况越明了,关于她的叙事就越封闭。比如说,如果她在画廊找到另外一个工作,并确切发现她之前被解雇的原因,那么这个叙事就会相对封闭。但是如果读者看完这个故事之后还有很多疑惑(到底发生了什么事?董事会是否存在问题？苏菲是否被解雇？)，那么这个叙事就具有很大的开放性了。

　　我们在本章中看到的许多写作模式都更倾向于开放性。比如，多重聚焦就为事实究竟如何制造了模糊性。这种类型的开放性叙事可以让阅读拥有更多主动性，因为读者必须在不同结果之间做出选择，或者接受所有不同的可能性。罗兰·巴特区分了"读者型文本"和"作者型文本"。在"读者型文本"中，作者严密控制着整个叙事和对这个叙事的解读。在"作者型文本"中，读者能够最大限度地运用他们的解读权力。"读者型文本"具备更多封闭性，"作者型文本"具备更多开放性。大多数实验文本倾向于更高程度的"作者型"。

　　开放性叙事倾向于用一种更多层面的方式来描述历史，因为这样不会关闭其他的可能性。封闭性叙事可以讲述一些充满力量的故事，但正如后殖民主义理论家霍米·巴巴(1994)所言，封闭性叙事也可以带来边缘性和拒斥性。我们有时需要运用更具开放性的叙事策略来描叙历史和个人的复杂性，因为没有任何一个故事可以为所有的文化和身份代言。在第 7 章，我们会进一步探讨后现代主义小说和叙事的开放性，以及叙事的开放性对我们看待历史、身份和现实的影响。我们还将探索后现代改编，以及对人物和情节的重新思考。

参考文献

Achilles，S. 1995，*Waste*，Local Consumption Press，Sydney.

Amis，M. 2003，*Time's Arrow or The Nature of the Offence*，Vintage，

London. First published in 1991 in Britain by Jonathan Cape.

Atwood, M. 1994, *The Robber Bride*, Virago, London.

Barnes, J. 2001, *Love, etc*, Picador, London. First published in 2000 by Jonathan Cape.

Barthelme, F. 1989, 'Shopgirls', *Enchanted Apartments, Sad Motels: Thirty Years of American Fiction*, (ed.) D. Anderson, McPhee Gribble Publishers, Melbourne, pp. 49 – 62.

Barthes, R. 1974, *S/Z*, (trans.) R. Miller, Hill & Wang, New York.

Bhabha, H. 1994, *The Location of Culture*, Routledge, London.

Borges, J. L. 1970, 'The Shape of the Sword', *Labyrinths: Selected Stories and Other Writings*, Penguin, Harmondsworth, Middlesex, pp. 96 – 101.

Chatman, S. 1978, *Story and Discourse: Narrative Structure in Fiction and Film*, Cornell University Press, Ithaca, New York.

Coetzee, J. M. 2003, *Elizabeth Costello: Eight Lessons*, Knopf, Random House Australia, Sydney.

Currie, M. 1998, *Postmodern Narrative Theory*, Macmillan Press, Basingstoke, Hampshire.

Danaher, G. , Schirato, T. and Webb, J. 2000, *Understanding Foucault*, Allen & Unwin, Sydney.

Faulkner, W. 1963, *As I Lay Dying*, New York, Penguin London. First published in 1930 in the United States.

Frame, J. 1989, 'Jan Godfrey', *Goodbye to Romance: Stories by Australian and New Zealand Women 1930s—1980s*, (eds) E. Webby and L. Wevers, Allen & Unwin, Wellington, pp. 122 – 6.

Hawking, S. W. 1988, *A Brief History of Time: From the Big Bang to Black Holes*, Bantam Press, London.

King, N. 2000, *Memory, Narrative, Identity: Remembering the Self*, Edinburgh University Press, Edinburgh.

Malouf, D. 1986, 'The Empty Lunch-Tin', *Transgressions: Australian*

　　 Writing Now，（ed.）D. Anderson，Penguin，Ringwood，Victoria，pp. 97 –
　　 103.

Maso，C. 1995，*The American Woman in the Chinese Hat*，Plume，New York.

Middleton，P. and Woods，T. 2000，*Literatures of Memory: History*，*Time
　　 and Space in Postwar Writing*，Manchester University Press，Manchester
　　 and New York.

Morrison，T. 1988，*Beloved*，Picador，London.

Ozick，C. 1998，*The Puttermesser Papers*，Vintage International，New York.

　　 Rhys，J. 1966，*Wide Sargasso Sea*，W. W. Norton & Company，New
　　 York.

Rimmon-Kenan，S. 1983，*Narrative Fiction: Contemporary Poetics*，Methuen，
　　 London and New York.

Trezise，B. 2000，'An All-time Favourite Motto'，*Unsweetened*，（eds）S.
　　 O'Leary，A. Lucas and S. Yip，UNSW Union.

Vine，B. 1998，*The Chimney Sweeper's Boy*，Penguin，London.

第 6 章
对　话

我们对"对话"这个术语的通常理解是两个人或多个人之间的对话。因此，对话的重要特点是交流，这个特点就是我在这一章中即将探讨的。交流可以有很多不同类型，也可以随着对话的进展而改变。

对话是我们使用语言的基本方式：我们通常是对某个人说话或书写。词语和意义在社会交往中不断被修改，这就是为什么文学理论家米哈伊尔·巴赫金说语言具有对话性（霍奎斯特，1981）。对话在所有文化和政治语境中都极为重要，也是沟通的基础。对话的中断，无法有效交流彼此的观点或理解彼此的观点，将会导致人际关系的极度紧张。对话的中断还可能导致更加广泛的社会偏见和文化分裂，不仅可能导致种族主义、性别主义，甚至还可能导致暴力和战争。文学对话可以探索交流的起承转合，即便是最无伤大雅的对话背后也可能隐藏着权力关系。

对话可以是任何类型写作的一部分，所以无论你对哪种写作类型感兴趣，都可以将对话纳入你的作品。虽然对话在小说或戏剧中最常见，但对话也可以构成诗歌的基础，或出现在非传统戏剧的其他表演之中。写作可以被视为某种对话，即便它不是严格意义上的对话形式。比如说，可以有内部对话和外部对话，角色可能对自己说话，也可能对别人说话。还有，不在一个交谈（这里是指传统意义上的交谈）中的声音之间也可以形成对话。比如说，在广播节目中，声音可能是多声道的，一个声音可以有几个不同的版本，所以这个声音可以与自己对话。第10章将对这些形式的对话进行更加深入的探讨。

对话在各种文学类型中都有各自的运作规则，你可以选择遵循或打破这些规则。比如说，在戏剧中的对话通常不能插入作者的评论，对话作为一种独立的存在，所有东西都应该借由对话来暗示或表达出来。与之不同的是，在小说或短篇故事中经常会插入作者的评论。这是因为戏剧中的对话必须在我们面前表演出来，而小说中的行动通常在纸张上呈现。这就是各种对话的规则，你也许想遵循这些规则，但你也可以打破这些规则，并借由打破规则的过程来重新思考对话的本质以及我们可以怎样使用对话。比如说，美国剧作家理查德·福尔曼的戏剧《迎合大众：一种歪曲》（1977）就打破了戏剧对话不受干扰的规则。在戏剧表演时，福尔曼会通过录音来评论现场的表演，甚至对戏剧的结构发表评论。与之相对的是，在唐纳德·巴塞尔姆的小说《天堂》（1987）中，正常的叙事性写作会突然转变为一整章的对话，而在这些对话中没有任何作者的评论。

创作对话时既可以直接写在纸上，也可以通过声音来记录。你可能想和朋友进行即兴对话并录制下来，或者你可能想借助多声道录音机来和自己进行对话。最重要的是，你可以把自己写下的对话大声念出来，这样你就能体会到真实的声音效果。这种方式可以帮助你锻炼自己耳朵对有声对话的感受力。

练习

1. 设计一个问题,然后给出关于这个问题的一系列回答。你可以设计出一个问题,然后用一段比较长的对话来回答这个问题。

2. 写出两段比较短的对话,一段属于现实主义,另外一段属于非现实主义。

3. 写出一段话,展现出两个人之间的权力斗争。

4. 写出一段对话:

   a) 表现出从低水平交流向高水平交流的变化,或者相反方向的变化。

   b) 表现出一种不同寻常或打破常规的交流方式。

5. 写一段多人对话,也就是这个文本中有好几个人的声音,而不只有两个人的声音。

6. 写一个文本表现某种当代的对话形式,比如电子邮件或电视谈话节目。

7. 写一段处于特殊语境下的对话。

8. 写一个文本,在文本中和另外一个人"对话"。

对话能够发挥什么作用?

在一篇叙事文或一部戏剧中,对话的作用是展现角色和推动情节。剧作家经常利用对话的这个作用。不过,我在这里要建议你先构思出一段没有什么具体作用的对话,这样你就不会只顾着让这段对话适用于某个预设的角色或情节。你会有更多的探索空间。你可以把这段对话看作一种开放的交流,这样的对话拥有无限的发展可能。试着让编写对话的过程更具延展性,让每句话都能延伸出另外一句话。你可以即兴创作一段对话:先写下一句话,然后让这句话往不同的方向继续延伸。

构思对话的一个好方法是针对某一个问题进行各种不同的回答(见练习1)。"你今晚什么时候回家?"这是一个非常普通的问题,让我们想想对这个问题可以有什么不同的回答。看看下面各种可能的回答,这些回答显然是许多可能性中的一部分:

案例6.1 对一个问题的不同回答

问题:你今晚什么时候回家?

回答:六点钟。

(直接的回答)

问题:你今晚什么时候回家?

回答:我不知道。

(没有交流信息的回答)

问题:你今晚什么时候回家?

回答:你觉得呢?

(充满挑衅,把问题扔给对方)

问题:你今晚什么时候回家?

回答:我为什么要告诉你?你为什么总想绑住我?

(充满攻击性)

问题：你今晚什么时候回家？

回答：我会尽快回来。

（甘心乐意的回答）

问题：你今晚什么时候回家？

回答：时间就在你喉咙中，但你不能把它吞下去。

（充满诗意，虚幻而不实际的）

问题：你今晚什么时候回家？

回答：我今晚什么时候回家？

（重复问题而不是给出答案）

这些迷你对话代表了不同类型的社会互动，还有让对话成为对话的各种方式。如果我们把这些对话想象成戏剧中的台词，那么我们就要注意三个要点。第一，在某种程度上，这种对话暗示了一种现实主义的写作风格。大部分对话都属于现实主义风格。不过，"时间就在你喉咙中，但你不能把它吞下去"这个回答就显得比较诗意，不像其他回答那么实际。在日常生活中你通常不会听到这种回答，这种回答暗示了一种更加注重内在感受而非外在现实的写作风格。第二，即便是在非常简单的对话中，也可能隐藏着某种情感冲突或权力斗争。比如，"你今晚什么时候回家？"，当这个问题的回答是"你觉得呢？"时，回答者试图避开问题，并用一种有点欺负人的方式将问题推回给提问者。这里隐含的意思远远超出一个简单的提问和回答。在这个问题背后隐含着一个语境，这个语境与两人之间的关系和权力平衡密切相关，而这种权力关系正影响着他们的对话。第三，对话可能显示出高水平或低水平的交流，或者是在这两个极端之间的某种交流。换句话说，对话并不总是以能够促进社会互动的方式进行，有时可能是对社会互动的阻碍或取代。

请在练习 1 中亲自尝试这些对话。你可以提出任何一个问题，然后给出一系列的回答。除了我在上面列出的那些回答，你还可以创造出其他类型的回答。你也可以把其中一个对话扩展成一段比较长的对话。

现实主义的撤退

练习 2 要求你写出两段对话，一段是现实主义的，另外一段是非现实主义的，第二段可以是对第一段的改写。事实上，所有的对话都在现实主义与非现实主义之间。现实主义对话以我们平常听到的对话为基础，虽然有时会遇到一些戏剧性的场面。比如说，在阿瑟·米勒的《推销员之死》中有一个片段（1985，第 10 - 11 页），这个靠近戏剧开头的片段就是现实主义对话的优秀案例。在这个片段中，威利·洛曼向他的妻子抱怨说，他在工作中没有得到重视，而且他的儿子比夫也没有什么雄心大志。这段对话的作用是展示威利的性格，为后续爆发的矛盾铺垫原因。这段对话说明威利是一个无法实际面对生活的人，还有他的工作前景也相当渺茫，他无法把儿子看成一个独立的个体，他被物质价值蒙蔽了双眼，只有妻子始终支持他。这些问题都随着戏剧的发展而变得更加严峻，剧情主要是对威利困境的根源的剖析，还有他的失败对其他人的影响。这样的对话似乎在模仿熟悉的对话模式，但是戏剧或小说中的对话比现实生活中有更多的模式。即便这些对话是基于生活观察的,但还是经过了大量的艺术加工。为了确定这一点,你可以记录下一次交谈,然后再根据记录写成一段对话,这样你就会看出需要对原材料进行多少加工。你必须删去一些不相关和重复的对话,才能让人物性格和故事情节得到更加集中的展现。

《推销员之死》主要讲述了威利无法面对现实,但这部作品的基本戏剧模式仍然属于现实主义。不过,在当代戏剧中的对话就不一定属于现实主义。下面的对话出自美国剧作家罗伯特·威尔逊的《给维多利亚女王的一封信》,你可以看出这段对话并不像我们预期的那样,这些对话看起来完全不合逻辑。

案例 6.2 非现实主义对话

（开幕）

1（高歌）
2（高歌）

1 她摔断了脖子
2 那不是我做的

1 噢,你是
2 谢谢

1 是的,那些东西
2 不,这是第一次……好的,非常感谢

1 你以前来过这里吗?

2 不,这是第一次……好的,非常感谢

1 不,格蕾丝,你从来没有告诉过我,但总有一天你会告诉我
2 不,我从来没有处理过遗嘱认证的案子,我已经跟你说过了

1 谢谢你,格蕾丝,我的意思是你不是厨师……你
2 我的意思是,我下班回到家,就盼着桌上已经摆好饭菜

1 她对此非常不满
2 哦,这确实是个问题

1 就算她做了又怎样
2 你不要告诉曼达这件事,不要告诉亚当她的生日

1 你知道,曼达喜欢笑话。她也是一名律师
2 让我们来洗碗

摘录自《给维多利亚女王的一封信》(威尔逊,1977,
第 55－56 页)

以上对话不同于我们在《推销员之死》中看到的那种功能性对话,
其中的互动并不是以正常方式进行的。后一句话在大多数情况下
(虽然在程度上有点差别)看起来与前一句毫不相关。比如,"那不
是我做的"可以理解为(虽然有点奇怪)"她摔断了脖子"的回答,但
是"谢谢"无论从哪个角度来看都不像是"噢,你是"的回答。另外

一些回答看起来似乎比较合适,比如"你以前来过这里吗? 不,这是第一次……"。但是这样的对话片段一遍又一遍地重复,像咒语一样颠覆了戏剧的常规。这种对话不像《推销员之死》这类现实主义戏剧,并没有先建立一种特定的语境,然后再将对话延续下去。恰恰相反,这种对话似乎暗示了某种语境,但是很快就从这种语境中退出来或者转移到另外一个语境。比如,"不,格蕾丝,你从来没有告诉过我,但总有一天你会告诉我",这句话似乎暗示了有一个秘密,但是接下来说到的"遗嘱认证的案子"跟前面一句话并没有什么明确的联系。然后对话又转向与做饭有关的家庭争吵,但是后面又出现了与法律相关的对话,"她也是一名律师"。这让我们想起"遗嘱认证的案子",这似乎暗示了某种关联,却没有足够的依据让人发现其中的连贯性。这段对话还有很多语法上的特指,这让人很难分清说话者是在指自己、对方还是其他人。比如,虽然"她摔断了脖子"中的"她"看来是在指向第三个人,但接下来的回答看起来好像这件事跟他(或她)本人有关。这段对话还在截然不同的语体风格之间急剧转换——诗意和琐碎之间的转换,梦幻和庸常之间的转换。

事实上,这段对话并不是在反映正常的对话,也不是为了展现角色或推动情节发展,而是包含了交谈中通常不会被展现出来的思维过程,并允许那些无关的、独立的或多余的内容进入对话。换句话说,这段对话保留了那些在其他戏剧中会被删除的内容。这样的对话看起来好像强调了交流的障碍,也就是我们无法向别人清楚表达自己的意图和感受。但我认为事实可能恰恰相反:它让我们能够以一种更加自由的方式来交流,只是这种交流模式在惯常的社会交往中受到压制。因为它展露了潜意识的想法、不安全感和不确定性,虽然这些在日常对话中受到严格控制并被部分隐藏了,但在人们的对话中仍然发挥着重要的影响力。

为了尝试这种对话,你也许可以使用威尔逊的这段对话作为模板来改写一段现实主义的对话,尽量避开对人物和事件的直接展示。

对话也可以通过其他方式来变成非现实主义的。比如,在英国小说家马丁·艾米斯的《时间箭》中,事件和对话的顺序都是颠倒的。案例6.3是这部小说的摘录,这段关于医生和病人的对话被叙事者称为"倒着说"(托德是那个医生的名字,在这部小说的后面可以看出他是一个纳粹战犯):

案例6.3 *前后颠倒的对话*

　　托德:"这样可能会引起恐慌。"

　　病人:"大声喊着火了。"

　　托德:"如果你在剧院中看到火光和烟雾,那你会怎么做?"

　　病人:"是吗?"

　　托德停顿了一下。"这不是一个正常的回答。正常的回答应该是:'没有人是完美的,所以不要批评别人。'"

　　"他们会打破玻璃,"病人皱着眉头说。

　　"'在玻璃房里的人不应该扔石头',这句话是什么意思?"

　　"嗯,76,86。"

　　"93减去7是多少?"

　　"1914年至1918年。"

　　"第一次世界大战是什么时间?"

　　"好的,"病人说,坐着挺直身体。

　　"现在我要问你几个问题。"

　　"没有。"

"睡眠还好吧？消化有什么问题吗？"

"我到 1 月就满 81 岁了。"

"你多大年纪了？"

"我感觉不太舒服。"

"嗯，有什么问题吗？"

摘录自《时间箭》（艾米斯，2003，第 35 页）

这种"倒着说"的对话产生了非常奇怪的效果。病人对托德的提问似乎给出越来越奇怪的回答，但这些回答也符合托德的判断："这不是一个正常的回答。"事实上，这段对话我们可以正着读也可以倒着读，尽管这两种读法的效果很不一样。因为交谈并不总是像我们想象的那样向前发展，而因果关系的逆转有时可以产生很有意思的效果。这段对话如果我们正着读，那么病人的回答就显得很奇怪，但如果我们认为病人故意捣乱或者有精神问题，那这样的回答也可以被视为是"真实的"。从另外一个角度来说，这段对话如果我们倒着读，那么病人的回答就显得比较正常。医生认为这些回答不正常，但我们可能不会这样认为，于是那个医生就显得太过强势了。无论是哪种情况，最令人疑惑的是病人的精神状态，最关键的是病人和医生之间的权力关系。把对话颠倒过来可能会让对话的政治和心理含义发生扭曲，但不一定会让对话变得毫无意义。

为你的对话增加力量

练习 3 的重点在于对话表达情感投入和权力关系的方式。基思·约翰斯通在《即兴》一书中很好地阐述了对话中权力关系的重要性。《即兴》介绍了表演中的即兴技巧，因此主要是关于如何创作表演中的对话，但这本书中的很多观点对于普通写作也具有重要意义。约翰斯通作品的一个重要特色是他强调了对话中权力关系的必然性。我们在第 5 章中曾经提到，文化史学家米歇尔·福柯认为权力关系是一切对话的基础。从这个层面来说，约翰斯通的作品与福柯的观点有相似之处，并且他们展示了这个观点在现实中的体现。约翰斯通认为，任何对话都涉及每个人对别人采取的高姿态或低姿态。如果有人对你说了什么，你可以选择接受与之相关的高姿态或低姿态。也就是说，接受一种优势地位或劣势地位。对于正在即兴表演中的演员，约翰斯通的建议是"让自己的姿态比搭档稍微高一点或低一点"（1981，第 44 页）。约翰斯通认为，在任何特定遭遇中，人们总是要么采取低姿态，要么采取高姿态。权力游戏一直在进行，不仅是在竞争对手之间，也在朋友之间。

约翰斯通说：

> 我相信……人们总是倾向于某种姿态，他们要么喜欢低姿态，要么喜欢高姿态，而且他们总会设法处于自己喜欢的那种姿态。一个扮演高姿态的人说："不要靠近我，不然就咬你。"一个扮演低姿态的人说："不要咬我，我不值得你咬。"

> （1981，第 37 页）

约翰斯通还说到跷跷板原理：

> 你走进一个化妆间，然后说"我得到这个角色了"，那

么每个人都会祝贺你,但会暗自难过。如果你说"他们说
我太老了",那么大家会同情你,但会暗自高兴。

(1981,第 37 页)

因此,对话可以根据参与者对彼此采取的姿态高低来设计。但对
话也可能涉及彼此之间地位的较量或改变。我们在爱德华·阿尔
比的《谁害怕弗吉尼亚·伍尔夫?》中就可以找到这样一段对话。
这部戏剧主要讲述了妻子玛莎和丈夫乔治之间的权力斗争。他们
都试图控制和战胜对方,而究竟是谁"赢得胜利"一直在反转。在
下面的例子中,玛莎嘲笑乔治,乔治反击说他不想像她那样"喋喋
不休"来扭转局面。但玛莎还有一个妙招,那就是她邀请了客人却
没有告诉乔治。这里有一些性别角色的颠倒。乔治是那个被动的
人,他觉得"累了",想自己待着,而玛莎有主见、要求苛刻、咄咄
逼人:

案例 6.4　对话中的权力斗争

乔治:我累了,亲爱的……现在已经很晚……而且……

玛莎:我不知道你有什么好累的……你一整天都没有干
什么事,你没有上课,也没有任何……

乔治:好吧,我累了……如果你爸没有安排这些该死的周
六狂欢……

玛莎:乔治,你真是太糟糕了……

乔治(咕哝着):好吧,我反正就这样。

玛莎:你什么事都没做,你从来就没做过什么事,你从来
都不能跟大家打成一片。你只会坐在一边随便闲聊。

乔治:你想让我干什么呢?你想让我跟你一样吗?你想

让我一整晚都走来走去,像你一样对着所有人呱呱叫?

玛莎(开始大叫):我没有呱呱叫!

乔治(语气放缓了):好吧……你没有呱呱叫。

玛莎(有点受伤):我没有呱呱叫。

乔治:好吧。我已经说了,你没有呱呱叫。

玛莎(噘着嘴):给我弄杯饮料。

乔治:什么?

玛莎(柔声说):我说,给我弄杯饮料。

乔治(走向吧台):好吧,我觉得睡前喝一杯也不会要了谁的命……

玛莎:睡前喝一杯!你在开玩笑吧?我们还有客人。

乔治(难以置信):我们还有什么?

玛莎:客人。客人。

乔治:客人!

玛莎:是的……客人……大家……我们的客人正在过来。

乔治:什么时候?

摘录自《谁害怕弗吉尼亚·伍尔夫?》(阿尔比,1965,第13页)

在练习3中,想象一个可能涉及权力斗争的情景。这个情景可能是:

- 在父母和孩子之间
- 在工作的地方
- 在不同主张的政客之间
- 在大学老师和大学生之间
- 在小学老师和小学生之间
- 在一个移民官和一个移民者之间

- 在一个服务员和一个顾客之间
- 在摇滚乐队的成员之间或弦乐队的成员之间

你可以让其中一人采取低姿态,然后让另外一个人采取高姿态。不过请记住,在这样的情况下,也许只需几句对话,双方的权力平衡就会发生改变。

交流的起承转折

练习 4a 请你创造一段对话,这段对话是从低水平的交流向高水平的交流发展,或者是反方向发展。大多数国内和国际问题都是由无效沟通造成的,无论是有意识的还是无意识的。朋友之间、国家之间和不同文化之间、家庭内部和机构内部的交流经常不尽如人意,有时甚至达到灾难性的程度。战争标志着交流的最终崩溃:武器取代了语言。从比较小规模的社会交往来说,交流可能是相当片面的。比如,某个参与者可能会主导谈话,滔滔不绝地说出自己的想法,而没有给其他人留下多少表达的空间。反之,当两个参与者沟通良好时,他们就处于"有问有答"的模式。这样的对话才是真正的对话,在双向互动中为彼此提供信息。提问是为了引出重要信息和增进理解,回答是为了提供信息以便进行更深入的提问。在这样的对话中,交流总是可以不断深入,因为每个提问都建立在之前回答的基础之上。此处的重点是这个过程的累积性,也就是朝着互相理解的方向去推进。在夏洛蒂·勃朗特的《简·爱》中,当简和罗切斯特身处求婚的场面时,他们一开始的交流并不顺畅,因为他们两人都隐藏了自己的真实感受(他们彼此相爱)。但是,随着简开始表露自己的感情,罗切斯特也能够表达他的感情时,于是他们对对方的理解大大增进。当他们意识到自己正被对方深爱着,所以可以直接说出自己的感受时,他们的交流就取得了圆满的结果。这里的关键是,随着情节的发展,他们对彼此的表达有了越来越多的回应,而且最后的结果进一步激发了他们更多的情感投入。

　　一些剧作家作品中的对话完全是非交流性的,其中最著名的代表是哈罗德·品特。在品特的短剧《最后离开》中,两个参与者(咖啡店老板和卖报老人)不断重复对方的话语,让谈话停滞不前。他们提出了问题,给出了答案,但并没有试图引出或给出真正的信息。事实上,正如迪尔德丽·伯顿指出的那样,这两个角色不停地提问和确认他们都知道的事,他们也知道对方都知道,而观众也知道他们都知道(1980,第 10 - 12 页)。在品特的对话中,虽然可能有某种危险潜藏在表面之下并突然爆发,但往往没有任何真正的行动导向彼此交流或互相理解。品特的戏剧讽刺了我们经常为了交谈而交谈,为了给人一种交流的假象,而实际上并没有任何真正的交流。不过,这些戏剧也探讨了因为缺乏交流而造成的可怕后果。

　　在练习 4a 中,你要创造一个情景,在这个情景中两个人拥有良好沟通的可能,但他们没有坚持不懈地付诸实践。你可以展现出从高水平交流到低水平交流的转变,或相反方向的转变。

　　在练习 4b 中,我们会观察其他作家如何探索一些不同寻常的交流方式。不同寻常的交流会突显大多数社会交流的局限性。比如哈登的小说《深夜小狗神秘事件》,故事展现了一个高智商自闭症男孩克里斯托弗的思维方式和他与别人的互动。下面的对话是来自这部小说的一小段摘录,克里斯托弗正在跟邻居谈论小狗威灵顿被杀的事。克里斯托弗试图找出是谁杀死了这只狗:

案例 6.5

我说："你知道威灵顿被杀的事吗？"

她说："我昨天听说了。真可怕。真可怕。"

我说："你知道是谁杀了它吗？"

她说："不，我不知道。"

我说："肯定有人知道，因为杀死威灵顿的人肯定知道他们杀了威灵顿。除非他们是疯子，不知道自己在做什么。或者他们失忆了。"

她说："好吧，我想你应该是正确的。"

我说："谢谢你帮助我进行调查。"

她说："你是克里斯托弗，是吗？"

我说："是的，我住在 36 号。"

她说："我们以前没有说过话，对吗？"

我说："对。我不喜欢跟陌生人说话。但我在进行调查。"

她说："我看到你每天去学校。"

我没有回答这句话。

然后她说："我很高兴你过来跟我聊天。"

我也没有回答这句话，因为亚历山大太太正在进行所谓的闲聊，也就是交谈的内容与问题和答案都不相关，而且这些话也没有什么必然联系。

然后她说："尽管你是为了来进行调查。"

于是我再次说："谢谢。"

我正准备转身离开。她又说："我有一个孙子年纪跟你一样。"

我试着聊点什么，所以说："我的年纪是 15 岁 3 个月零 3 天。"

然后她说："好吧，年纪几乎跟你一样。"

摘录自《深夜小狗神秘事件》(哈登，2003，第 50-51 页)

这是一个很好的例子，说明对话的参与者不能或不愿接受常规交谈时会发生什么情况。克里斯托弗没有按照"正常"的方式来回应亚历山大太太，也无法给出比较合适的回答。比如，他解释为什么有人可能不知道他们杀了威灵顿(因为他们疯了或失忆了)，这跟整个对话格格不入。他还说"我不喜欢跟陌生人说话"，如此直白的表达并不符合社交礼仪的规范。而且他也无法参与日常对话，他把这种谈话称为"闲聊"。这段对话显示出克里斯托弗无法符合社会常规对谈话的要求。不过这段对话也显示出克里斯托弗对话模式的优点。他表现出异乎寻常的坦诚和逻辑思维，这往往是日常交谈中所缺乏的特质。事实上，大多数日常交谈遵循的社交常规是限制而不是促进了交流，这些常规可能成为人们达成真正理解的障碍。

不过，通过对话进行的交流不仅牵涉对话的参与者，还有一个问题是应该把读者或观众摆在什么位置。在品特的戏剧中，各个角色在对话时并没有进行真正的互动。在亨利·詹姆斯的小说和短篇故事中，各个角色之间总能互相理解，但我们身为读者很难完全理解那些对话的意思。詹姆斯让对话成为一种遮蔽含义的方式，让读者总是处于一知半解的状态。这样的对话指向复杂的情况和情感，读者因为没有掌握充分的信息而难以理解其中含义。在他的作品中，读者和作品中的对话者都被卷入交流的游戏。

多角色对话

虽然对话本来就是两个人在对彼此说话,但对话也可以包含好几个人和好几个不同的声音。这样的对话被称为多角色对话(见练习 5)。如果你从不同水平交流的几个不同对话来考虑,那么对话这个概念就可能变得越来越复杂。

多角色对话和普通对话都可以由几个重叠的声音构成,而不是只能有一个人在说话然后停下来,接着再有另一个人在说话然后再停下来。而且人们还可以跟自己对话,一个多角色对话可以是一个人采用多个不同的声音来说话。

聊天和聊天节目

对话在当代社会有各种不同的形式,从两个朋友之间的私下聊天到公开辩论(见练习 6)。新技术也扩展了人们互相交流的范围。移动电话在所有事情上都得到应用,从组织社会事件到应对恐怖袭击,政府有时会根据电话通话频率的提高来发出关于恐怖袭击的警报。从电视聊天节目到网络聊天室,聊天现在已经成为一种普遍的社会现象。为了扩展你对聊天概念的认识,请根据下面的情景之一来创作一段多角色对话:

- 一次电话聊天
- 一次邮件对话
- 一次电台或电视台采访

- 一个电视聊天节目
- 一个电台对话节目
- 一次电视上的政治辩论
- 一次课堂上的讨论
- 一个网络聊天室

在编写这段对话时请注意结合相应的社交惯例,比如在电子邮件和网络聊天室中使用的语言是网络社交模式的一部分。同时还要注意这些对话背后的权力关系和隐秘意图。例如,访谈节目的对话与其说是一种公平的对话,不如说是由主持人操纵的一个对话过程。与此相似,在一场政治辩论中,双方的意见可能只是展现了各自政党的路线,尽管他们的个人意见有时会在不经意间流露出来。你创作这段对话时可以通过颠覆人们对正常互动方式的期待来营造特殊效果。比如,你可以把节目主持人和受访者的角色调换一下,让受访者占上风,或者让政治辩论变成一场令人尴尬的个人忏悔。

跨越类型的对话

对话也可以出现在另外一些语境中,比如除了戏剧和小说之外的其他文学类型(见练习 7)。美国诗人玛克辛·切尔诺夫的散文诗《声音》就采用了对话的形式。切尔诺夫没有采用短篇小说或戏剧的形式,而是用脱离上下文的对话(这种方式将注意力集中在对话本身,而不是声音背后的人物)幽默地表达了就一个困难话题进行交流的必要性。

合作型对话

到目前为止我们讨论的对话都仅限于一个文本之内。但现在我想讨论的是对话作为一种工作方式,也就是合作中的对话(见练习 8)。我们倾向于认为创意写作是一项独立完成的活动,但通过多人合作也可以产生一些极具想象力的作品。合作不仅可以帮助我们打破独自创作的封闭性,还可以让我们的艺术作品少一些以自我为中心,而增加一些开放性和集体性。

两位作者之间的合作可以用许多种不同方式来进行。这两位作者可以在一个房间里坐下来开展合作,比如可以轮流写一行或一个段落。但合作不一定需要(通常是不需要)两位作者在同一个地方才能进行。比如,合作可以通过电子邮件、网络聊天室或其他网络连线的交流来进行。合作可以和一个你非常熟悉的人一起进行,也可以和一个你完全不认识的人一起进行。不过,这种合作进行时需要相当高水平的互相回应。

合作可以非常刺激,因为你自己的想法总会不断受到对方的启发和塑造。你会经常发现,因为有与合作者的互相回应,你写出了自己一个人很难写出的文本。另外一个人的兴趣和风格可以帮助你开阔自己的视野,并将你带入未知的领域。合作的另外一个优点和乐趣是你拥有了一个可以随时反馈的读者。知道有某个人会立刻阅读你的作品并给出回应,这样可以激励你写得更快更好。将自己的作品和另外一个人的作品融为一体,同时意识到对方的作品跟你的作品存在差异性,这是一种很有意思的经历。

合作的方式没有好坏之分。也许最好是先确定一个题目,而且这个题目的范围可以很宽泛。不过也不一定要先确定一个题目，因为各种题目和创意会随着写作的展开而自动冒出来。你们可能想各自写一个部分，这是一种很有效的方式，因为这样你可以部分保持自己的写作风格，尽管难免会失去一些个人特色。无论你选择了哪种合作方式，你都需要保持高度的开放性来回应另外一个人的作品。比如，你可以在合作中的某个节点对合作伙伴的构思进行扩展，在某个节点你可以把合作伙伴使用的引文变成叙事文或诗歌，在另外一个节点你可以决定彻底改变写作的主题，等等。

当你开始进行合作时：

- 不要一味坚持自己的主体性，试着给予对方的作品同样多或更多的关注。
- 以探索的态度来对待作品的结构。比如，合作中的前一部分和后一部分可以是不同的形式。不要认为你必须坚持某种特定的文本类型，一首诗后面可以接着一篇叙事短文，等等。
- 不要觉得你必须一直坚持最初合作版本的结构顺序。在互相回应时所写的某些部分是连在一起的，但在最终的文本中把这些部分拆分开来可能会产生更好的效果。同样的，那些在写作时并没有放在一起，但看起来能够互相呼应的部分，最后也可以放在一起。

当我和安妮·布鲁斯特一起合作时，我们通常会每人各写一个部分，尽管有时候我们中的某一个会连续写上两三个部分。我们经常给予彼此相当直接的回应，而且我觉得如果没有采取这种合作方式，那我根本就不会写出那样的文本。我也不觉得那些分别创作的部分可以完全独立存在，因为这些部分只有在整个文本的语境中才能发挥出最佳效果。在下面这个案例中,第一个部分最初是安妮写的,第二个部分是我写的。不过,我们对彼此写作的部分进行评论和修改,从而让我们的创作融为一体。

案例 6.6

在思考中迷失

今天,我终于有时间可以读书。我零零散散地翻阅了各种作品,从列维纳斯到德·塞尔托。

下午时分,我强迫自己休息一下,顺便买点东西。我开车去到超市,然后在货架之间走来走去,不知道应该买点什么东西。我没有在想什么特别的事,只是停下来,在思考中迷失。

德·塞尔托说:记忆的诞生之地并不属于它自己,就像一些鸟儿在其他鸟儿的巢里生蛋……记忆正因为具有可塑性、流动性和不固定性,才拥有了强大的干预力。

我现在知道的
会让我失去的发生改变。
你从未拥有的,
你可以重新创造

当下对着过去的脸咳嗽
侧面敲击着墙上的图案。

记忆挖出,鸟儿飞走

　　在别处的鸟巢里下蛋

　　摘录自《假体记忆》(布鲁斯特和史密斯,2002,第199页)

这个案例展示了一个互相回应的过程,以及我们如何通过合作来生成"对话"。正如你所见的,我在第一部分中引用了德·塞尔托借用鸟儿进行的隐喻,第二部分也借由一系列不同的隐喻表达了这种变动的感觉。我写作的部分和安妮写作的部分在文体上和风格上都不一样,这两个部分依赖于思想上的关联(这同时也是跟德·塞尔托的"对话")。在这个案例中,两个部分的顺序是按照写作的先后顺序来排列的。不过,我们在其他很多地方重新安排了各个部分的顺序。

　　在合作型写作这个领域,有时很难找到优秀的榜样和案例。虽然在20世纪初期就有一些超现实主义的合作型写作,而且合作型写作也有逐渐增加的趋势,但这种类型的写作在作家中仍然比较少见。不过,我们至少可以看到合作型写作中的三个优秀案例:约翰·金塞拉和科拉·赫尔合作的《动物园》(1999),琳·海基尼安和莱斯利·斯卡拉皮诺合作的《目光》(2000),还有弗朗西斯·普雷斯利和伊丽莎白·詹姆斯合作的《不是这个也不是那个》(1999)。

　　到目前为止,我只是讨论了作家之间的合作,但是艺术家和音乐家也可以合作,他们的合作充满了跨越不同媒体的乐趣。我们将在第10章和第11章中继续讨论这种类型的合作。

总　结

　　在本章中,我们看到了对话作为社会交往的手段在语言中占

据着重要位置,还探讨了对话与权力问题的关系。我们也看到了
对话并没有受到文学类型的限制,在诗歌、戏剧和小说中都可以有
对话的参与。但对话是一个广泛的概念,对我们探索一般类型的
写作都会有所助益。一个充满挑战性的文本通常会与自己对话,
通过不同的立场、声音和视角展示出模糊性和矛盾性。你可能会
发现对话是一种创造性的工具,你可以在更加广泛的范围内运用
这种工具,这样可以鼓励你写出一些超越个人观点限制的作品。
与其他人进行合作也可以帮助你更清楚地意识到你可以通过哪些
方式跟自己对话。

　　本章讲到在第 5 章和第 7 章中提及的虚构策略,也涉及表演
领域的问题,这些问题我们在第 10 章会有更加详细的讨论。本章
还让我们接触到跨越文学类型的写作,这个问题将在第 9 章中详
细讨论,在第 9 章我们还会重点讨论“虚构批评”,这种写作是在批
评写作和创意写作之间进行对话。

参考文献

Albee,E. 1965,*Who's Afraid of Virginia Woolf？* ,Penguin,London.

Amis,M. 2003,*Time's Arrow or The Nature of the Offence*,Vintage,
London. First published in 1991 in Britain by Jonathan Cape.

Barthelme,D. 1987,*Paradise*,Penguin,New York.

Brewster,A. and Smith,H. 2002,'ProseThetic Memories',*Salt. vl6. An
International Journal of Poetry and Poetics: Memory Writing*,(ed.)
T.-A. White,Salt Publishing,Applecross,Western Australia,pp. 199 –
211.

Bronte,C. 1985,*Jane Eyre*,Penguin,London. First published in 1847.

Burton, D. 1980, *Dialogue and Discourse: A Sociolinguistic Approach to Modern Drama Dialogue and Naturally Occurring Conversation*, Routledge & Kegan Paul, London.

Chernoff, M. 2000, 'The Sound', *The Prose Poem: An International Journal*, vol. Web Issue 5, http://www.webdelsol.com/tpp/tpp5/tpp5_chernoff.html.

Danaher, G. , Schirato, T. and Webb, J. 2000, *Understanding Foucault*, Allen & Unwin, Sydney.

Foreman, R. 1977, 'Pandering to the Masses: A Misrepresentation', *The Theatre of Images*, (ed.) B. Marranca, Drama Book Specialists, New York, pp. 1 – 36.

Haddon, M. 2003, *The Curious Incident of the Dog in the Night-time*, David Fick-ling Books, Oxford.

Hejinian, L. and Scalapino, L. 2000, *Sight*, Aerial/Edge, Washington.

Holquist, M. J. , (ed.), 1981, *The Dialogic Imagination: Four Essays by M. M. Bakhtin*, (trans.) by Caryl Emerson and Michael Holquist, University of Texas Press, Austin.

Johnstone, K. 1981, *Impro: Improvisation and the Theatre*, Methuen, London and Boston.

Kinsella, J. and Hull, C. 2000, *Zoo*, Paper Bark Press, Sydney.

Miller, A. 1985, *Death of a Salesman*, Penguin, Harmondsworth, Middlesex.

Pinter, H. 1990, 'Last to Go', *Complete Works: Two*, Grove Press, New York, pp. 245 – 8.

Presley, F. and James, E. 1999, *Neither the One nor the Other*, Form Books, London.

Wilson, R. 1977, 'A Letter For Queen Victoria', *Theatre of Images*, (ed.) B. Mar-ranca, Drama Book Specialists, pp. 37 – 110.

第二部分
高级策略

第 7 章
后现代小说

　　本章介绍并阐明了后现代主义的概念,展示了当代小说策略如何与更广泛的当代思维和文化背景相关联。我们将在第 5 章介绍的小说策略的基础上继续深入,但方式上会对叙事结构的常规进行质疑。我们还将讨论小说的某些方面,比如人物角色,这些内容在第 5 章中还没有得到充分探讨。

　　本章还将探讨后现代小说展现出的多种冲突。比如,在维持叙事动力与打破它之间,在塑造人物与以不是那么真实的方式展现人物之间,都存在冲突。这些冲突也是文化层面上的:后现代主义小说有时会探索与官方叙事存在冲突的历史版本,或构建与我们自己存在紧张关系的新世界。

　　将后现代主义写作视为冲突的展现,这并不是一种新观点,《冲突:女性小说选集》(吉布斯和蒂尔森,1983)早就提出了这个在当时显得特别新奇的概念。不过,我们在这里介绍"冲突"的概念是将其作为一种写作策略。本章邀请你在形式和内涵的层面对这些冲突进行亲自探索。

> 练习

1. 创作一部有情节但又颠覆情节的后现代小说。你可以写出一个完整的文本或只是一个大纲。

2. 塑造一个后现代角色,这个角色具有以下特点:

   a) 区别模糊(也就是在叙事中与其他角色没有明显区别)的角色

   b) 具有单一特质的角色

   c) 一个非人类的角色

   d) 一个被社会边缘化的角色

3. 通过对一个历史事件的改写来创作一部后现代小说。

4. 创作一部后现代小说,在小说之中构建一个新世界。

什么是后现代主义?

后现代主义有很多互相冲突和互相补充的定义,不过这个术语通常是指自 1945 年以来的某种社会和文化潮流。(尽管 1945 年以前的某些思潮或文化产物是否可以被归入后现代主义还是一个问题。)不过,大多数关于后现代主义的理论都包含某些常见的观点,这些观点与后结构主义理论的主张也有部分重叠。这些观点是:

- 没有唯一的真理或客观的真理,只有关于真理的多个版本或不同看法。

- 历史是不连续的,充满了空白和沉默。官方历史压制了那些因种族、性别和残疾而被边缘化的人群的历史。

- 主体不是统一的,而是分裂的、多元的,我们都有很多个不同的"自我"。

- 在后现代主义文化中,时间和空间的概念发生了巨大的改变,而且时间和空间都被赋予了更多的相对性。时间变成非线性的和被压缩的,人们认识到了更多不同类型的时间(社会的、主观的、科学的)。空间也被视为无边界的、动态的和社会生成的。全球化、新的信息技术、旅行的便利以及跨国公司缩短了空间之间的距离。

- 文学的再现多多少少都有一些虚构:语言不是世界的透明窗口(即使是非常"逼真"的文本也是由文字构成)。

- 后现代社会日益成为后工业化和技术化的社会:我们正在成为一个"信息化"的社会。后现代文化还体现在艺术作品中融入了更多科技元素。

- 性别和种族更多的是社会建构而不是单纯的生物属性。人类受困于社会话语和权力关系,因为社会话语和权力关系限制并支配着人类的行为,不允许人类以自由个体的身份去行动。

后现代小说

后现代小说家经常挑战传统现实主义小说的常规及其背后的预设立场。从总体范围进行一个大致概括,我们可以说后现代主义小说倾向于在以下几个方面颠覆传统叙事:

- 后现代小说对故事情节的概念提出疑问。后现代小说不一定有一个故事情节,或者是几个情节之间缺乏逻辑性,或者几个情节重叠在一起让人难以解读。后现代小说往往通过颠覆情节来质疑客观真理的概念。

- 后现代小说颠覆了立体的、统一的和真实的角色。比如，角色可以是一些"类型"，或者只是展现一些极端的或不可能的行为。

- 后现代小说不一定属于现实主义。恰恰相反，后现代小说经常通过寓言、幻想和新世界的建构，来避开现实主义写作的束缚。这是一种展现新的心理层面和社会层面的方式。

- 后现代小说充满互文性，而且经常包含了改写、引用或模仿（比如，对经典文本、神话或童话的改写）。作者并非全知全能，文本中有一些部分是由其他文本构成，因此有了"作者已死"的说法（见第 4 章）。

- 后现代小说重塑了时间和空间的概念。这些作品有时会把许多事件压缩到不同的时间和空间里面，让这些事件看起来似乎是同时发生的。有时会在不同的时间和空间之间随意跳跃。

- 后现代小说注重对文学类型的颠覆和扩展，有时候是通过戏仿来达成目的的。后现代小说经常会带来形式上的混合和变异。

- 后现代小说认为并不存在唯一的历史真实。我们所了解的历史本身也是一种叙事建构，这种叙事通常都会偏袒那些掌权者而对其他人进行边缘化。后现代小说颠覆了事实和虚构的关系，并质疑传统历史的客观性和正确性。

关于后现代小说的更多资料，请参阅：《后现代主义小说》（麦克黑尔，1989）和《后现代主义诗学》（哈琴，1988）。

现在我们来看看后现代主义小说对我们写作的一些影响。

要不要设计情节？

　　传统观念认为情节主要是事件的升温和降温。根据"弗雷塔格金字塔"（由批评家古斯塔夫·弗雷塔格在 1863 年提出）的定义，一个情节包括了铺垫、升温、高潮、降温、结局。铺垫和升温构成金字塔的一边，降温和结局构成金字塔的另一边，而高潮则是金字塔的顶端（奥尔森，1999，第 89 页）。这只能是一个大致框架，因为高潮和结局可能同时发生，或者可能有好几个高潮。对于叙事学家来说，情节的定义比较松散：情节由一系列事件、因果联系和对各种结局的预期组成。故事通常由引发各种可能性的事件（称为内核）和那些"发展、扩大、维持或延迟"的行动（称为催化剂）组成（里蒙-凯南，1983，第 16 页）。

　　许多经典小说都非常注重情节。情节的优点是能够推动事态发展，塑造材料，并吸引读者的注意力。这些优点不容低估，而且也是许多优秀小说的基础。另一方面，让写作素材从属于一条强烈的情节线，这种做法也可能存在缺点。情节可以是一件紧身衣，叙事中的一切都必须被套进其中。情节可能会迫使作者在毫不相关的事件之间建立因果关系，并因为将情节推向最终结局的压力而排除其他可能性。如果将情节设计得太过严密，就可能会扼杀与情节无关的内容、故事的开放性、作者的哲学反思、文本的象征意义和多样性。过分注重情节还可能导致对大事件的过度强调，而忽略了一些有意义的小事件。

　　后现代作家经常质疑情节的意义，不过他们并没有完全抛弃情节,而且,即便他们想要完全抛弃情节也不是那么容易,因为任何事件只要罗列出来就会获得一些跟情节类似的特征。但是后现代作家确实解放、扩展或颠覆了情节,他们的作品经常在建立叙事期望和打击叙事期望之间制造冲突。很多后现代小说并没有以一个重大事件为核心来设计情节,所有事情都是因为这个事件而发生,也是因为这个事件而结束的。相反,后现代小说可能会围绕某个特定思想展开,展现某个人在某段时间内的种种思想,或关注一些较小事件的发展。一些后现代小说家,比如保罗·奥斯特,则保留了情节的一些元素而放弃另外一些元素。情节线可能不会完全展开,或者包含了几条互相冲突的情节线,或者有好几个可能的结局。这种对情节的颠覆虽然让故事情节变得更加松散,但加强了叙事的隐喻性和寓言性。

在日裔英国作家石黑一雄的小说《无可慰藉》(1996)中,整个故事都围绕着国际知名钢琴家瑞德的一场表演,但这场表演最终并未发生。交叉的故事线持续发展,似乎指向某种特定的结局,但这种指向停滞不前,重点不在于发生了什么,而在于没有发生什么。在保罗·奥斯特"纽约三部曲"里的《玻璃城》(1988)中,主角奎恩假冒身份成为一个名叫保罗·奥斯特的侦探。他受雇于小彼得·斯蒂尔曼及其妻子弗吉尼亚,去调查追踪老彼得·斯蒂尔曼,因为小斯蒂尔曼认为父亲想要杀害他。但这场调查追踪最后以不了了之告终。老斯蒂尔曼消失了,而且小说自始至终都没有说明他究竟是不是一个真正的危险人物。在小说的最后,故事本身也被淡化了,叙事者声称他也不知道奎恩在哪儿,奎恩可能已经死了也可能还活着。小说展现了多种可能性,却很难确定究竟发生了什么事。老斯蒂尔曼可能杀死了小斯蒂尔曼和弗吉尼亚,也可能是这对夫妻杀死了老斯蒂尔曼,或者整件事从一开始就是斯蒂尔曼父子编造出来的。读者无法确定哪种结局更有可能发生。而无论是哪种结局，小说都充满讽刺性和隐喻性。

对情节的概念进行扩展，并不意味着不再关注故事的结构和编排。事实上，一部情节相对弱化的小说更需要一个强有力的结构来维持读者的兴趣。这里有两种主要的可能性，尽管每种可能性都有很多不同的表现形式。首先，我们可以利用也可以颠覆故事结构，这样故事可能会通过看似接近结局的方式来吸引读者的兴趣，但这个结局实际上从未发生。其次，其他类型的结构可以取代故事结构（部分取代或完全取代），同时按照作者的意愿保留一些故事元素。第一种类型的策略是接下来章节将要重点探讨的，第二种类型的策略在整本书中都有提及，而重点讨论的部分是在第 9 章。

颠覆情节设计

为了颠覆一条情节线（练习 1），我们需要打破情节设计的一些常规，比如事件之间的因果关系和结局的设置。首先请想象这样一种情况，读者的期待和兴趣都被激起却从未得到满足：

案例 7.1　激起期待但不加以满足

一个父亲收到了女儿的来信，他从未见过这个女儿，因为女儿在婴儿时期就被领养了。这个故事似乎要激起我们对父女见面的好奇心，我们期待着故事的结局是父女相见。我们想象着这次见面可能会发生一些意想不到的波折。但是故事却围绕着父亲的回忆和他对女儿的想象展开，而父女相见根本就没有实现。

这个案例颠覆了读者对情节的期待,但故事本身仍然是以情节为导向。不过,你可以采取更进一步的措施:

案例7.2　不要激起具体的期待

甲收到了乙请求见面的来信。但是我们并不知道那封信写了什么,也不知道他们为什么要见面。然后甲开始回忆过去,而我们则继续猜测那封信写了什么。

在这个案例中,情节仍然会激起读者的期待。但这种期待变得模糊、随意而松散。

颠覆情节设计的另一种方式是多重叠加。在许多后现代主义小说中,许多事件互相重叠、重复出现、相互映衬,并发生了多重巧合,正如下面这个案例:

案例7.3　多重叠加的情节(梗概)

某人发现他工作的学校中有一位老师被杀了。第二天,他发现又有一个同事被杀了,然后又有一个。这些事件持续了几个星期,而且都在同一天的同一个时间发生,那些凶器虽然各不相同,看起来却有点相似。这个人开始强烈关注那些受害者,并试图追踪他们在学校之外的生活。他发现他们全都同时秘密地在其他学校工作。

你可以从这个案例中看到,故事里面有多个情节,但这些不同的情节都在某种程度上互相重叠并融合在一起,而没有保留这些情节在故事中的独立位置。

这种情节设计甚至还可以更进一步,即让一个情节在同一个故事中以互相冲突的方式去发展:

案例 7.4　互相冲突的故事线（梗概）

场景一:某人收到一封信并决定跟从未见过的女儿见面。

场景二:某人收到一封信,写信人自称是他的女儿,他不确定这是不是真的,他跟那个可能是女孩母亲的人交谈了,然后认定那个女孩不是他的女儿。

场景三:某人准备去探望他收养的女儿,他在街上远远看到那个女孩,然后决定还是不要见面了。

在这里我们看到如何给一个情节设计多个版本,不过每一个版本都对其他版本的可靠性产生疑问。不同的故事线通常会让我们更清楚地意识到,这些情节在心理层面和政治层面上的意义,而单一的故事线则不会产生这种效果。因为这些不同的故事线让我们看到"故事的另一面"。这样的情节设计在后现代小说中相当常见,比如多克托罗的《但以理书》(1982)和约翰·福尔斯的《法国中尉的女人》(1987)。这种情节设计还渗透到近年来的流行文化之中,比如电影《罗拉快跑》和《双面情人》。

在罗伯特·库弗的短篇小说集《符点与旋律》中有一个故事叫作《电梯》,一个叙事者向我们讲述了马丁在电梯里上上下下的故事的几个不同版本(库弗,1989,第 100 - 109 页)。故事是用第三人称讲述的,但叙事者并不是马丁本人,所以我们一开始会期待故事具有一定的客观性。但是马丁在电梯中的经历却呈现出几个不同的版本。其中一个版本是马丁被电梯里的一群人嘲笑,另外一个版本是他与他喜欢的一个接线员女孩深情相拥。我们是否真的知道在电梯里究竟发生了什么事？究竟哪些事是真实发生的，哪些是马丁幻想的？或者说这些故事是真实和幻想的混合吗？看来没有任何一个版本是"真实的"。这个故事有这么多互相矛盾的版本，以至于我们完全不知道真相是什么。这让我们思考，现实是多么主观，故事又是多么虚构：故事是建构的产物，而不是事实。这个故事，还有《符点与旋律》中的另外一个名为《保姆》(1989)的故事，都是这种写作的优秀案例。我建议你去读读这些故事，并学习运用这种写作方式。

角色的重新塑造和后现代的身份

我们对角色的传统观点是角色应该"立体丰满"，也就是说应该表现得像有血有肉的人。这种观点建立在模仿的基础上，即文学是对生活的模仿，文学角色应尽可能栩栩如生。在现实主义小说中，作者通常会暗示其中的角色是怎么变成现在这个样子的，并让我们有机会了解他们的内心世界：一切都有隐含的因果关系，即便这种关系可能微妙、复杂和不完整。一个角色被看作一个明显区别于他人的个体，即便这个角色存在一些冲突，这些冲突也是在一个可以识别和可以理解的人格之内。

但是，叙事学家提醒我们：角色是虚构出来的，即便这些角色看起来好像是真人。叙事学家把角色称为行动者或存在者，尽量排除角色的人性因素。叙事学家把角色视为故事的执行者，就像人本身一样：角色使事件发生，使故事向前发展。对于叙事学家来说，角色是由不同的特征组成的。对这些特征的描写越详细，就越能展现出这些特征之间的复杂联系,从而让这个角色展现出更丰富的心理深度。

后结构主义理论和后现代理论进一步改变了我们对角色的认知(见练习 2)。传统的角色理论有一个隐含的概念,即角色是基于一个统一的自我的,而后现代理论和精神分析理论都倾向于推翻这一概念。正如我们已经看到的,后现代理论并没有将主体视为一个整体,而认为主体是分裂的或碎片化的。在后现代小说中,分裂的主体性随处可见。事实上,在文学研究中,角色的概念在很大程度上被后现代的身份概念所取代,这种身份概念以流动和多重主体性为中心。这种身份概念淡化了个体性,因为我们都受困于性别、种族和经济的社会话语。后现代理论中的主体性强调"差异性"。与此同时,后现代小说对角色的刻画也更具开放性。这种角色刻画仍然存在自我冲突:在比较真实和比较不真实的角色概念之间形成一种张力。

根据这种概念塑造的角色有几种不同形式,接下来我们会讨论其中一些形式。

模糊区分的角色

在后现代小说中,角色可能比现实主义小说中的角色更模糊、更不一致、更不完整。除此之外,角色在叙事中并不总是能够清楚区分,因为一个角色可能是其他角色的变形(见练习 2a)。这一方面反映了身份的多元性,另一方面反映了人们的个性、角色、背景、经历和看待世界的方式存在重叠。从更广泛的层面来说,这表明事件、观点和身份总是存在多个层面并互相关联。

比如,在保罗·奥斯特的《玻璃城》中,主角奎恩经常和其他角色混为一体,甚至融入了其他角色之中。他有一个笔名叫作威廉·威尔逊，然后又变成了小说中的另外一个角色马克思·沃克。在故事的开头，奎恩借用了保罗·奥斯特的身份，保罗·奥斯特是一个私家侦探的名字，同时也是小说作者的名字。但是读者也可以把奎恩当成他的调查对象老彼得·斯蒂尔曼，还有雇佣他去进行调查的小彼得·斯蒂尔曼，因为他有一个已故的儿子也叫彼得。通过这些重叠，《玻璃城》模糊了各个角色之间以及作者和读者之间的界线。

在石黑一雄的《无可慰藉》(1996)中，也存在角色的融合。一些角色刚开始出现时是一种身份，然后又变成另外一种身份。比如，古斯塔夫是酒店的迎宾员，同时似乎也是主角瑞德的岳父。小说中的角色按照他们的身份存在着，但同时也是瑞德的意识和记忆的投射：他们会说出与日常对话截然不同的长篇独白。小说中的角色和事件互相重叠，比如年轻的钢琴家斯蒂芬非常担忧父母对他的态度，这种情况跟瑞德自己的经历如出一辙。这再次表现出角色的模糊和重叠，而不是角色的清楚区分。

为了创造出一系列模糊区分的角色，你可以先设计出一个角色，然后再让这个角色的身份转变为另外两个角色。这样你就可以设计出一组三合一的角色，比如读者、作者和书中角色，或女儿、母亲和祖母，或行凶者、受害者和调查者。你还可以让这些角色的名字关联起来，比如这些角色的名字都有同一个首字母或者有某种联系。我写的《隐秘之处》(你可以在第 12 章的图 12.1 中看到)就是这种写作方法的一个案例。在这个文本中，三个角色的名字分别是卡斯、卡西和卡舒丽娜，这三个角色可以看成是不同的人，也可以看成是同一个人。在另外一篇名为《维奥拉的被子》(史密斯，2000，第 14 - 17 页)的文章中，我采用的三个相似名字分别是：维奥拉、维奥莱特和维尔瓦拉。

你可以通过角色的身体或心理特征、职业或兴趣和他们的生活习惯来让他们显得很相似。他们可以是同一个人的早期或晚期版本,只是处于不同的地理空间或历史时期。无论你采用哪种方式,你都需要通过一些相似之处和不同之处将这些角色联系起来。在每种具体情况中,你都可以制造出一些模糊性去让读者判断这个角色是不是同一个人,模糊性的程度或高或低,都由你自己决定。

你可以先在非常简单的层面上完成练习 2a,然后再用更加复杂的方式进行练习。如果愿意的话,你也可以引入很多个角色。模糊的区分不仅可以运用在角色身上,也可以扩展到物体或事件之上,从而让模糊性渗透到叙事的各个方面。

单一特质的角色

一个后现代的角色可能是单向度的,只拥有一个特殊的、绝对主导的特质,而不是像一个立体的角色那样拥有很多混合在一起的特质(见练习 2b)。在现实主义小说的语境中,这样的角色有时被称为"平面角色",缺乏使角色栩栩如生的各种行为特征。单独一种特质也许能让我们深刻了解某种类型的强迫性行为,却不能让我们对人物形成一种比较全面的认知。这种作品通常带有讽刺意味,不仅突出了角色的特质,还凸显了当代社会的缺陷。这种角色通常不是那么逼真,总是带着一种远离直接现实主义的倾向。在第 2 章的"行动中的人"中,我塑造了一个患有厌食症的女人,这个女人就是单一特质的角色,因为我们对她的了解仅限于她跟食物的关系。

这种角色有时也被称为"表面角色"。这个术语是用来突出这种角色和现实主义小说中那种"有深度的"三维立体角色的区别的。在美国作家布莱特·伊斯顿·埃利斯的小说《美国精神病人》中，身为大反派的主教在某种程度上就是一个表面角色，因为他完全痴迷于他自己和他所展现的形象。身为消费社会的最终产物，他生活中的一切都屈从于商品属性和表面形象。他没有告诉我们他的感受，也没有观察他周围的世界，而只顾着谈论他穿戴的设计师品牌：

案例 7.5

> 为了宣传一款新的电脑化专业划船机，今晚在帕克大厦有一个正装派对。我和弗雷德里克·迪布尔打完壁球后，又在哈里酒吧与杰米·康威、凯文·韦恩和杰森·格拉德温一起喝酒，然后我们跳上凯文租来过夜的豪华轿车开往富人区。我身上的服饰是：基尔戈、弗伦奇和斯坦伯里设计的燕子领提花马甲，萨克斯设计的丝绸领结，贝克尔·本杰士设计的漆皮便鞋，肯特郡画廊的古董钻石袖钉和卢西亚诺·索普拉尼设计的长袖纽扣领灰色羊毛丝绸衬里大衣。在我黑色羊毛裤子的后口袋里面，还有一个来波斯卡设计的鸵鸟皮钱包，里面装着 400 美元现金。我戴的不是劳力士手表，而是汉斯·史登的 14k 金表。

> 摘录自《美国精神病人》(埃利斯，1991，第 126 页)

你在塑造一个表面角色时，可以写一篇集中描写某个特质的短文（练习 2b）。这个人物可能非常犹豫、贪婪或乐观。为了从这个练习中获得最大的益处，最好不要把这个人物描写成一个立体的角色。你会发现，这将为你打开一扇不同于现实主义小说的大门，让你能够敏锐而细致地去观察某种特定行为，从而凸显出当代社会常见的强迫性、盲目性、能量失衡和精神错乱。

非人类的角色

后现代小说的角色有时并不完全是人类(请见练习 2c),比如在约翰·巴斯的《羊孩贾尔斯》中出现的半羊半人。另外一些采用动物视角的角色,有朱利安·巴恩斯的《十又二分之一章世界史》(1990)中的食木虫,还有卡尔维诺的《宇宙奇趣全集》(1993,第97 - 112 页)中的恐龙。这些非人类角色为人类的行为和历史提供了不同的视角,用一种陌生的(有时是讽刺的)视角去看待一切。动物的视角经常用于批判人类世界强加的等级制度,以及我们基于人类中心主义的盲目和偏见而将动物置于等级制度的底层。

为了迎接这个挑战,请采用某个物体或动物的视角来写作一篇短文(见练习 3)。你可以通过这篇短文来展示:从人类的视角来看待世界存在什么优点和缺点?

边缘化的角色

后现代主义小说的角色经常处于社会的边缘,或者因为他们的性别、性取向、种族、阶层、年龄或身体残疾而被边缘化。这种角色的一个优秀案例是《宠儿》(莫里森,1988)中的塞丝,她是奴隶制的受害者:象征着奴隶制让整个美国陷入一种沉默和痛苦的困境。关注这类角色,是对一些小说作者只关注白人中产阶级世界的一种反抗方式。

在作品中采用这种视角其实有点危险。《宠儿》的作者托妮·莫里森是一个非洲裔美国人,但如果作者不具备这种身份,就可能会引发关于文化认同的问题和擅自为他人代言的争议。从某种意义上说,小说作者总是会将自己投射进某种处境,在这种处境中的视角和文化背景可能并不属于作者本人。与此相关的还有政治敏感性的问题，以及来自某种社会或种族背景的某个人，究竟有多大的权力去采用来自另外一种背景的人的观点。关键是要记住，无论你的小说写作能力是多么强大，你永远都不可能完全摆脱自己的文化背景和因为这种背景而导致的偏见。你总是与自己的文化背景密不可分，如果你是一个西方人，但试图从一个非西方人的视角去写作，你可能无法完全弥合两者之间的差距。

为了解决这个问题，最重要的是要意识到牵涉其中的政治问题。如果你决定要跨越文化障碍，那么你在学习这本书的过程中获得的许多技术指导应该会派上用场。这本书会帮助你在处理材料时保持一种适当的距离。比如说，你可能需要借助一个特权者的视角来展现一个被边缘化的角色，而不是假定你可以毫无障碍地直接采用那个被边缘化的角色的视角。

在练习 2d 中，你会创造一个被社会回避或边缘化的角色。这个角色可以是一个穷人、一个囚犯、一个难民、一个残疾人或一个女人。你必须根据这个角色的文化背景来塑造这个角色，而这需要你去进行一些细致的调查研究。

互相冲突的历史

对过去的改写

后现代小说的另外一个重要特点是如何描述对过去的重新思考。后现代小说经常改写历史，而且是以颠覆官方说法的方式。琳达·哈钦将这些小说称为"史学性元小说"。这些小说倾向于把现实和虚构融合在一起，其目标不仅是研究过去并以充满想象力的方式来重塑过去,而且还质疑历史真实的概念。这些小说经常暗示,我们可以采用与官方版本截然不同的方式来看待历史事件。这些小说从历史记载的源头揭露了既得利益集团,并揭示了历史记载如何经过设计去迎合当时的掌权者。这些小说在我们被告知的历史和可能发生的历史之间制造了某种冲突。

后现代小说有时会从某个人的视角去改写历史,而这个人的视角在官方记录的历史中被压制了。这种历史重写可以让那些受到排斥的人发出他们的声音,他们可能是因为少数族裔、女性或残疾人的身份而失去话语权。这种历史改写有很多采用了后殖民主义和女性主义的视角。

如前所述,历史真实的可靠性也是后现代主义和后结构主义理论的核心问题。塞尔多、海登·怀特、福柯和其他理论家的作品都强调历史是不连续的、非线性的、多层次的。然而,历史叙述倾向于将历史变成统一的官方版本,这些官方版本以事实真相自居,并压制了那些可能会干扰现状的事件。

小说《天秤星座》(德里罗,1989)是对美国总统约翰·肯尼迪在 1963 年遇刺事件的改写。约翰·肯尼迪之死在某个层面来说是一个特殊事件。这是媒体史上最著名的事件之一:大多数读过这本书的人都看过媒体报道,并对实际发生的事情可能都有自己的判断。关于这次暗杀,一直都有不同于官方说法的各种传言,官方说法认为凶手李·哈维·奥斯瓦尔德是一个单独行凶者和一个与社会存在隔阂的疯子,他是因为想要出名才做了这件事。但是,德里罗的改写是刺杀事件的想象性建构,其中暗示奥斯瓦尔德受到了左翼和右翼势力、支持卡斯特罗派系和反对卡斯特罗派系的操纵。这些派系利用了他的妄想、他的社会主义理想,以及他认为刺杀能让他在古巴过上更好生活的愿望。该书对奥斯瓦尔德进行了心理分析，揭示了他富有同情心的一面和阴暗的一面，对他进行了人性化的描述，但并没有美化他。小说揭示出奥斯瓦尔德是一个资本主义和帝国主义社会的产物，这个社会蔑视底层人群并无情地惩罚那些不遵循社会常规的人。在这个事件的官方版本和围绕这个事件的一些极端阴谋论之间，德里罗展现出一个动人心弦的"冲突"过程。

在英国作家朱利安·巴恩斯的《十又二分之一章世界史》中，第一章是对挪亚洪水故事的改写，作者采用的视角是一只藏在船上的食木虫，虽然作者直到最后一页才揭开这只虫子的身份。这部小说认为挪亚方舟的故事是一个神话，而创作这个神话是为了提高上帝和挪亚的声誉，从而质疑《圣经》对真理和道德的主张。这是一次高度政治化的改写，展现了诺亚和各种动物之间的权力斗争。挪亚是一个极具剥削性的形象，是一个不折不扣的恶霸。根据食木虫的描述，他在一个充满压迫的非民主国度中扮演着独裁者的角色，在方舟上有"惩罚和禁闭室"。上帝也是一个极为专横的形象，因为那些被归类为"不洁"的动物享有的生活条件比那些"洁净"的动物差得多。食木虫的观点颠覆了许多社会公认的伦理等级，它认为动物比人类更优越。在食木虫看来，动物王国建立在公平和正义的理念之上，这一点跟人类王国很不一样。人类对动物背信弃义，总是把动物当作替罪羊。

这部小说像其他许多改写一样，也用当代视角来看待历史场景：食木虫提到了抹黑运动和禁闭室。作者让故事的某些部分充满现代色彩，同时又保留了部分历史背景。

改写历史事件

通过改写历史事件来创造一部后现代小说（练习 3），你需要决定你想选择哪段历史。改写生活记忆中的事件与重温上一个时代的事件所产生的效果是不同的。主要区别在于,大多数最近发生的事件经过媒体的记录和过滤,难免失之偏颇。

你可能需要对你准备写作的时期进行研究。有许多资料可供参考,比如那个时代的学术文章、报纸文章、传记以及图书馆和博物馆档案,这些都是你可以利用的研究资料。但是,你进行改写的目的并不是忠实地复制事实,而是要运用想象力去与这些事实进行互动。人们很容易因为沉浸于历史研究,而让写作在各种资料的束缚之下变得沉重呆板,沉溺于数据之中。避免这种情况的一个方法是将这些历史资料作为写作素材,但在写作时只是偶尔参照这些资料,或者将这些资料作为一个坚实的基础,但要确保你能够进行有效的转化。

你可以使用多种策略来改写一个历史事件:

- 采用在这个事件中处于边缘位置的某个人的视角,改写一个著名的历史事件。这个方法可以让你写出那些被官方历史记录压制的故事元素。

- 选择一个鲜为人知的历史时期或事件,将其作为一个创意文本的基础。这样做的好处是你在展现这个历史场景时有比较多发挥想象力的空间。

- 选择一个当代人物(比如一个正在任职期的政治人物),或一群当代人物,然后把这些人物放在完全不同的历史背景之中,让他们去面对新的难题。在这样的文本中会有讽刺和幽默的空间。

- 利用多个互相冲突的版本来表现一个历史事件。你可能会采用不同的文学类型或写作模式,比如报纸文章和信件。你也可以借助几个叙事者和观察视角来展现这个历史事件的不同版本。

- 根据一个虚构世界的历史来创作一个文本。你可以将真实的历史和虚构的历史重叠在一起,就好像萨尔曼·拉什迪的小说《羞耻》(1995),还有格雷厄姆·斯威夫特的小说《水之乡》。

- 选择一个最近发生的事件,而且这个事件曾经多次在电视节目中出现。然后为这个事件写作一段文本,一段对媒体报道的版本提出挑战的文本。

- 创作一个场景,在这个场景中对我们记录和传承历史记载的方式提出疑问。比如说,想象有一个博物馆或图书馆,所有不同的历史版本和对过去的不同记忆都隐藏在其中。你可以写一写自己进入这个博物馆和在里面度过时光的经历。

小说中的幻想世界

创造新世界

后现代主义小说经常描绘现实中并不存在的"其他世界"。这些世界和我们的现实世界呈现一种矛盾关系:它们部分源于我们对现在这个世界的批判,部分源于我们对这个世界的希望。在练习 4 中,你要创作一部构建新世界的后现代主义小说。

布莱恩·麦克黑尔在《后现代主义小说》中对现代主义写作和后现代主义写作进行了很有意思的区分(1989,第 9 页)。他认为现代主义小说的特征是认识论作为主导(即认识的问题),而后现代主义小说的特征是本体论作为主导(即存在的问题)。因此,现代主义小说的重点是认识世界的问题。它们提出的问题是：

> 我应该如何解释我所处的这个世界？我在这个世界中的身份是什么？……我有什么需要认识的东西？有什么人已经认识了这些东西？他们是如何认识的，他们的认识达到了什么样的程度？知识是如何从一个获得者转移给另外一个获得者，这种转移有多大程度的可靠性？知识从一个获得者转移给另外一个获得者的过程中发生了什么变化？可知的界限是什么？

（1989，第 9 页）

而正如麦克黑尔指出的，后现代主义写作提出的问题是：

> 什么是世界？有什么类型的世界？这些世界由什么组成？这些世界之间有什么区别？当不同的世界彼此相遇，或者当不同世界的边界被打破时会发生什么？文本是以什么形式存在？文本所投射的世界是以什么形式存在？一个被投射的世界如何建构起来？

（1989，第 10 页）

因为后现代主义小说一直专注于"世界是如何建构的"这一问题，所以也经常会建构出全新的或另类的世界。麦克黑尔指出，科幻小说和后现代主义小说一样，受本体论支配。麦克黑尔认为科幻小说与后现代主义存在一种特殊联系，他将科幻小说称为后现代主义的"低级艺术复本"和"姐妹类型"，就像流行文化中的惊悚侦探小说是现代主义小说的姐妹类型（1989，第 59 页）。不过，创造另外一个世界除了科幻小说之外还有很多其他形式。你可以创造很多不同类型的世界：

- 一个未来的世界
- 一个在另外一个星球上的世界
- 核战后的我们的世界
- 我们的世界在经历过不同历史进程之后的样子
- 死后的世界
- 一个乌托邦或反乌托邦的世界
- 上述这些世界的混合体

你可能会问，我们这个世界已经有很多值得一说的东西了，为什么还要建构另外一个世界呢？首先，设想另外一个世界是对我们现有世界进行评论的一种方式。换句话说，这样做可以引发我们对这个世界的社会批评，它可能带有讽刺意味，而这种批评会让作品具有高度的政治性。创造新世界可以让我们的世界变得陌生化，可以让我们用一种全新的目光来看待这个世界。因此，创造新世界可以为现在这个世界提出一些新理念，我们可以思考如何用截然不同的方式和价值观来建设这个世界。

其次，创造另外一个世界是探索无意识的一种方式，在这个由隐秘心理现实组成的新世界中，禁忌的事情可以发生，毫不相关的事情也可以放在一起。通过这种方式，我们可以创造出一个超现实主义或弗洛伊德式的世界，这个世界反映了通常被压抑的内在真实。

最后，一些作者通过创造新世界来谈论和质疑那些形而上学的终极问题。换句话说，这些作者借由这种方式来讨论存在的本质和存在的意义。所以创造另外一个世界就等于提出这个问题：我们的存在究竟有什么意义？

建构你的世界

我们首先需要回答一些关于世界的物理构成的问题：

- 这个世界在时间上与我们的世界是非常接近还是非常遥远？如果是在未来，那么是比较接近的未来还是比较遥远的未来？我发现，当这个世界跟我们的世界存在遥远距离时，这样的文本通常会显得更有趣。但是如果你想让作品对我们的社会进行批评，那么在你创造的世界和我们的世界之间建构一些比较具体的联系会更有帮助。作家为了创造新世界，往往会借鉴传统或过去社会的元素。美国小说家厄休拉·勒奎恩在《黑暗的左手》中就是这样做的。比如，"凛冬"星球上的世界就有一些中世纪的元素，其中的商人、游行队伍、王宫和服饰都有一些中世纪色彩。但是这个星球上也有汽车，所以这是一个时空交错的世界，融合了过去、现在和未来。

- 你创造的世界是否跟我们的世界拥有同样的物质构成？这个世界是否也有人类居住，这些人类是否也需要氧气，是否跟我们一样拥有细胞、血液和骨头？如果这个世界是我们的未来世界，那这个世界可能和我们的世界拥有相似的物理构造，但如果这个世界位于另外一个星球，那就可能是截然不同的样子。比如，在勒奎恩的小说中，她描述的人是雌雄同体，他们只在生理周期的特定时间进行性活动，有点像发情期的动物。而且这些人的生活环境也跟我们很不一样，他们生活在一个叫作"凛冬"的星球上，这个星球总是非常寒冷，而这些生物的身体已经适应了这种气候。

在你的新世界里，我们认为理所当然的其他物理定律可能并不适用，比如这个新世界的时间概念可能完全不同。也许时间会倒退，物理学家斯蒂芬·霍金在他的《时间简史》(1988)中就讨论过这个问题。或者你可以问自己这些问题：如果人不只拥有五个感官会怎么样？如果人可以死而复生，或根本不会死亡会怎么样？

如果我们在展望一个未来的世界，那科技的影响将是巨大的。你可能需要考虑未来可能出现的一些技术突破，比如在交通、居住、生殖和教育等领域。威廉·吉布森的小说《神经漫游者》(1984)创造了一个掌握高度科技的未来世界。正是吉布森发明了"网络空间"这个词，并催生了"赛博朋克"这一写作流派。如果你要构建一个数字化的未来世界，那你就需要权衡技术的好处和坏处。你可能也会设想一个后科技社会，在这个社会中，我们将回归更简单的交流形式。

社会组织

科技当然不仅跟物理构成相关，也跟社会组织相关，而社会组织是探索新世界最令人兴奋的一个方面。在这方面你需要考虑的可能包括：

- 新世界中有没有一套宗教信仰，或者一套类似于宗教信仰的行为或信念体系？几乎所有的社会原本都拥有宗教基础。人类社会需要宗教来让他们的精神需求得到一个有组织的满足，但宗教也会导致战争、冲突和压迫。宗教在当代西方社会正失去其中心地位，许多人通过毒品或艺术等替代方式来寻求精神满足。你创造的世界中有没有宗教、反宗教或替代性宗教？
- 新世界中采用什么样的政治和经济组织形式？政治组织

的形式会决定你那个世界中的权力结构,这种权力结构可能是民主的、极权的或介于两者之间的。至于经济模式,你可能要考虑除了资本主义(或资本主义带来的严重问题),人类还可以有什么其他选择。此外,你还要考虑审查制度、法律体系和媒体角色等问题。

- 新世界中的性别角色如何安排?男人和女人的职业生涯和家庭责任如何分配,关于性别的刻板印象可能会有什么变化?你还要考虑到人们的性行为以何种形式进行,什么样的形式才是那个社会可以接受的。那个社会是否存在类似家庭的组织,或者是其他群居的形式?那个社会是否会颠覆异性恋的规范,或者可能有两种以上的性别分类?

- 新世界中以什么为伦理基础?伦理在很大程度上是由社会建构的,在某个社会和时代中能够被接受的,在另外一个社会和时代中可能就不被接受了。在中世纪的英国,女性会因为通奸而被处以绞刑;18 世纪的大多数人都认为对原住民的屠杀和殖民是可以接受的。日本导演今村昌平在他的电影《楢山节考》(1983)中展现的社会伦理基础与他本人和观众所熟悉的截然不同。在这个极端贫困的社会中,老年人一到七十岁就会被带到一座山上去等死,这样才能给其他人留下更多粮食。人们认为这是一种光荣的行为,而延长父母的寿命或保护他们免于死亡则被认为是不光彩的行为。科技的发展,比如基因工程,也为未来社会提出了新的伦理问题。

语　言

当你建构一个新世界时,语言是一个基本问题。虽然在我们这个世界中有很多不同的语言,但在另外一个世界中的语言可能跟我们的语言完全不同。如果你用一种全新的语言来写作整个文本,可能会有问题,那根本就没有人能够看懂。但是你可以发明一些新词,这样做可能是必需的,因为只有这样才能表达那些只存在于这个新世界中的概念。或者,你可以用一种新语言写一小部分段落,而绝大部分的描写都用正常语言来完成。

设计一种新语言的方法有:

- 创造新词语来表达新概念。在《黑暗的左手》(1981)中,厄休拉·勒奎恩创造了"shifgrethor"这个新词语,用来表达一个在冬季星球上非常重要的概念,这个概念似乎与荣誉密切相关。类似的,小说《奇境》(吉尔哈特,1979)也使用了一些新词语,比如"listenspread",来描述某种并不存在于我们这个世界的东西("listenspread"是一种通信工具)。

- 使用英语或其他语言的古代形式。《步行者里德利》的故事背景是核灾难后的英国,那时候的英国已经倒退到铁器时代。英国小说家拉塞尔·赫班使用了带有英格兰盎格鲁-撒克逊传统的单词和拼写,这些单词和拼写在现代语言中已经不复存在。但他也创造了一些新词语,这些新词语流露出对已经逝去的语言和时代的深厚感情。小说中的语言是口头语言和书面语言的混合,一些词语有时会用发音来拼写。下面的摘录就是一个例子:

案例 7.6

在我 12 岁的命名日，我用长矛杀了一头野猪。这头猪可能是班德尔山区的最后一头野猪。总之，在我看到它之前，已经很长时间没有见过任何野猪了。它被我的长矛刺中时没有尖叫哀嚎，只是瞪着大眼睛露出可怜兮兮的表情。它转过身站在那儿磨牙切齿，然后向我猛冲过来。它在长矛的一端拼命蹬腿，而我在长矛的另一端看着它走向死亡。我说："你先死，我早晚也会死。"许多长矛纷纷插进它的身体，它终于倒地死去。它的伤口血流如注，我们都高声欢呼："胜利！"

摘录自《步行者里德利》（赫班，1982，第 1 页）

你可以通过下面这些方法来创作一种未来派的语言：

- 通过将不同的语言混合在一起并改变语言的用法来创造一种语言
- 给现有的词语加上前缀或后缀
- 对现有的词语稍作改变，或将现有的词语组合起来另作他用

事实上，这些情况在语言的使用中时有发生。比如，在计算机化的浪潮兴起之后就带来了不少语言上的变化。看看我们通过网络来交谈的方式，这是随着计算机逐渐普及之后才产生的新用法。

在第 8 章中，你还可以看到创造语言的其他方法。

地形和环境

你还需要考虑这个新世界的地形地貌，也就是地表的分布和形态。这个新世界中有没有道路、火山、洞穴、建筑物或其他东西？你会如何为这个新世界绘制地图？这样可以帮助我们建立对这个

世界的感知,这个世界的外观、气味、声音和感觉是什么样子。

你对这个地方的描写有多么详细以及用什么形式展现,都取决于你的目标。你也许想给这个地方创造一个具体的印象,或者可能为这个地方营造一种比较梦幻的气氛。或者你可能在这两种可能性之间找到某种平衡,就像意大利作家伊塔罗·卡尔维诺的《看不见的城市》那样。在这部小说中,那些地方象征着人们的欲望和记忆。

案例 7.7

一个人在荒野上经过长时间的骑行,就会渴望到达一座城市。终于,他来到伊西多拉。这里的建筑物都有螺旋形的楼梯,上面镶嵌着螺旋形的贝壳,人们在这里制作精良的望远镜和小提琴。在这里,当一个异乡人在两个女人之间犹豫不决时,他总会遇到第三个。在这里,斗鸡总会演变为赌徒间的流血斗殴。当他渴望一座城市时,他就会想到这一切。因此,伊西多拉就是他梦想中的城市。只是有一点不同。在那座梦想中的城市里有年轻时的他,但他到了伊西多拉时已是暮年。在广场的墙边,一些老人正坐在那儿看着年轻人来来去去。他和这些老人并排坐在一起。欲望已经变成回忆。

摘录自《看不见的城市》(卡尔维诺,1978,第 8 页)

伊西多拉不是一个"真实"的地方,这是一座象征着欲望的城市。这座城市暗示着欲望的满足总是落后于欲望本身。其中关于楼梯、望远镜和小提琴的描写是视觉和感官的,却没有让我们对这个地方留下一个完整的、详细的或规范化的地方印象。于是这样的描写产生了双重效果:这座城市似乎既是一个客观事实,又是"一座梦想中的城市"。

叙事和聚焦

这个新世界将会如何展现很大程度上取决于叙事和聚焦。当然,你可以使用更有距离感的异故事叙事者。不过,如果让叙事者身为新世界的一部分,并因此拥有由这个新世界塑造的视角,这样也可能会有很好的效果。事实上,当来自某个世界的人用自己的眼光去观察另外一个世界时,就会产生陌生化的效果。英国诗人克雷格·雷恩的诗歌《火星人寄明信片回家》(1982,第 169 页)就是一个很好的例子,在这首诗中,一个火星人透过他的视角来观察我们的世界。

技巧和启发

现在你对于如何建构一个新世界可能已经有了很多想法。但是,如果你对于这个题目还是没有什么想法,那你可能需要一些技巧和启发。即便你已经有了很多想法,通过运用这些技巧,你也可能会有一个不同寻常的构思。大多数作家在建构一个新世界时都会运用到这些技巧,尽管他们可能并没有意识到这一点。

这些技巧是:

- 反转——创造一个新世界的方法之一是对我们这个世界的一些观念进行反转。所以,你可以尝试反转现有的性别角色或伦理价值。比如说,你可以塑造一种偷窃是正确行为的伦理价值。

- 扩展——选定某个物体或某个概念,然后看看你可以在多大程度上进行扩展。从飞机开始,然后试着想象其他可以开发的交通工具。比如,只需要一个半小时就可以从悉尼飞到伦敦的超声速飞机,或者可以进行星际旅行的飞行器,等等。

- 并置和重组——将一些在现实中不可能发生的事件(或概念)并列放置在一起。比如,在我们这个世界,权力跟金钱和地位紧密联系,但在另外一个世界,权力也许与人们对环境的了解密切联系。试着在一张纸上写下一些词语或概念,如血液、权力、金钱、性、写作、数学、疾病、学习、光明、黑暗、旅行。然后试着用出人意料的方式将这些词语组合在一起。想象性行为以混合血液的方式进行,或者权力是借由疾病来获得。这样可以让我们以一种新奇的方式来思考这个世界的物质层面和社会层面。

总　结

后现代小说的策略对我们关于过去历史和当下社会的惯常认知提出疑问。借由制造冲突的技巧,后现代小说促使我们采用另外一种叙事方式来描述这个世界及其历史。在第5章的叙事策略的基础上,我们探索了重新设计人物和情节的一些方法。我们还探讨了后现代策略是如何帮助我们去重塑历史和建构其他世界的。这一章主要集中在长篇小说上,这些长篇小说虽然对叙事进行了一些解构,但也借由叙事进行了一些建构。第9章会对后现代小说的另外一些分类进行讨论,这类小说的篇幅比较短,但也是后现代小说。

参考文献

Auster, P. 1988, 'City of Glass', *The New York Trilogy*, Faber & Faber, London, pp. 3 – 132.

Barnes, J. 1990, *A History of the World in 10 ½ Chapters*, Picador, Oxford.

Barth, J. 1987, *Giles Goat-Boy or*, *The Revised New Syllabus*, Doubleday, New York.

Calvino, I. 1978, *Invisible Cities*, Harcourt Brace & Company, New York and London.

—— 1993, *Cosmi-Comics*, Picador, London.

Coover, R. 1989, 'The Elevator', *Pricksongs and Descants*, Minerva, London.

DeLillo, D. 1989, *Libra*, Penguin, New York and London.

Doctorow, E. 1982, *The Book of Daniel*, Picador, London.

Ellis, B. E. 1991, *American Psycho*, Picador, London.

Fowles, J. 1987, *The French Lieutenant's Woman*, Pan, London. First published in 1969 in Great Britain by Jonathan Cape.

Gearhart, S. M. 1979, *The Wanderground: Stories of the Hill Women*, Persephone Press, Watertown, Massachusetts.

Gibbs, A. and Tilson, A. (eds), 1983, *Frictions: An Anthology of Fiction by Women*, 2nd edn, Sybylla Cooperative Press and Publications, Melbourne.

Gibson, W. 1984, *Neuromancer*, Ace Books, New York.

Hawking, S. W. 1988, *A Brief History of Time: From the Big Bang to Black Holes*, Bantam Press, London.

Hoban, R. 1982, *Riddley Walker*, Picador, London. First published in 1980 by Jonathan Cape.

Hutcheon, L. 1988, *A Poetics of Postmodernism: History, Theory, Fiction*,

Routledge, London.

Imamura, S. 1983, *The Ballad of Narayama*, Home Vision.

Ishiguro, K. 1996, *The Unconsoled*, Faber & Faber, London.

LeGuin, U. 1981, *The Left Hand of Darkness*, Futura, London. First
　　published in 1969 in Great Britain by Macdonald and Co.

McHale, B. 1989, *Postmodernist Fiction*, Routledge, London and New York.

Morrison, T. 1988, *Beloved*, Picador, London.

Olsen, L. 1999, *Rebel Yell*, 2nd edn, Cambrian Publications, San Jose,
　　California.

Raine, C. 1982, 'A Martian Sends a Postcard Home', *The Penguin Book of
　　Contemporary British Poetry*, (eds), B. Morrison and A. Motion,
　　Penguin, Har-mondsworth, Middlesex.

Rimmon-Kenan, S. 1983, *Narrative Fiction: Contemporary Poetics*, Methuen,
　　London and New York.

Rushdie, S. 1995, *Shame*, Vintage, London. First published in 1983 in Great
　　Britain by Jonathan Cape.

Smith, H. 2000a, *Hyperscapes in the Poetry of Frank O'Hara: Difference,
　　Homosexuality, Topography*, Liverpool University Press, Liverpool.

—— 2000b, 'Viola's Quilt', *Keys Round Her Tongue: Short Prose, Poems
　　and Performance Texts*, Soma Publications, Sydney.

Swift, G. 1992, *Waterland*, Picador, London. Revised edn.

第 8 章
后现代诗歌和先锋诗学

在本章中,我们将会拓宽一些诗歌写作的可能性。在前半部分,我们将探讨当代或后现代歌谣的写作策略。歌谣通常是一段短诗,用来表达作者的情感,比如关于爱情或死亡。歌谣具有音乐属性,通常具有节奏和韵律,而且一般也会涉及严肃的话题。我们在后现代歌谣中仍然会看到一些用来表达这类严肃主题的短诗,不过后现代歌谣对传统歌谣的许多特点也进行了颠覆。因此"后现代歌谣"这个名词多少有点讽刺意味,因为这种诗歌推翻了关于诗歌许多传统预设。

在下半部分,我们将探讨对语言的不同方面进行实验的一些可能性,比如隐喻的延伸或抑制、游戏和系统、非连续性、词汇实验、作为视觉对象的诗歌、散文诗和"新句子"。我们还会简单看看与这些策略相关的先锋派诗学,也就是关于诗歌形式实验的思想和理论,以及由此产生的政治影响。

本章的两个部分其实是紧密相连的,丹尼斯·莱利和艾玛·卢的诗歌是后现代歌谣的优秀案例,同时也表现出语言实验的某些特点(特别是在非连续性方面)。

练习

1. 写出一系列后现代诗歌，包括以下主题：

   a）分裂的自我

   b）声音的颠覆

   c）政治异见

   d）当代意象或禁忌的话题，或者：

   e）写一首融合上述多个主题的后现代诗歌

2. 创作一系列的语言实验诗歌，包括以下元素：

   a）隐喻的延伸

   b）同音异义词和其他游戏与系统

   c）语法和句法

   d）非连续性

   e）词法实验

   f）作为视觉对象的诗歌

   g）散文诗和"新句子"，或者：

   h）写一首融合了上述多种元素的诗歌

后现代诗歌

分裂的自我

　　写作一首后现代诗歌并不意味着要放弃我们对传统诗歌历史的一切认知，但确实意味着我们要让这首诗具备当代性。因此，创作一首当代诗歌，几乎不可避免地意味着要与后现代的主体性思想相结合。传统诗歌的基本理念是直接的个人表达，而后现代主义的理论和实践都在提醒我们,自我永远都无法直接地表达自己,因为自我表达总是以语言为中介。也就是说,一旦我们开始使用语言,那么语言就不可避免地拥有了自身的生命力,这种生命力与我们想要表达的情感并不一致,因此在语言和情感之间总是存在一种张力。其次,后现代理论提醒我们,主体性是分散的、碎片化的、多重的,这解构了统一的、富有表现力的自我这一概念。比如,根据精神分析理论,在解决俄狄浦斯情节的过程中出现的人格主体是一个分裂的主体,在有意识和无意识的需求之间摇摆不定。在当代精神分析理论中,拉康的"镜像阶段"是一个重要概念,在这个镜像阶段,婴儿看到并认出镜子中的自己时会感到自我识别的喜悦,但同时也会感到分裂的绝望,也就是他意识到自己永远都无法与那个镜像合一。这种分裂的感觉在语言中尤为强烈,我可以谈论自己,但永远都无法完全展现、解释或表达自己。

诗歌一直以来都见证着分裂的自我。在托马斯·怀亚特、约翰·多恩和其他许多诗人的作品中,我们都可以看到一个矛盾的、分裂的和多重的自我。但是在后现代诗歌中这种自我分裂的感觉尤为强烈,而且这种自我分裂通常被视为一种"妥协"而不是一种能够或必须得到"治愈"的疾病。

如果要创作一首表现"自我分裂"的后现代诗歌(见练习 1a),有一个方法是从矛盾、对立和分裂的角度去思考某种个人体验(这种体验可以是你自己的,也可以是一个虚构人物的)。自我分裂的感觉在我们的个人经验中其实很常见,比如我们经常会感到自己好像一边在行动一边在观察着自己的行动。不过,自我分裂也源于个人欲望与社会需求的冲突。

詹姆斯·卢卡斯是我之前在创意写作课程中的一个学生,他现在是一位已经有诗集出版的诗人。他的《诗歌:我是约翰·福布

斯》就是一个关于分裂的自我的例子,因为这首诗展示了我们的日
常生活(安家、开车)和雄心壮志(写诗)之间的紧张关系。

　　案例 8.1

　　　　正在呼吸的肺一舒一张

　　　　就像钱包里面空空荡荡

　　　　厨房的地板发出声响

　　　　那个大声认罪的混蛋

　　　　你经过检验已经被踢出场

　　　　一大笔生意隐约可见

　　　　仿佛来到天堂的边缘

　　　　压抑的雄心开始舒展

　　　　在汽车集市的大卖场

　　　　人们在讨价还价

　　　　用各种工具制造诗歌的狂欢

　　　　自行组装的游乐场

　　　　镜子与讽刺的交换

　　　　无与伦比的坚韧爱恋

　　　　需要一些条件

　　　　你要保持幽默感

　　　　即便当你坦诚说出

　　　　诗歌的重要性比不上

　　　　孩子和贷款

　　　　　　《诗歌:我是约翰·福布斯》(卢卡斯,1999,第 25 页)

请注意诸如"压抑的雄心开始舒展"和"一大笔生意隐约可见"之类

的语句,是如何细腻地表达出一种张力的。还有第二人称"你"的巧妙运用也凸显出分裂的自我,在诗人(在诗中是一个虚构的存在)看来既是在对别人说话也是在对自己说话。这样就让冲突显得既模糊又具体。

　　描写自我分裂的另外一种方法是通过叙事和情景将其戏剧化。在澳大利亚诗人史蒂夫·埃文斯的《左边》中,分裂的自我变成了分裂的生活。这首诗的表达方式更具叙事性:

案例 8.2

　　　　一天早晨,那个身体选择了
　　　　一套不一样的衣服
　　　　让套装挂在衣架上
　　　　让大门直接敞开
　　　　在那个熟悉的街角
　　　　转向左而不是转向右
　　　　再也没有回到原来的岗位
　　　　原来的房子和原来的家庭
　　　　谁告诉它这样做?
　　　　用了什么词语?
　　　　还是什么咒语?

　　　　那个身体一路向前
　　　　进入邻近的郊区
　　　　在天黑之前
　　　　就会离开这座城市
　　　　无视原先的一切逻辑

或最终看透这些逻辑

这是谁的责任？

头脑中的声音说不是我

我只是出来走走

除此之外的计划

还没有想好

那个身体边走边想

任何人都可能发生这种情况

这是 1965 年

一个阳光灿烂的八月清晨

我父亲走出家门

他的身体还没有告诉他

这是转向左边的一天

我们再也没有跟他见过面

他的套装已经在衣柜里死亡

他的孩子在睡觉

他的妻子在洗澡

他身后的一切

都被留在那个街角

《左边》(埃文斯,2004,第 63 页)

在这首诗中，父亲在日常生活中扮演的角色与其他隐藏的欲望和抱负并不一致。这首诗通过戏剧化的方式展现出心灵和身体的分裂，尽管我们可以看出，如此泾渭分明（或有时也称为二元对立）在现实中并不存在。这不只是身体和心灵的冲突，也是一种精神和身体都被吞噬的分裂。

虽然我们谈论的是分裂的自我,但事实上自我可能是多重的。自我经常是"碎片化的"而不是分裂的,正如荷兰裔英国诗人约翰·德·维特的诗歌《对我说》:

案例 8.3

　　我说谎,我懒惰,我是一个笨蛋,我是一个法西斯主义者,我是一个陌生人,我很好,我不可思议,我漂亮,我疯狂,我是个聋子,我是一个神经病,我愚蠢,我软弱,我温顺,我是完美主义者,我英俊,我天真,我刻薄,我不负责任,我聪明,我是一个手艺人,我紧张,我离婚了,我丢三落四,我是骗子,我是精英,我满腔怨恨,我是不信教的人,我是一个欧洲人,我是一个艺术家,我是一个诗人,我是一个作家,我是一个排字工人,我是一个劳工,我是一个学生,我是一个独奏者,我是一个士兵,我是一个中士,我是一个丈夫,我是一个情人,我是一个前任情人,我是一个坏情人,我是一个好情人,我是一个身体,我是一个政治动物,我是一个废物,我害羞,我疲惫,我挑剔,我多疑,我显得很老,我显得很年轻,我真诚,我是一个梦想家,我是一个混蛋,我闷闷不乐,我躁狂,我悲伤,我好斗,我暴力,我直率,我肮脏,我三十七岁,我是一个独行者,我是一个步行者,我是一个未来的街头步行者,我放任自流,我是一个无政府主义者,我是一个爱开玩笑的人,我是一个权威主义者,我是一个僵尸,我被吓坏了,我正在害怕,我疯狂,我早起,我是一个酒鬼,我是一个混蛋,我是一个普通人,我喜欢社交,我讨厌社交,我不善社交,我不可理喻,我在这里,我在那里,我是现在,我是过去,我是一个失败者,我是一个未来的赢家,我粗心大意,我有问题,我让人难以抗拒,我让人难以接受,我无罪,我有罪,我目光长远,我强壮,我贪婪,我迟钝,我能说会道,我是一个朋友,我是一个按摩师,我是一个社会学家,我是一个倾听者,我是一个演讲者,我沉默,我安静,我不安,我离乡背井,我孤独,我愤愤不平,我心平气和,我是顶梁柱,我是伪君子,我疑神疑鬼,我心思细腻,我充满敌意,我是一个纯粹主义者,我紧张,我敏感。

　　他们这样对我说,我相信了,我确实相信,我不得不相信,我确实相信,真诚的,理所当然的,毫无疑问的,从未追问他们为什么这样对我说。

　　　　　　　　　　　　《对我说》(德·维特,1986,第 11 页)

尽管诗人在这里一直使用第一人称,但是他在谈论自己时并没有试图描述自己的个性和个人处境,相反,他罗列出许多自相矛盾的不同自我(这些罗列出来的特点倾向于自我批评,但并不是完全的自我贬低)。事实上,这份清单的范围如此之广,以至于几乎可以适用于任何人,而不是某个特定的人。

　　要创作一首关于自我分裂的诗歌(练习 1a)时,你可以将一系列互相矛盾的内容罗列在一起,然后看看你能否将这些内容转化成一首诗,比如:

- 我非常悲伤/我充满喜悦
- 我喜欢我的工作/我的日常工作很无聊
- 我想写作/我的词语无法表达任何东西

请注意,这些语句并没有相互抵消,而是通过相互呼应来表达某种矛盾情绪。

　　你也可以借助一个或多个叙事和情境来强调分裂的自我。

你还可以用德·维特的诗歌作为模板,通过罗列词语生成的一首诗来表达分裂的自我。

声音的颠覆

创作后现代诗的挑战之一是避免过度直白、自我陶醉或自我夸大。解决这个难题的方法是写作诗歌时不要完全遵照有关声音的传统概念。比如,打破个人经历的真实性,或者采用一种似乎与主题不一致的语体风格。丹尼斯·莱利是一位英国实验派诗人,他的《山东》(*Shantung*)是一部彻头彻尾的反浪漫、"直面"、非个人化和即兴创作的作品。

案例 8.4

这是真的,

任何人都可以爱上任何人。

后来,他们再也不能。

每天要洗掉多少睫毛膏

全世界,把蓝色变成黑色。

大家一起来。特别是女孩。

每天我都会想想关于死亡的事情。

是不是每个人都这样?我是说,他们会不会也这样想。

我的朋友! 给点答案。

我的手表轻轻解开。倒扣放下。

《山东》(莱利,1998,第 296 页)

这首诗的主题虽然是爱情和死亡,但语言风格充满讽刺意味(任何人都可以爱上任何人、泪水洗掉睫毛膏)。这首诗还以对女性主义的微妙嘲讽来刺激读者:"大家一起来。特别是女孩。"这表明诗人认为她最关注的是如何将读者从自满情绪中唤醒,而不是表达她自己的个人问题。

质疑声音真实性的另外一种方法是采用一种极端的或陌生的声音。在澳大利亚诗人爱玛·卢的《洞穴和星星》中,叙事者似乎完全迷失了方向:

案例8.5

我刚刚恢复记忆。

只要有几个笨蛋,我就能活下去

在机场的一个角落

不是为了前因后果

而是为了我们必须承受的痛苦,

带着钱逃跑

伪造自己的死亡。

科技会不会让我远离此地?

我不知道我在哪里,

我从来都不知道会发生什么事。

一切都寂静无声,

呆滞又活跃,

蓬勃又枯萎。

如果我想读报纸,

我会伸手去拿。

真有意思,你接受了我的说辞

然后说你自己也是这样想的。

他们今天晚上会人工造雪,

雪花很漂亮而且我们出得起钱。

你自己,

快过来,

带上那张底片。

《洞穴和星星》(卢,1997,第 5 页)

迷失方向的感觉在这两句诗中最为明显:"我不知道我在哪里,我从来都不知道会发生什么事。"但诗中还有一系列令人困惑的场景和没有答案的问题:这是不是在描述某个人从失忆中苏醒? 这跟伪造死亡有什么关系? 谁在人工造雪?

不过,后现代诗歌也可以在不同的声音和语体风格之间迅速转换。在美国诗人查尔斯·伯恩斯坦的《笨拙的女孩》中,诗人采用了许多不同的声音来为处于权力层级中不同地位的人发声,摘录如下:

案例 8.6

如果我们不想夸夸其谈

那我们就应该坐下来商量

采取行动让这些措施实现。

我笨拙地和其他人一起探讨

对"真相"的解释、粉饰、呼唤

好像要把它摊开在地面

而不是制造、命名或推动某些事件。

　　　　"但是所有怀疑中最美好的

　　　　是饱受践踏和磨难的人

　　　　开始抬头挺身

　　　　不再相信压迫者的力量。"

　　　　让人窒息的是这种感叹:

　　　　高尚者的通道已经消亡。

　　　　"这是一张小纸片

　　　　上面说和你们一起工作很愉快。

　　　　这段工作经历让我获益良多。

　　　　虽然我对新岗位满怀希望,

　　　　但我永远都不会忘记在这里的时光。

　　　　这里就像另外一个家园,

　　　　每个人都这么热情友善。

　　　　我会一直为你们祷告,

　　　　祝愿你们一切安好。"

　　　　　　摘录自《笨拙的女孩》(伯恩斯坦,1983,第47-48页)

在这里,诗人不仅是一个模仿者,他还展示了所有的话语都是一种模仿。当人们说话时,他们经常重复他们在类似场合听到别人说过的话。他们认为这些话适用于当时的场合,也适用于他们在社会等级中所处的位置。这首诗还隐含着一种在后结构主义和后现代主义理论中都相当流行的观点:我们无法摆脱语言或话语。我们一直都在话语中移动,而这些话语不可避免地代表着权力地位。伯恩斯坦的这首诗在某种程度上是一个拼贴作品,其中包含了各种不同的社会话语和这些话语的历史和挫折。比如第一句"如果我们不想夸夸其谈",在不可避免地屈服于语言的同时,也让我们注意到语言潜在的空虚,以及语言与行动之间的距离。在引号内的第一个声音"但是所有怀疑中最美好的"试图把自己放在"高位",第二个声音"这只是一张小纸片"试图把自己放在"低位",第一个声音采用了高高在上,甚至有点装腔作势的语言。第二个声音主要是客套话,虽然试图取悦他人,却给人一种虚伪的印象:这些词语可能试图掩盖工作中存在的问题,而这些问题是说话人离开的原因。在这整个文本中,连续出现了好几种不同的语体风格,其中一些加了引号,还有一些没有加引号。没有哪一种语体风格可以被当成是诗人自己的"声音"。

练习 1b 需要创作一首质疑声音的概念的诗歌。比如,诗歌中的声音听起来跟主题并不一致,那个声音听起来并不把自己当真,或者听起来陌生而迷茫。你也可以写一首诗,其中包含了多种声音,或者在几个声音之间转换。

表达不同政治观点的诗歌

源于马克思主义理论的批评理论最有影响力的洞见之一是:所有文本都具有意识形态属性。那些自称与政治无关的文本仍然蕴含着政治观点,即便这个政治观点并不明显。表达政治观点的诗歌(见练习 1c)明显地融合了个人和政治。你要写作一首包含政治观点的诗歌,这首诗可以关于环境破坏、消费主义或同性恋政治。这样一首诗将个人体验置于社会态度的语境之中。

诗人约翰·温纳斯说过,他喜欢尽量让读者感到不适。你在写作时不一定要这么做,但你可以尽量引起读者对某个社会问题的关注,在某些情况下这样做可能会引起读者的不适。旺达·科尔曼的诗《主义》是具有强烈政治色彩的后现代诗歌。她是一名非洲裔美国人,这首诗看来和种族主义有关。个人和政治的交织让这首诗充满力量。种族主义似乎是这位诗人的生活中心,并影响到她做的一切事情,尽管她自己并不喜欢这种感觉。与此同时,这首诗并没有直接提到种族问题,而是略带隐晦地提到种族问题(但也正因为如此,才更加有力):

案例 8.7

> 我疲倦地估算它对我生活的影响
>
> 它渗透一切东西,它就在空气里
>
> 它住在隔壁,紧盯着邻居
>
> 它每天都在办公室跟我见面
>
> 它的音乐从收音机里冒出来
>
> 随着我的汽车一起向前
>
> 它跟我一起在超市里闲逛
>
> 它在电视上和在街上
>
> 即便我的工作很清闲
>
> 它是我头上闪烁的灯光
>
> 如果我想说点其他东西
>
> 就发现它已经在我嘴里
>
> 《主义》(科尔曼,1994,第 474－475 页)

写作一首表达政治观点的诗歌是一件复杂的事,因为正如查尔斯·伯恩斯坦所言:"不同的政治观点既是内容也是形式。"伯恩斯坦说他最关心的是"用诗歌来表达不同政见,包括形式上的不同政见"(1992,第 2 页)。你可能想把表达政治观点的诗歌和一些语言的实验结合起来,这是本章第二部分的重点。

当代的意象，禁忌的话题

创作后现代诗歌的一个重点是要确保诗中的意象具有高度的当代性（练习 1d）。经验不足的作者经常会使用一些过时的意象。他们无法让诗歌的意象与身边的世界密切联系，只能模仿浪漫主义诗歌中的意象：一个泉水叮咚、云雾缭绕的梦幻世界！在这个练习中，我想邀请你使用一些当代的意象，比如以城市、科技或媒体为基础，或者囊括一些流行文化的偶像。你可以写一首跟媒体或使用电脑有关的诗歌，也可以探讨一些当代社会的问题，比如吸食毒品，这些问题自然也会产生与其相配的意象。

我们还可以用诗歌来探讨禁忌话题。多萝西·波特在《经前紧张》（1991，第 429 页）中探讨了这样一个主题：经前紧张综合征。这个话题现在已经不再是一个禁忌，部分原因就在于人们曾经写作诗歌去讨论这个问题！不过还有其他领域的一些体验，仍然笼罩在厌恶、恐惧和禁忌之中，这些也可能是你想要探讨的领域。

诗歌杂技、先锋诗学

实验一直都是写作的一个重要组成部分，所有时代都有一些作家突破了语言和文体的边界。不过，在 20 世纪和 21 世纪，"实验性"这个词语更多用来描述那些针对文体和语言的实验性运动。

20 世纪的实验性诗歌运动始于达达主义、超现实主义、未来主义和立体主义的作品。虽然他们都是现代主义运动的一部分，但这些运动都被贴上了先锋的标签。先锋是一个军事术语，最初是用来描述军队中的先锋队。这个术语后来被用于描述那些领先于其所在时代、在各自领域处于领先地位的革命艺术运动。这些先锋运动始于 20 世纪初,横跨了艺术、音乐和文学领域。其中特别重要的是格特鲁德·斯坦的作品,他与立体主义画家和超现实主义运动的领袖安德烈·布勒东有一些联系。这些实验性运动贯穿了整个 20 世纪,比如在 1950 年代和 1960 年代,美国的纽约派诗人、"垮掉的一代"、黑山派诗人和客体派诗人。

在 20 世纪 80 年代和 90 年代,一系列的实验性诗歌运动在美国、英国、澳大利亚和加拿大兴起,这些运动对诗歌中语言的表现力、语言和政治的运用进行了大量探索,这些运动对当今世界范围内的实验性诗歌仍然具有极其深远的影响。在美国,这一运动被称为"语言派诗歌"。这些语言派诗人是一群左翼知识分子,他们组成的团体有时被称为"后现代先锋派"(先锋派最初被认定为现代主义,但在后现代时期对实验性作品发挥着持续性的影响)。这些诗人通过他们的诗歌和理论文章促进了实验性作品的创作。他们的诗歌和理论文章反映出他们的诗学,即他们关于文本性、文本性的政治意义及其政治语境的理论。这些语言派诗人包括:查尔斯·伯恩斯坦、罗恩·西利曼、琳·海基尼安、鲍勃·佩雷尔曼、卡尔拉·哈里曼、巴里特·沃顿、莱斯利·斯卡拉皮诺和雷·阿曼特鲁特。这些诗人是美国诗歌另类传统的一部分,他们的诗歌风格更接近格特鲁德·斯坦因、约翰·阿什贝利、查尔斯·奥尔森和路易斯·祖科夫斯基,而不是 T.S.艾略特、罗伯特·洛厄尔和西尔维亚·普拉斯。

英国一个类似的运动(虽然具有自己鲜明的特点)被称为"语言创新派诗歌"。活跃在这一领域的诗人包括:肯·爱德华兹、艾伦·费舍尔、埃里克·莫特拉姆、阿德里安·克拉克、弗朗西斯·普雷斯利、玛吉·奥沙利文、丹尼斯·莱利、罗伯特·谢帕德、杰拉尔丁·蒙克、卡洛琳·伯格瓦尔、比尔·格里菲斯和克里斯·奇克。他们认为自己的作品与克雷格·雷恩、菲利普·拉金、卡罗尔·安·达菲、西蒙·阿米蒂奇和安德鲁·莫森等著名英国诗人的作品有很大区别。在澳大利亚,约翰·福布斯、乔安妮·伯恩斯、安娜·库阿尼、约翰·特兰特、帕姆·布朗和吉格·瑞安等人的诗歌在语言或形式上包含了实验性元素。还有另外一群诗人也对实验性诗歌进行了各种探索,其中包括:约翰·金塞拉、彼得·明特、阿曼达·斯图尔特、凯特·费根、迈克尔·法雷尔、艾玛·卢、杰拉尔丁·麦肯齐和我本人。

在这些语言创新运动中,诗人们认为语言因为被偶像化和商业化而失去了原有价值。为了改变世界,我们就必须对使用语言的方式进行根本性变革。换句话说,当我们使用语言时,我们通常很难注意到词语本身和它们所采用的形式。我们主要考虑的是自己所说或所写的内容,而词语只是意义的容器。这些诗人认为,必须对语言进行陌生化,这样我们才能以全新的目光来看待语言。为了达到这个目的,他们经常颠覆语法、句法、拼写、标点和词汇的惯例。他们对语言的处理就像耍杂技,经常让语言呈现出倒立、侧翻或劈叉的姿态。但是,任何对语言进行陌生化的模式在一段时间之后都会失去新鲜感,再次变成某种常态。语言派诗歌运动强调对语言规范的颠覆,这些颠覆虽然范围极广、灵活多变,但到了现在也已经成为一种熟悉和公认的写作模式,

语言派诗人某种程度上是在反对自由诗传统的某些方面,这类诗歌的语言通常并不强调语言本身的物质性。玛乔瑞·帕洛夫在《纸张之上和之下的诗歌》一书中有一篇优秀的文章,题为"自由诗之后:新的非线性诗歌",这篇文章对自由诗的特点(还有语言派诗歌和语言创新派诗歌的不同诗学特征)进行了很好的论述。根

据帕洛夫的论述,自由诗通常由一个充满感情的声音或一个充满洞察力的主体构成,这样的诗歌以意象为基础,而且大多符合语法规则。这些诗歌在听觉和视觉方面都不会给人留下强烈印象,而诗歌的情感流动多多少少都有迹可循。相比之下,她所谓的新"后线性"或"多维度"诗歌往往更缺少连续性,不以意象和诗行为基础,而更注重整体的视觉设计。这种诗歌也包含着情感,但这些情感不一定与单一的感知主体相关联,它强调语义的多重性而不是单一的意义。

这些诗人的注意中心是诗歌的政治性,他们特别关注语言的社会中介作用,以及语言在权力关系中是如何成为一个决定性因素的。比如,语言派诗人把他们的作品看成是一场反对"官方诗歌文化"的政治斗争。"官方诗歌文化"这个概念是查尔斯·伯恩斯坦提出的,他认为"诗歌是在追求新形式的过程中对墨守成规的厌恶"(1992b,第1页)。他说道:"我感兴趣的诗歌和诗学,是去简从繁而不是去繁从简,也就是在一首诗歌中包含多种互相冲突的视角和语言风格。"(1992b,第2页)对于伯恩斯坦来说,文化多样性必须以多种方式来表现,而不是简单地屈从于"由主流文化预先设定的表现模式"(1992,第6页)。

语言实验也是多元文化和本土写作的一个重要部分,诗人在英语和他们的非英语文化传统之间沟通协调。澳大利亚裔的希腊诗人皮奥就是一个很好的例子,他颠覆了标准英语和整个以英语为基础的诗歌传统。皮奥也许不能被归类为一个"语言创新"的诗人,但我们仍然可以在他的作品中看到语言的创新。

语言的创新也为女性提供了挑战语言的机会,挑战历史上由男性创造的语言模式,这种语言表达的是男性而非女性的价值观。显而易见,女性可以通过写作诗歌来挑战男性对女性的建构,也可以从女性主义的视角去写作任何话题。不过,这不一定会影响到女性使用语言的方式或描叙女性的诗歌话语。法国女性主义和精神分析理论学家朱莉亚·克里斯蒂娃在她的《诗性语言的革命》(1986 年,第 89 – 136 页)中指出,语言实验是写作再现"符号性的前语言阶段"的一种方式,在前语言阶段中儿童对母亲完全认同。这先于象征性秩序(即"父亲的律法"),象征性秩序带来的不仅是社会规范和父权统治,还有语言的规条。虽然克里斯蒂娃在使用这些概念时并不完全成功(她在阐释这些概念时给出的主要例证是詹姆斯·乔伊斯的作品,而詹姆斯·乔伊斯恰恰是一个男人!),但她仍然提供了一些重要的方法,让我们可以对充满语言实验的女性主义写作进行理论化的概念总结。

最后,虽然语言创新的主要阵地是在诗歌,但语言创新也出现在散文或诗歌与散文的混合文体之中,这也显示出不同文体之间的界限是多么脆弱。詹姆斯·乔伊斯的后期作品在语言上极具创意,这就是一个经典的案例。语言实验也是一个相对的概念,在那些进行语言创新的诗人和那些不进行语言创新的诗人之间也没有一条绝对的分界线。也许可以这么说,从主流型到实验型是一个连续体,大部分的诗人处于两个极点之间的某个位置,甚至同一个诗人的不同诗歌也处于这个连续体中的不同位置。

现在许多诗歌选集都收录了实验性诗歌,甚至将其作为重点。这些诗歌选集包括:《在美国树上》(西利曼,1986)、《新英国诗选:1968—1988》(艾诺特、达吉亚尔等,1988)、《后现代美国诗歌》(胡佛,1994)、《来自世纪的另一边》(梅塞利,1994)、《无处不在》(奥沙利文,1996b)、《花萼》(布伦南和明特,2000)和《千年之诗》(罗森伯格和乔里斯,1998)。关于实验性诗歌的赏析,还有一些优秀的评论性著作:《一种诗学》(伯恩斯坦,1992a)、《我的道路》(伯恩斯坦,

1999b)、《新句子》(西利曼，1987)、《诗歌的边缘化》(佩雷尔曼，1996)、《英国新诗歌》(汉普森和巴里，1993)和《打破性别界限》(维克里，2000)。此外，玛乔瑞·帕洛夫的著作，比如《激进的艺术》(1991)和《纸张之上和之下的诗歌》(1998)，也可能会对你很有帮助。

语言实验

在本书的开头两章，我们已经探讨了各种语言实验的方法，接下来介绍的方法可以帮助你完成练习2。这些方法会拓宽你的视野，加深你对各种可能性的理解。我们即将探讨的第一个策略是隐喻的扩展。

隐喻和转喻

语言实验的诗歌经常挑战原有的诗歌传统，比如隐喻在主流诗歌中占据的主导地位，还有诗歌是一个由各个部分紧密结合而成的有机整体的浪漫想法。大多数著名的诗歌都是由隐喻和象征推动的。在西尔维亚·普拉斯和泰德·休斯的诗歌中，隐喻都是诗歌的命脉。西尔维亚·普拉斯在她的诗歌《胎死腹中》(1981，第142页)中讲到胎死腹中的婴儿，你知道她真正要表达的是写作的困难，只是利用胎死腹中作为一个隐喻。但正如大卫·莫瑞指出的，隐喻的本质是排除差异之后透过一件事物看到另外一件事物。换句话说，隐喻在本质上就存在问题，因为隐喻总是通过压制差异性来突出相似性。

即便在一首由隐喻驱动的诗中，我们也能意识到隐喻的问题，诗歌中涌现出来的更多是差异性而非相似性。实验性诗歌有时就特别注重这些差异性。因此，这类诗歌往往转喻多于隐喻。一首转喻诗的运作不是通过相似性，而是通过两者的密切联系而进行联想替换。转喻可以是用局部来替换整体（比如，用王冠来替换国王）；也可以是两个或多个有密切联系的词语，这种密切联系可以是物理空间的接近（比如，眼睛、眉毛和额头）；或者是属于同一类物体的词语（比如，钢笔、铅笔和画笔）。除此之外，许多实验性作品还探索了我称之为"新转喻"的概念，也就是一些在正常情况下并不存在联系的词语在诗歌中产生了联系。比如这样一连串词语：书桌、铅笔、诗歌、云朵、秘密、动力，在这串词语中开头的几个词语之间存在密切联系（书桌、铅笔、诗歌），但后面的词语之间的联系变得越来越松散，后面几个词语并不存在严格的转喻基础。在第 1 章的连接词语练习中，我们就尝试过这种松散联系的词语序列。

阿尼娅·华尔维茨的散文诗《美妙》就是运用转喻进行写作的一个优秀案例，第 1 章的案例 1.9 就是这首诗的摘录。这首诗与同样在第 1 章中出现过的莱尔·麦克马斯特的诗歌截然不同，后者使用镜子作为隐喻。转喻诗是离心的，它向外伸展；隐喻诗是向心的，它将各种元素拉向中心。不过，许多诗歌都结合了隐喻和转喻，而且语言本身就具有隐喻性（词语指代的是事物而非词语本身），所以隐喻从未在诗歌中缺席。在《结构主义诗学》(1975) 和《符号的追寻》(1981) 中，乔纳森·卡勒对隐喻和转喻进行了深入的论述。《弗兰克·奥哈拉的诗歌：差异性、同性恋、地形学》(2000，第 80 - 101 页) 对隐喻和转喻的存在方式以及二者的互相依存也进行了详细论述。

变形的隐喻

身为写作者，我们可以正视隐喻所抑制的差异，并将其转化为创作源泉。如果说隐喻通常是进行一对一的比较，那么我们可以通过引入多重比较或者让差异超过相似来让隐喻得到延伸。这样我们就可以创造"开放的"而不是"封闭的"隐喻。传统的隐喻必须建立在一对一的比较之上，各种隐喻不应该"混在一起"。根据这种观点，一个类似"我的怒气越积越多，然后闭上了眼睛"的隐喻是"不好的"，因为这个隐喻缺乏一致性：隐喻的两个部分并没有在某个共同点上进行比较。但是，令人振奋的隐喻往往包含着狂野的、夸张的、不一致的、多重的或混合的比较。这样的隐喻可能更有活力，因为一个隐喻转变成另一个隐喻，所以这些隐喻会不断地重新集中我们的注意力。让我们看看一个案例：

案例 8.8

> 好像乐器
>
> 扔在荒地里
>
> 你支离破碎的感情
>
> 开始体会到一种安静
>
> 摘录自《好像乐器……》（克拉克，1994，第 395 页）

在美国诗人汤姆·克拉克的诗歌《好像乐器……》中，一开始就是一个令人惊叹的比喻，这个比喻包含了好几个部分。其中有感情和被遗弃的乐器之间的比较，但这个比较的两个部分本身也具有非常强烈的画面感。扔在田野里的乐器因为无人演奏而寂静无声。感情是支离破碎的，这也许是因为有多种感情互相冲撞。将这两个画面放在一起,暗示着感情逐渐平静下来,也就是"开始懂得安静"。所以在一个整体的比喻中包含了多个隐喻。

同样,在美国诗人苏珊·舒尔茨的诗歌《穿过沙洲》的开头,一个对比紧接着另一个对比,就像她另外许多令人眼花缭乱的诗歌一样:

案例 8.9

> 在船只中间,工人四肢舒展,
> 就像函数在坐标图上,
> 吸收着迟来的晨光,
> 就像时间流逝的处方……
>
> 摘录自《穿过沙洲》(舒尔茨,2000,第 96 页)

写一首将隐喻进行延伸的诗歌(练习 2a),在其中采用开放性而非封闭性的隐喻。当你用这种方式写作时,这首诗的焦点会发生什么变化呢?

游戏和系统

在第 1 章,你通过连接词语和操纵短语进行了语言实验,不过关于语言的游戏还有其他多种形式。其中之一就是把注意力集中在语言的某个特征之上,将其发挥到极致。比如,在查尔斯·伯恩斯坦的《关于时间和线条》中,诗人根据"line"(这个词语本身及其变形可以译为:线条、台词、诗行、路线、内衬等)这个词语的含义进行一场游戏。这个策略将诗歌迅速引向多个方向:

案例 8.10

乔治·伯恩斯说他总是走直线；

他嘴里叼着雪茄

是为了在台词之间留出空隙

来发出一声欢笑。

他把台词串在一起，

是用流浪冒险小说的叙事方式

而不是像亨尼·扬曼那样

让台词紧密排列。

我父亲负责推销一条生产线的女装，

他的工作不是在街上推着车子，

而是在一个工厂楼上的办公室。

我母亲更关心她的裙摆线条。

……

因为关于东西路线的胡言乱语

在这些地区很流行。

格律诗的地位最近开始减退，

因为关于"我"是谁已经说不清，

而关于你是谁就更说不清。

当你划下一条线时，

最好是无比确定

要把什么划进来，

要把什么划出去，

你自己要站在这条线的哪一边。

世界就是这样构成，

只是亚当没有称之为界线。

每首诗都有一层韵律的内衬，

一些韵律的内衬会在夏天拉开拉链。

想象的线条被历史的刀尖

刻在社会的肉体之上。

你可以根据是否有诗行来判断一首诗，

如果一篇文字里面有诗行，

那这篇文字就很可能是一首诗。

关于线条的效用，

没有什么比警戒线更有效，

而带来最多争端的是血缘之线。

在俄罗斯，所有人都为排成长线的队伍发愁，

回到美国，大量失业人员也让人揪心。

"拿起凿子来写字"，

但是对一个演员来说台词应该很清晰。

或者，就像他们在讨论数学时说的，

制造一个角需要两条线，

而制作一杯玛格丽塔只需要一个酸橙。

摘录自《关于时间和线条》（伯恩斯坦，1991，第 42 - 43 页）

"line"是一个同音异义词，也就是说这个词语有很多不同的意思。同音异义词在各种诗歌中都很常见，诗人经常使用同音异义词从一个意思转向另一个意思。但是伯恩斯坦将同音异义词推向极致，让这个词成为整首诗的焦点。

伯恩斯坦的这首诗给自己设定了一个任务或限制：每个句子都要从"line"这个词语的意思去展开。我们已经在第 3 章的数字

结构中看到，设定限制可以怎样激发出一些充满创造力的成果。试着想想，你还可以玩哪些语言游戏，设置哪些限制。

1960 年代，法国出现了一个叫作"乌力波"（简称 Oulipo，法文全称是 Ouvroir de Littérature Potentielle，意为"潜在文学工场"）的文学团体，这个团体的成员为自己设定了许多规则（莫特，1986；马修斯和布洛基，1998）。"乌力波"的成员包括乔治·佩雷克、雷蒙德·奎诺、哈里·马修斯和伊塔洛·卡尔维诺，这些人进行了范围极广的各种实验。比如，乔治·佩雷克重新创造了漏字文，在漏字文中作者会在整个文本中避免某个字母的出现（佩雷克自己写过一篇小说，在这篇小说中从未出现字母"e"）。"乌力波"的成员还采用了许多其他文字形式，比如回文（这样的文本可以从后往前读）和反义文（将文本中的一些词语替换成语法或语义相反的词语）。"乌力波"的成员开发了一些高度数字化的文字系统，一些成员有时会使用这些系统来生成长篇小说，比如乔治·佩雷克的《人生拼图版》，还有伊塔洛·卡尔维诺的《寒冬夜行人》。近年来一些更年轻的诗人也进行了这种语言实验，比如加拿大诗人克里斯蒂安·博克的《精神正常》，这首诗在每个诗节只使用一个元音，而整首诗都是在一些自我设定的限制之下完成的。

在限制条件下写作也可以很有创造力，因为它能将你的作品推向新方向。由于你不能随意地使用语言，所以你只好考虑其他不太明显的替代方法，这样可以为你的写作带来新鲜感和独创性。

以伯恩斯坦的诗歌作为模板，写作一首基于一个或多个同音异义词的诗歌（练习 2b）。然后再根据另外一种系统来写作另一首诗，这种系统可以是在整个文本中都避免出现某个字母，或者在每句话中都出现某个单词。不过，你也不一定要采用上述任何一种方式，你可以想出属于你自己的方式。这样做对你的写作会产生什么影响呢？

句法和语法

　　一些诗歌（包括很多自由诗）严格地遵循正常的句子结构和语法规则。但是，在过去的几百年中，许多诗歌并不像散文那样讲究语法。在一些实验性诗歌中，背离正常语法的现象尤为明显：词语所具有的语法功能及其在句子中的位置和作用都被严重破坏。

　　语法之所以具有约束性，是因为它是有层次的。我们使用的句子包含了主从关系，也就是说这些句子不仅有一个主句，经常还有另外一些从句。这样可以让句子中的一个观点看起来比其他观点更重要，或至少让一个中心观点成为句子的焦点。语法能够确定意义，让意义尽量保持明晰。语法在社会交往中发挥着重要作用，因为我们跟其他人交往时需要尽量减少歧义，并让我们表达的某些内容比其他内容占据更重要的地位。但是在诗歌中，我们有时想要利用语言的多义性，也就是语言产生多种不同意义的可能性。我们想把各种观点并列在一起，欣赏它们的共存，而不是把它们束缚在某种结构之中，让某个观点从属于另外一个观点。更广泛地说，语法是特定社会语境的产物，可以与霸权文化相联系，在很多情况下等同于西方霸权。非盎格鲁-凯尔特民族的写作者经常要调和英语的语法和他们本土语言的语法，我们可以在澳大利亚土著诗人莱昂内尔·福格蒂的诗歌中看到这种对语法的突破。

　　在实验性诗歌中，词语发挥的语法功能有时与正常情况下不同（比如，动词变成名词），一些基本的语法要素被略去（比如，由一个动词构成一个句子），或者某些特定词语的语法功能没有明确区分，有时只是以一连串词语的形式出现。第 1 章的连接词语练习，就是一个文本不遵循语法规则的好例子。

下面一段摘录自罗恩·西利曼的《我是玛丽昂·德尔加多》，其中的语法跟正常情况很不一样：

案例 8.11

我们怎么认出一个

新季节。

田野是共同的天空。

春天语言。

如果绿头苍蝇相信天空就是

房间。

第一次，不是微光，共同是

敌人。

绿头苍蝇具象化这个表达。

信念是停滞，随意是

完美。

狮子我已经咬了。

一只狮子，鬃毛，咬了

桃尖。

现实主义是沼泽，而不是气体。

你怎样几何光亮和露珠。

一段乳白色的空缺隔开一次拜访。

伴随着灯泡微光的烟雾是

信号。

摘录自《我是玛丽昂·德尔加多》(西利曼，1986，第 69 页)

在这里，"田野"和"绿头苍蝇"的前面通常应该加上一个定冠词，动词"相信"应该采用第三人称单数。"几何"在语法上应该是一个名词,在这里却作为动词使用。还有,"第一次,不是微光,共同是敌人"这句话在语法上根本就不通顺。在"正常"的语法规则中,我们看到的应该是"第一次,一片微光,一个共同的敌人",这样每种事物和接下来的事物之间是一种并列关系。一些看起来没有从属关系的词语被放在一起,比如"绿头苍蝇具象化这个表达"。这首诗的重点是没有层级关系,句子中没有明确的主语或宾语,也没有不同观点之间的从属关系。

这样的写作能获得什么成果呢?首先,这样可以让语法变得陌生。它让我们注意到语言在正常情况下是如何运作的,还有我们可以怎样让语言得到延伸。虽然这样的文本看起来可能会显得"艰深晦涩"、不知所言,但这实际上是对语义的解放。比如,"你怎样几何光亮和露珠",关于人类如何感知自然界的物质关系和物体形状,这是一种很有表现力的表达方式。这样的写作可以产生语义上的灵活性:每个句子都可以用几种方式解释,从而产生出更多而不是更少的意义。这样的文章还能促进我们对语言的思考,让我们意识到语言的局限性,还有常规语言无法表达之物。在语言的语法结构之内,有许多事物实在难以表述。

这是一个颠覆语法的极端案例,不过大多数实验性诗歌并没有达到这个程度,只是在语法上做了一些尝试。很多诗人会让句子显得扁平化,尽量减少语法上的指示词和连接词。杰拉尔丁·蒙克的诗歌《堆砌》就是一个很好的例子:

案例 8.12

爬过蔓越莓在罗甘上

日本姜兰

香料发光柑橘

   冰霜亮光清晰

堆在茄子上的月光浴袍

   雪花

胡椒甜点在两片金属上

   羽扇豆

冰霜落在月亮之上 唐格朗

    红宝石

    苹果

混合雪花嘶嘶响粉色山东绸

姜汁朗姆酒在枫树之上

嘶嘶响桐树朗姆酒波黑李树

    或者是维多利亚

    《堆砌》（蒙克，1988，第 318 页）

这首诗的第一行似乎在说蔓越莓缠绕到罗甘莓的上面。但是句法（词语的顺序和词语的连接方式）异乎寻常：动词位于句首，而且罗甘莓这个词语被截断。接下来两行说到鲜花、水果和芳香，但是没有使用一个起到主导作用的动词，也没有主语、动词和宾语的结构。这里充满经过压缩的密度感：词与词之间相互堆叠而缺乏语法上的从属关系，这意味着有多种刺激在同时起作用。这种表达方式与传统的自然诗歌截然不同，在传统的自然诗歌中，诗人与自然的关系以及对自然的感受会更加直接地表达出来。这样的自然诗歌需要语法来表达主客体关系。

  你用语法和句法进行语言实验（见练习 2c）时可以尝试以下两种方法：

- 创建一系列短语,并将短语中的名词变成动词或将动词变成名词。比如,"那一天柠檬和膨胀",短语中的名词"柠檬"被当作动词使用。你会发现某些词语的语法功能不只有一种,不过你也可以试着找出那些只有一种语法功能的词语。首先,列出一个没有关联的短语列表。然后,如果你愿意,再把这些短语转变成一首诗,不过这并不是主要目的。

- 写一首没有语法连接词而直接由各种词语堆砌而成的短诗,看看这样对诗意有什么影响。

非连续性

本章大多数诗歌的一个主要特点就是非连续性。诗歌可能会不断地突然转变方向,声音或语体风格也可能出现意想不到的变化。世界在我们的感知中似乎是一个连续体,但非连续性是更为真实的本质。对诗歌来说,非连续性让思想能够自由伸展,并且可以同时向几个方向伸展。非连续性和碎片化也经常是处理记忆和历史中的空白和断裂的有效方法。

这样的诗歌有时读起来会很有挑战性,因为其中的思想总是迅速转换而缺乏流畅的过渡,但这样也带来了多重解读的可能性,而这种积极的"作家型"阅读也会给我们带来很多收获。如果你发现自己的写作总是非常连续,总是让诗中的所有内容都整齐划一,那么你可以尝试写一首非连续性的诗歌(练习 2d)。你这样做时可以尝试下面这些方法:

- 选取你正在写作的三首不同的诗歌,将这三首诗进行交叉剪接来制造非连续性。

- 写下二十个独立的短语或句子,然后将它们排列起来,以产生一些连续性和一些非连续性。

- 在写作时，允许你的思想自由发散，然后把那些不连贯的思想都写进诗中。
- 写一篇连续的叙事文，然后将这篇文章拆散重组，从而制造出非连续性。
- 写一个句子，紧接着写另一个句子，但这个句子与最初的想法只是略有关联。继续这个过程，你会发现利用这种方法会得到一篇充满连续性和非连续性的文字。
- 回顾之前做过的一些练习，比如拼贴和连接词语，这样就可以找到更多制造非连续性的方法。

非连续性总是和连续性相辅相成。非连续性的诗歌经常也包含许多连续性，那些反复出现的意念会把整首诗联系在一起。此外，在写作中采用非连续性还有一个好处：迫使读者在非连续的思想之间寻找新的关联。

词法实验

词法实验涉及词语的选择，词语通常被称为词汇，而在语言学中则被称为词库。词法实验是指用一些非常特别的词语来构成一首诗的核心部分，用连字符对词语进行重新组合，或者创造出一些生造词。我们来看看一些运用了词法实验的诗歌。下面这首诗是玛吉·奥沙利文的《小公鸡的一堂课》：

案例 8.13

POPPY THANE. PENDLE DUST. BOLDO SACHET GAUDLESGIVE GINGER. GIVE INK. SMUDGE JEEDELA LEAVINGS, TWITCH **JULCE**. WORSEN. WRIST DRIP.

SKINDA. JANDLE.

　　　　　　　UDDER　DIADEMS　INTERLUCE.
　　　　　　　ICYCLE OPALINE RONDA.
CRIMINAL　　　CRAB RATTLES ON THE LUTE.
CONSTITUENTS　BLINDINGLY RAZOR-GUT.
　　　　　　　SHOOKER—GREENY　CRIMSON
　　　　　　　NEAPTIDE COMMON PEAKS IN
　　　　　　　THE

　　　　　　　SWIFT PULLERY. TWAIL,
　　　　　　　HOYA METHODS: SAXA ANGLAISE
SKEWERED **SKULL** INULA.

《小公鸡的一堂课》(奥沙利文,1996,第 74 页)

这首诗让人想起大自然,却与通常的自然诗大不相同。类似"gaudles""julce"的词语根本就不能在词典中找到,不过这些生造的词语还是带有标准词语的痕迹(比如"julce"会让人想到"juice"),或者展示了已经消失的早期盎格鲁-凯尔特语言的一些痕迹。这首诗显然还运用了另外一些语言策略:使用一些不连贯的短语和句子,还有一个短语接着一个短语的堆砌。但是创造一些生造词是最关键的,整体效果让人联想到大自然,却把我们对大自然的感知进行陌生化。

查尔斯·伯恩斯坦的诗歌《为诗一辩》是一场关于有意义和无意义的辩论,但这场辩论之中也包含着辩论。下面是一段摘录:

案例 8.14

Nin-sene. sense is too binary
andoppostioin，too much oall or nithing
account with ninesense seeming by its
very meaing to equl no sense at all. We
have preshpas a blurrig of sense，whih
means not relying on convnetionally
methods of *conveying* sense but whih may
aloow for dar greater sense-smakinh than
specisi9usforms of doinat disoucrse that
makes no sense at all by irute of thier
hyperconventionality（Bush's speeches，
calssically）.

　　　　无意义。意义太多二元对立，
　　　　太多全有或全无
　　　　无意义从它的意义来说
　　　　似乎等同于毫无意义。
　　　　我们拥有的也许是模糊的意义，
　　　　意义并不依赖于
　　　　表达意义的常规方式
　　　　在于允许更大的意义表达
　　　　而不在于各种细枝末节
　　　　主流话语毫无意义
　　　　只有虚伪的客套
　　　　（布什的讲话就是典型。）

　　　　摘录自《为诗一辩》（伯恩斯坦，1999，第 1－2 页）

在这首散文诗中,伯恩斯坦挑战了社会对意义和无意义的传统定义。他暗示那些看起来没有意义的东西(某些非常规写作),其实比很多自称在传达公共真理的话语(比如政治演讲)更有"意义"。伯恩斯坦使用了一些生造词来达成这个目的。这首诗中的大多数词语都可以根据现有的英语识别出来,但这些词语都经过了陌生化处理。这首诗的一些地方读起来磕磕巴巴,就好像小孩在读书的感觉一样,单词中的字母以各种顺序混杂在一起,就像匆忙写成的电子邮件中的错别字。单词中的字母被增添或删减,似乎暗示着另外一些含义。这样的文本看起来跟正常的文章很不一样,伯恩斯坦借此对什么才是沟通提出了挑战。

在我写的《伦达的仪式》中,有一小段是用一种自创的语言写成:

案例 8. 15

ICHBROHOB TISH EDRONE. RURUNS RO. EOB BROVICT WARSHAWE. WARSHAWASHAD. DOWIFBRON SESH OBEXOBE XOBE. ICHBROHOB NUR PERWARWAN CHEBROCHA.

NUR LIHCOFLIH DROPSE RURUNS. TINSCREDIL XOB. EDRONE WOSHANS WARSHAWASHAD . OBDAH DOWIFBRON HOSHBOT DILCRETONS PEDWASDEP. ICHBROHOB ICHBROHOB ISS.

AD TISH XOOO DOWIFBRON. DROPSE TILCOFPER HOSTIM PROVICT. DROPSE TILCOFPER VOHICTCAV DARUN. XOB TISH UNUN UNUN DURMUGEDUM. RURUNS WARSHAWASHAD.

摘录自《伦达的仪式》（史密斯和迪恩，1996；史密斯，2000，第 6－10 页）

这种语言先将词语分解成音节，然后再将音节重新黏合在一起构成不同的"词语"。在该作品中，这种语言的地位非常模糊，它既是伦达部族的语言（说这种语言的女人正在逃离伦达部族），也是该女人向往的一种新语言。

创造语言通常具有某种心理或政治意图，否则创造语言就只是一个游戏。创造一门新语言可能是进入无意识的一种方式，在无意识领域中的思想和感情经常被遮蔽。创造新语言也可以是一种展示语言的不足或局限的方式，这样做可以揭示我们使用的词语是如何迎合某些特权群体而排斥其他群体的。尤其值得注意的是，我们也许可以通过这种方式创造出一套新的女性主义语言。

词法实验不一定要使用全新的词汇。诗人有时会用方言写作，或者引入其他语言的词汇。

你在创造属于自己的语言时（练习 2e），可以尝试以下方法：

- 把词语的音节拆散，然后再用另外一种方式对这些音节进行重新组合。
- 给词语添加前缀和后缀。
- 对词语的字母进行少量的增添或删减，或者系统性地用一个字母代替另外一个字母。
- 在标准英语和其他语言之间进行调和。你可以使用方言或洋泾浜语，或者在文本中插入其他语言的词语。

视觉诗歌

语言创新型诗人经常在页面的视觉布局上做文章。我们通常认为分行,也就是把诗排成几行,是诗歌创作中非常重要的一部分。但在诗歌的空间布局方面,你还可以做很多其他事情:你可以把词语放在任何地方,以任何顺序排列。事实上,你可能想要挑战我们通常的阅读模式(比如从左到右),因为这是一种文化的烙印,在一些语言中,人们是从右往左阅读。如果作者能够创造性地使用页面布局,那他们就可以促使读者在阅读诗歌时竖着读、斜着读或横着读,或者每次阅读时都可以采用不同的顺序。页面上的空白也可以用来制造空档,也就是作为标点符号的代替品。

视觉诗歌在 20 世纪有很强的影响力,在 20 世纪 60 年代和 70 年代的具象诗运动中尤为突出。在具象诗中,词语通过形状排列来表达意义。具象诗通常都带有某种视觉双关,有时候只是使用单独一个词语。具象诗看起来就像是某个词语所表达的意思:能指和所指合二为一了。具象诗的实验源于 21 世纪初的达达主义、超现实主义和未来主义运动。具象诗比其他诗歌更容易国际化,而且来自不同文化背景的具象诗作者之间也有很多交流,因为具象诗的翻译通常不是一个问题。因此,具象诗的诗歌选集总是收录了来自世界各地的诗歌作品。已经出版的具象诗选集包括:《具象主义选集》(怀德曼,1970)和《缺失的形式:具象诗、视觉诗和实验诗》(墨菲和皮奥,1981)等。

视觉诗歌既包括具有特殊视觉动态布局的文本,也包括具有强烈图像元素的文本。网络写作也为视觉诗歌提供了一个全新的维度,这部分的内容我们将在第 11 章中进行讨论。关于视觉诗歌的两个例子请见案例 8.16 熊谷由莉亚的《平行》(1995,第 20 页),还有案例 8.17 黄运特的《你的豆腐人生》(1996,第 29 页)。(我们已经在前一章中看过熊谷由莉亚的作品。黄运特是一个现居美国的中国诗人。)

案例 8.16

平　行

他	他们
会	沿着
走	那条
下	平行
那条	路线
平行	向前
路线	这样
不会	他们
与	才能
她的	随时
路线	发现
相交	对方
不会	是否
离散	消失
不会	如此
太远	强烈
不会	以
太近	至于
只	她的
有	消失
这	和
样	她的
她	存在
才能	

演绎
　属
于
她
　的
　　故事
　　不再
　　　相信
　　　　一个
　　　　男人
　　　　　的
　　　　　品质
　　　　取
　　　　　决
　　　　　于
　　　　　他
　　　　　　如何
　　　　　掌控
　　　　　他
　　　　　　的
　　　　　　方向
　　　　　一个
　　　　　女
　　　　　　人
　　　　　　的
　　　　　品质
　　　　　取

成了
一个
同
义
词
但是
过了
几年
之后
　他
　　发现
　的
　他
生活
　经
已
　成
变
　她
　的
成
　生活
　的
　反
　义
　词他
　被
　留
　在
　过

决　　　　　　　去

于　　　　　　　而

她如何演绎历史　　她正创造着自己的历史

《平行》(熊谷由莉亚,1995,第 20 页)

案例 8.17

框架的框架

规矩的规矩

你的人生

一块小小的

方形豆腐

没得商量的形状

在筷子下软绵绵

《你的豆腐人生》(黄运特,1996,第 29 页)

案例 8.18(请见下一页)是本·加西亚的学生习作,这首名为《愉悦》的视觉诗歌结合了视觉实验和句法实验,同时还让人想起澳大利亚诗人迈克尔·德兰斯菲尔德。这首诗还运用了操纵短语中的替换词语(第 1 章)和共时结构(第 3 章)来展现后现代主义的不确定性。

为了写出更具视觉性的诗歌(练习 2f),你可以尝试以下方法:

- 不要总是从页面的左边开始书写,你可以在页面的不同位置开始写作。

- 不要总是在页面上横向或纵向书写。你可以用任何方式来将词语放到页面之中，词语可以沿着斜线排列。你也可以用计算机程序来对页面上的文字进行视觉设计。

- 想象一首诗的外形，还有这种视觉构图会给人带来什么样的印象。
- 写一首诗，让这首诗的视觉构图（至少是部分构图）与这首诗的意义互相呼应或互相冲突。
- 思考其他语言的词语在页面上会呈现出什么视觉印象。比如，日语比英语更加形象化，一些词语通过外形就能表达意义。我们能否在用英语写作时采用这种方法？

案例 8.18

愉悦

我说过你不能
基本原则非常重要
过多的叙事序列

你不知道那头大熊
你不知道编织纤维的质地
你不是用你的脚趾站立
它不是从那里开始

一连串的事件
莫娜
莫娜

莫娜　莫娜　　　　　　　　　　莫娜　莫娜

莫娜　莫娜　莫娜　　　　　　　莫娜　莫娜　莫娜

莫娜

莫娜

莫娜莫娜莫娜

安迪,我在哪里?

这就是条件

后-

索尔　　　　　男人

匆忙　　　　　死亡

中间　　　　　夜晚

孩子　　　　　奔跑

德兰斯菲尔德不喜欢那个改写的

编辑不喜欢德兰斯菲尔德

德兰斯菲尔德可以再做另一个

有框架和经过烘烤的德里丹斯

画面-音乐-文本

退回退回

所有历史法庭。

《愉悦》(加西亚,2000)

散文诗,新句子

散文诗(见练习 2g)是一种具有内在创新性的文学类型,因为散文诗的本质就是对诗歌和散文之间边界的突破。散文诗通常结合了诗歌的一些句法和隐喻（或转喻）的特征，但同时也探索了句子在知识层面、叙事层面和逻辑层面的可能性。在某些情况下，诗歌和散文之间的界限可能相当细微，而且诗歌似乎可以由句子或诗行来构成。散文诗是一种丰富而宽泛的文学类型，有时包括简短的沉思或诗意的叙事。

美国语言派诗人罗恩·西利曼开创出一种特殊类型的散文诗，西利曼在一篇极具开创性的文章中将其称为"新句子"（1987）。在这种类型的散文诗中，句子的连接并没有正常的连贯性或逻辑性。相反，每个句子都自成一体，包含着自己的叙事、警句或意象。每个句子与之前和之后的句子都同样重要，但是这些句子并没有联合起来形成一篇叙事文或说明文。然而，任何段落（或整个文本）中的句子都可能通过反复出现的观点、语境或意象而彼此产生共鸣。通过这种方式产生的连续性会把整首诗联结起来，而句子之间的非连续性又会把各个句子分开。

新句子可以有很多不同的表现形式。罗恩·西利曼的作品探索了新句子的多种不同表现形式，他的《日落碎片》展示了对新句式的一种富有想象力的运用。这首散文诗是一篇长达 29 页的杰作，我只引用了开头部分。每一句话都是一个问题，而这些问题之间并没有必然的逻辑联系。尽管如此，它还是与其他问题产生共鸣：

案例 8.19

你能感觉到吗？疼不疼？是否太软？你喜欢它吗？你喜欢这样吗？你就是这样喜欢它吗？你还好吗？他在那里吗？他在呼吸吗？那是他吗？近不近？难不难？冷不冷？是不是很重？重吗？你要带着它走很远吗？那些是山丘吗？我们在

这里下车吗？哪一个是你？我们到了吗？我们需要带毛衣吗？蓝色和绿色的界限在哪里？邮件来了吗？你来了吗？那本书是无线胶订吗？你是不是更喜欢圆珠笔？你知道你最像哪种昆虫吗？是红色的那个吗？是你的手吗？想出去吗？晚餐怎么样？这个多少钱？你说英语吗？他能说话了吗？这是八角还是茴香？你高兴吗？

摘录自《日落碎片》（西利曼，1986，第 11 页）

请注意这些句子是如何保持正常的句法的，使用了"新句子"的诗歌有时仍然保持句法，有时会舍弃句法。

这种散文诗有时也会突破叙事与反叙事的关系以及文学表达的常规。琳·海基尼安的散文诗《我的生活》就是一种反叙事，它打破了叙事的连续性，而代之以更加诗意的联系。在下面这个文本中，虽然有一些片段性的多重叙事、时间先后和思想观点，却没有绝对叙事、时间顺序或主导思想来将整篇文章凝聚起来：

案例 8.20

一次停顿，一朵玫瑰　一个黄色的瞬间，就像四年之后，
纸上的一些东西　　　我父亲从战场上回来，迎接他的
　　　　　　那一刻，他站在楼梯下面，看起
　　　　　　来比他离开时更瘦、更年轻，
　　　　　　紫色瞬间，虽然这些瞬间不再鲜艳。

在背景中的某个地方，房间都有小玫瑰图案。行为善者始为美。在某些家庭，必需品的含义等同于对必需品的情绪。好东西都在一个围栏里。窗户被白色纱帘遮起来，这纱帘从未拉开。我在这里说的是毫不相关，一种互不干涉的刻板。

因此,重复,没有任何野心。她说,红杉树的阴影令人压抑。这些长毛绒必须磨掉。在散步时,她会走进人们的花园,从天竺葵和多肉植物上剪下枝叶。夕阳偶尔照在窗户上。一个小水坑中阴云密布。要是你能接触,或者能抓住那些灰色的庞然大物,那就好了。我害怕那个鼻子上长了疣的叔叔,也害怕他拿我们开玩笑,那些玩笑我无法理解。我还害怕婶婶的装聋作哑,她是叔叔的嫂子,她总是和颜悦色地点点头。羊毛站。看见闪电,等待打雷。这真是大错特错。每一个想法、物体、人物、宠物、工具和事件背后都有长长的时间线。那个下午发生了,人声鼎沸,无穷无尽。厚一点,她同意了。

摘录自《我的生活》(海基尼安,1987,第 7 页)

这首散文诗以父亲出征和归来开头。但是,在接下来的句子中,并没有接着讲述父亲的离开和归来,后续的句子和开头的句子之间的关系模棱两可、模糊不清。事实上,这些句子的顺序并不是承上启下,或者说也没有形成一个意义明确的整体。相反,这段文字是一个各种文体的混合体:其中包括叙事的成分("她会走进人们的花园,从天竺葵和多肉植物上剪下枝叶")、描写的成分("夕阳偶尔照在窗户上")、哲学沉思("我在这里说的是毫不相关,一种互不干涉的刻板")和名言警句("行为善者始为美")。文中还提到一些时间和地点,但这些时间和地点之间并没有明确的关联。这就引发了关于它们之间关系的问题:那些挂着"白色纱帘"的窗户是不是在带有"小玫瑰图案"的房间里面?倒数第二个句子里的那个下午是不是父亲回来那天的下午?文中的主语也一直在变化,从她,到我,到你,文中并没有一个统一的主语,也没有一个稳定的叙事角度来观察种种事件。那个剪下枝叶的"她"可能是那个孩子的母亲,但这一点没有明确说明。文中的一系列描写既互相独立又互相呼应。文章表达的是构成生活的印象、认知和情感,而不是生活的时间、空间或逻辑顺序。因此,文章很好地展现出记忆过程的混乱,以及记忆总是在当下被重塑的现象。

运用"新句子"去写一首诗或一系列的诗(练习 2g)。如果你觉得这样做很困难,那么你可以采用一些在非连续性的部分中提到的技巧。关于"新句子",更多介绍可以参阅《新句子》(西利曼,1987),还有《诗歌的边缘化》(佩雷尔曼,1996,第 59 - 78 页)。

总　结

在实验性写作中,诗歌和散文总是紧密联系,实验性写作试图打破诗歌和叙事文的常规。事实上,琳·海基尼安的《我的生活》将我们再次带回文学再现的问题,这个问题在第 2 章首次出现,然后又在整本书中以不同的形式反复出现。与第 2 章中的超现实主义改写和讽刺改写相比,《我的生活》是对现实主义再现的更激进的挑战,因为它同时挑战了正常的时空关系、统一的主语和叙事的连贯性。

总而言之,本章探讨了后现代诗歌和先锋诗学的不同领域,同时挑战了韵律诗和自由诗的传统。我们以本书开头两章中与语言玩游戏的策略为基础,进一步扩展了这些策略的应用范围,并在当代实验诗歌运动的背景下赋予这些策略以政治和文学内涵。你可以在不同程度上采用这些策略:很少量的语言实验就能起到很大作用,而且可能会对你的作品产生相当深远的影响。这些语言策略也可能与表演和数字化写作结合起来(请见第 10 章和第 11

章），以产生其他当代文本形式。

参考文献

Allnutt, G. , D'Aguiar, F. , Edwards, K. and Mottram, E. (eds), 1988, *The New British Poetry: 1968—88*, Paladin, London.

Bernstein, C. 1983, 'The Klupzy Girl', *Islets/Irritations*, Roof Books, New York, pp. 47 – 51.

—— 1991, 'Of Time and the Line', *Rough Trades*, Sun & Moon Press, New York.

—— 1992a, *A Poetics*, Harvard University Press, Cambridge, Massachusetts.

—— 1992b, 'State of the Art', *A Poetics*, Harvard University Press, Cambridge, Massachusetts, pp. 1 – 8.

—— 1999a, 'A Defence of Poetry', *My Way: Speeches and Poems*, University of Chicago Press, Chicago.

—— 1999b, *My Way: Speeches and Poems*, University of Chicago Press, Chicago. Bok, C. 2001, *Eunoia*, Coach House Books, Toronto.

Brennan, M. and Minter, P. 2000, *Calyx: 30 Contemporary Australian Poets*, Paper Bark Press, Sydney.

Calvino, I. 1992, *If on a Winter's Night a Traveller*, (trans.) W. Weaver, Minerva, London. First published in 1981 in Great Britain.

Clark, T. 1994, ' "Like Musical Instruments ... " ', *Postmodern American Poetry: A Norton Anthology*, (ed.) P. Hoover, W. W. Norton & Company, New York.

Clarke, S. 2002, 'Bent', *Unsweetened*, (eds) M. Armour, S. Scroope and S. Shamraka, UNSW Union, Sydney.

Coleman, W. 1994, 'the ISM', *Postmodern American Poetry: A Norton*

Anthology, (ed.) P. Hoover, W. W. Norton & Company, New York.

Culler, J. 1975, *Structuralist Poetics: Structuralism, Linguistics and the Study of Literature*, Routledge & Kegan Paul, London.

—— 1981, *The Pursuit of Signs: Semiotics, Literature, Deconstruction*, Cornell University Press, New York.

de Wit, J. 1986, 'I Am Told', *Rose Poems*, Actual Size, Colchester, Essex.

Evans, S. 2004, 'Left', *Taking Shape*, Five Islands Press, Wollongong.

Garcia, B. 2000, 'Jouissance', unpublished.

Hampson, R. and Barry, P. 1993, *New British Poetries: The Scope of the Possible*, Manchester University Press, Manchester.

Hejinian, L. 1987, *My Life*, Sun & Moon Press, Los Angeles.

Hoover, P. (ed.) 1994, *Postmodern American Poetry: A Norton Anthology*, W. W. Norton & Company, New York.

Huang, Y. 1996, 'Tofu Your Life', *Tinfish*, vol. 4.

Kristeva, J. 1986, 'Revolution in Poetic Language', *The Kristeva Reader*, (ed.) T. Moi, Basil Blackwell, Oxford.

Kumagai, Y. J. 1995a, 'In Parallel', *Her Space-Time Continuum*, University Editions, Huntingdon, West Virginia.

—— 1995b, 'Untitled', *Her Space-Time Continuum*, University Editions, Huntingdon, West Virginia.

Lew, E. 1997, 'Holes and Stars', *The Wild Reply*, Black Pepper, North Fitzroy, Victoria.

Lucas, J. 1999, 'Poem: i. m. John Forbes', *Cordite*, vols 6 and 7.

Mathews, H. and Brotchie, A. 1998, *Oulipo Compendium*, Atlas Press, London. Messerli, D. (ed.) 1994, *From The Other Side of the Century: A New American Poetry 1960—1990*, Sun & Moon Press, Los Angeles.

Monk, G. 1988, 'Make-Up', *The New British Poetry: 1968—88*, (eds) G. Allnutt, F. D'Aguiar, K. Edwards and E. Mottram, Paladin, London.

Motte, W. F. Jr. (ed.) 1986, *Oulipo: A Primer of Potential Literature*,

University of Nebraska Press, Lincoln and London.

Murphy, P. and PiO (eds.) 1981, *Missing Forms: Concrete, Visual and Experimental Poems*, Collective Effort, Melbourne.

Murray, D. 1989, 'Unity and Difference: Poetry and Criticism', *Literary Theory and Poetry: Extending the Canon*, (ed.) D. Murray, Batsford, London, pp. 4 – 22.

O'Sullivan, M. 1996a, 'A Lesson from the Cockerel', *Out of Everywhere: Linguistically Innovative Poetry by Women in North America & the UK*, (ed.) M. O'Sullivan, Reality Street Editions, London.

―― 1996b, (ed.) *Out of Everywhere: Linguistically Innovative Poetry by Women in North America & the UK*, Reality Street Editions, London.

Perec, G. 1996, *Life A User's Manual*, (trans.), D. Bellos, The Harvill Press, London.

Perelman, B. 1996, *The Marginalization of Poetry: Language Writing and Literary History*, Princeton University Press, Princeton.

Perloff, M. 1991, *Radical Artifice: Writing Poetry in the Age of Media*, University of Chicago Press, Chicago.

―― 1998, *Poetry On & Off the Page: Essays for Emergent Occasions*, Northwestern University Press, Evanston, Illinois.

Plath, S. 1981, 'Stillborn', *Collected Poems*, Faber & Faber, London.

Porter, D. 1991, 'P. M. T.', *The Penguin Book of Modern Australian Poetry*, (eds) J. Tranter and P. Mead, Penguin, Ringwood, Victoria.

Riley, D. 1998, 'Shantung', *The Penguin Book of Poetry from Britain and Ireland since 1945*, (eds.) S. Armitage and R. Crawford, Viking, London.

Rothenberg, J. and Joris, P. 1998, *Poems for the Millennium: The University of California Book of Modern & Postmodern Poetry. Volume Two: From Postwar to Millennium*, Berkeley, University of California Press.

Schultz, S. M. 2000, 'Crossing the Bar', *Aleatory Allegories*, Salt Publishing,

Cambridge, UK.

Silliman, R. 1986a, 'I am Marion Delgado', *The Age of Huts*, Roof Books, New York, pp. 69 – 75.

—— 1986b, *In the American Tree*, National Poetry Foundation, Orono, Maine.

—— 1986c, 'Sunset Debris', *The Age of Huts*, Roof Books, New York, pp. 11 – 40.

—— 1987, *The New Sentence*, Roof Books, New York.

Smith, H. 2000a, *Hyperscapes in the Poetry of Frank O'Hara: Difference, Homosexuality, Topography*, Liverpool University Press, Liverpool.

—— and Dean, R. 1996, 'Nuraghic Echoes', Rufus, CD, RF025, Sydney.

Smith, H. 2000b, 'The Riting of the Runda', *Keys Round Her Tongue: Short Prose, Poems and Performance Texts*, Soma Publications, Sydney.

Vickery, A. 2000, *Leaving Lines of Gender: A Feminist Genealogy of Language Writing*, Wesleyan University Press, Hanover and London.

Wildman, E. (ed.) 1970, *Anthology of Concretism*, 2nd edn, The Swallow Press, Chicago.

第9章
倒错、异装和虚构批评

在第2章中,我们看到体裁是一种变动的盛宴;本章重点讨论如何更彻底地挑战文学体裁。体裁将文学文本分为诗歌、戏剧或故事等类别,但实验性方法往往会打破这种分类。在此,我们将探讨四种超越一般规范的写作类型。这四种类型分别是:缩写小说、非连续性散文、混合体裁写作以及兼容了创意写作与批判写作的虚构批评。

本章的标题隐喻了性别身份的转变和跨越。倒错者(至少在精神病学的话语中)承担了相反性别的身份,而异装癖者则喜欢穿上并认同相反性别的衣服。这一类比喻是恰当的,因为许多后现代写作对体裁进行了大肆颠覆。它们将其颠倒过来(倒错),如在缩写小说和非连续性散文中,或混合(异装)体裁写作和虚构批评中。不过,本章标题也暗示了体裁的扭曲和混合可能会产生令人向往和具有启发性的文化影响。它可以是一种探索,不仅在形式上,而且在主题上,探索非传统的行为模式和替代身份。它可以从形式上和主题上探索非传统的行为模式和另类身份。当我们颠覆体裁时,我们会拼接我们认为完整的东西,混合不匹配的东西,颠覆等级制度。这一过程可能为我们提供思考性别或种族身份、权力或残疾的新方法。

体裁本身具有很强的历史性。几个世纪以来，体裁已经发生了变化，其形式和内容已经被历史压力所塑造，或是为了抵抗历史压力而发展。流行小说也演变出了自己的体裁，如言情小说或科幻小说，这些体裁也随时间不断变化。例如，数字世界带来了赛博朋克这一子类型。

许多作家喜欢在某一特定体裁内写作，因为这给了他们产生和控制文学思想的界限。然而，坚持在某一特定体裁中写作可能会产生束缚，因为它设定了限制和规范，产生的结果也相当容易预测。从历史上看，大多数最具创新精神的作家都突破了自己写作体裁的界限。例如，艾米莉·勃朗特在现实主义叙事的基础上，设计出不断超越这一框架的人物和场景。《呼啸山庄》中的希斯克利夫往往更像是一种力量的投射，而非传统意义上的立体人物。

即使是专注于某种体裁的作家，也经常会拓展其创作形式。例如，英国流行小说家芭芭拉·维恩通过转移故事中的紧张情节，使犯罪小说变得更加灵活，从而使其不一定沦为破案小说。相反，她的小说通常会在故事的解决方式上设置一些模棱两可的因素，小说中的人物有大量的心理描写，超越了其作为破案小说的角色功能。玛格丽特·阿特伍德经常以完全不同的方式，通过多重聚焦或复杂的时间转换来扩展叙事小说的界限。然而，这在她的作品中，这只是达到了一定的限度，并没有被推进到叙事性完全崩溃的程度。

后现代主义写作与体裁玩起了双重游戏：既要向体裁致敬，又要突然颠覆它。在接下来的章节中，我们将通过缩写小说、非连续性散文、混合体裁写作和虚构批评一起进入这场游戏。一旦你尝试了其中的一些方法，你可能会想以这里没有介绍或其他作家没有尝试过的方式来玩转体裁。

1. 写一个缩写小说。
2. 用非连续性散文的形式写一篇"学生生活笔记"。
3. 创作一个"异装"的混合体裁的作品,混合多种文学和文化体裁。
4. 创建一个虚构批评的文本。

倒错、创新

缩写小说

"缩写小说"(练习 1)借鉴了小说的形式,但也对其进行了颠覆。它从根本上压缩了小说的篇幅,同时给我们留下了整体内容的深刻印象。我们将以一位澳大利亚作家菲诺拉·摩尔黑德的《十行小说》为范本:

案例 9.1

　　莱昂内的房间距离她淹死的河的左岸有一段距离。哈罗德在公园长椅旁走过,思考着。他想的是如何、何时和内疚,我们感兴趣的还有他穿的衣服,那件口袋里装着詹姆斯·鲍德温的《乔万尼的房间》的风衣。莱昂内来自乡下,她的一头金发在城市里变成了黑发,她的棉质印花连衣裙也变成了棕色百褶裙。莱昂内很孤独。哈罗德感到很遗憾,仅此而已。他有其他朋友,和其他男人一起度过很多夜晚:他有他自己的事情。

《十行小说》(摩尔黑德,1985,第 142 页)

这篇文章提出了一个问题:当人们都认为小说的篇幅应该很长的时候,你真的能写出"十行小说"吗?这难道不是对小说的彻底颠覆,与我们所期待的小说截然相反吗?事实上,摩尔黑德的文本既是小说形式的压缩版,也是对小说形式的模仿。通常情况下,在撰写这样一部作品之前,会先写一个故事梗概,而不是用梗概替代小说。与大多数小说不同的是,它吸引了我们对创作过程的关注:小说开头表现出随意和简略的特点。它包括作者对写作过程的反思:"他想的是如何、何时和内疚,我们感兴趣的还有他穿的衣服,那件口袋里装着詹姆斯·鲍德温的《乔万尼的房间》的风衣。"

尽管《十行小说》颠覆了小说体裁,但它利用了小说的惯例,达到了不同的目的。在如此短小的篇幅中,人物、情节和背景的展现与通常的小说完全不同,因为简短的篇幅需要像诗歌一样的压缩。复杂的情节也必须简略地提及,因此作品看起来非常简略和仓促。在很短的篇幅内,它给我们留下了小说的整体印象,并暗示了长篇小说中会出现的细节发展。

这部作品运用了我们在第 5 章和第 7 章讨论过的一系列令人惊讶的小说技巧。例如,它通过哈罗德、莱昂内和作者的视角来讲述故事,并简单描绘了多个地点。它通过一些特征来暗示人物性格:莱昂内似乎是个敏感的人,也许是个天真的乡下女孩,无法接受复杂的城市生活。它暗示了一条情节线索:莱昂内的自杀,还有哈罗德的同性恋身份也可能是一个诱因,这些都让我们简单了解了过去的事件对现在发生的事情的影响。它没有按照时间顺序排列,而是从似乎是故事结尾的莱昂内的自杀开始。

最重要的是,"十行小说"利用其体裁颠覆来达到文化目的。它在简短的篇幅中强烈地捕捉到了那些感到或正在被社会边缘化的人的困境。莱昂内似乎是一个乡村女孩的典型,她发现自己很难在城市环境的压力、孤独和剥削中生存下来。哈罗德虽然与莱昂内的问题有牵连，但他也在为自己的性取向而挣扎，并且他的口袋里装着非裔美籍小说家詹姆斯·鲍德温的作品。这个作品也提出了艺术与文化之间的关系问题：在小说家的笔下，社会问题被简化为小说中存在的问题。

要创作自己的缩写小说，可以尝试以下策略：

- 以鸟瞰的视角描绘故事情节，传达小说的整体印象。创作者很容易落入只写一个场景的陷阱，而不是传达出整部作品的感觉。请记住，这篇作品是一个概述，所以理想情况下你需要提及多个人物、场景、时间和地点。

- 设计出整个"情节"所依赖的至少一个灾难性或关键性事件。提示主要事件的前因后果。

- 在详略之间取得有效平衡。你需要提供足够的信息，以引起读者的兴趣，并明确某些基本内容，其余的则让读者自行体会。

- 压缩时间顺序。你的小说需要涵盖的时间跨度可能很大，但你必须将其缩减为几句话。此外，你还可以调整故事的顺序；如果不按正常时间顺序，可能会更生动。

- 提示角色性格特征，但不加以详细描写。

- 在不同地点和时间之间移动。在缩写小说中，这一点至关重要，因为它能让人对故事有一个总体的了解。

- 如果可以的话，你可以使用这种形式来探索我们社会中被边缘化或不被认可的身份。

- 确保缩写保持简短。以十行为限可能是一个很好的方法。

在约书亚·洛布的学生习作中，时间和地点不断快速变化。还要注意的是，爱情的情节是如何建立起来的，然后又是如何被"他扔掉了那些盘子"这句话打破。这个行动是一个非常醒目的隐喻。它将导致关系破裂的一系列事件压缩成一个画面：

案例 9.2

　　他无法判断是泪水还是雨滴溅到了他的脸颊上。一开始，她似乎把自己藏在黑暗中，她的神经绷得紧紧的。然后，在他们接吻的那一刻，她哭着说："吻我的眼睛！"有一次，他在一辆颠簸的公交车上向她问好，但没有发出任何声音。当她微笑时，眼睛总是闪烁着不确定的光芒。他不相信爱情，爱情让他想起在黑暗的房间里放映的冗长无聊的电影。湿漉漉的眼睛和湿漉漉的吻。于是，他扔掉了那些盘子。多年后，他看到她穿过街道，她的嘴唇变得干瘪。那天晚上一直下雨，雨水黑乎乎地溅在窗户上。

　　　　　　　　　　　　　　　　　"缩写小说"（洛布，1994）

现在，你可以亲自尝试写一篇缩写小说，并寻找类似或相关的例子，如美国作家大卫·福斯特·华莱士的《后工业生活的简略历史》（2001）。

非连续性散文

　　非连续性散文（练习 2）是一种多功能的形式，它打破了叙述性或说明性写作：实验性散文作家赖以为生的主要写作方式。非连续性散文分段写作，打破了任何连续的叙事流程。每个章节可以不同的方式切入主题，也可以根据需要采用不同的文体。有时，在非连续性散文中,每一节都有自己的小标题,将其与前一个部分区分开来。澳大利亚人伊内兹·巴拉内的作品就是这种写法的一个很好的例子。该书名为《独居:新单身女子(一些笔记)》:

案例9.3

很久以前,当我开始单身生活时,我会整夜不睡,兴奋不已。你自己的空间!一切都和你离开时一样。你一直珍惜的上等巧克力仍然保存在冰箱里。你的房间可以整洁如初,也可以凌乱不堪,没人会在意。你可以凌晨三点看电视,晚上七点睡觉,早上喝红酒,晚上吃早餐,没人会在意。你可以不穿衣服,可以无缘无故地哭泣,可以大声地对自己说话,没有人会生气,没有人介意,没有人在乎。多么现代的独居生活啊,因为没人在乎。

也许我应该养只猫,成为养猫人中的一员。

"政局让我担心。你真的喜欢一个人生活吗?"海伦问我,她认真地问。她快40岁了,即将尝试独居。我的回答是新单身女子的正统说法:你有自己的空间、自由等等。"这听起来很不自然。"她承认,"不是",她急忙补充道,因为她自己也有后现代的正统观念,"当然没有所谓的'自然'"。

过了一段时间,我们又谈到了独居的问题。她不喜欢这种生活。我试图解释为什么有孤独感等问题,我还是喜欢独居。我说了一些关于写作的要求,对隐私的坚决保护(不是说我有什么秘密),以及二人共同生活要求优先考虑共同利益的问题,而我总是优先考虑我自己。所有这些迂回曲折、错综复杂的方式其实都是在说"我是个强迫症患者,喜怒无常、自我放纵。我不想改变,也不想让任何人容忍我的这一切"。

独居就是不和男人住在一起。人们告诉我:

——我们在谈论你。我们不明白你为什么要独自生活。

他们通常会说,这是你的问题。他们说:

——你还没遇到合适的男人。

——你想要的东西并不存在。你想要的太多了。你必须做出让步。

——你看起来高不可攀。

——你显然不想谈恋爱。

——你想要一段美好的感情,但像你这样的女人太多了。

——你遇到一个好男人,然后你就像个自作聪明的家伙,真让人头疼。我见过你的样子。让我恶心。

我最大的秘密就是我真的很快乐,我做着自己想做的事。这一直都是我自己的秘密。好吧,我会一直都感到沮丧。有些时候,我的想法会让我非常开心。大多数时候,我想的都是事情该如何变得更好。

我感到筋疲力尽。我觉得自己不想再"工作",不想再自力更生。我想我不是唯一有这种感觉的人。我不认为男人会像女人那样真正思考这个问题。你到了一个年纪,你觉得生活本应比这更好。也许这就是你"命中注定"要出现的感觉。

帕梅拉说她不再照镜子了。我依然还会照。我盯着镜子,看着自己的皱纹越来越深,想知道哲学是不是一种安慰。帕梅拉说:"再过六个月我就 40 岁了。"看吧,每个人都在乎。你以为别人不会这样吗?

照镜子。(就像女人那样:把自己当作对象。)骨骼好,不抽烟,不酗酒,多休息,吃得好,做瑜伽,常散步,这些都有帮助,但都无济于事。我以为有什么东西可以阻止这种情况发生,它就不会发生在我身上。我甚至到了 39 岁才想到这一点。到了这个年纪,你就会想,这一切本该比现在更好。我不应该是这样的。我应该更年轻,更富有。

我真的很想把它变成一种深入、感人并充满智慧的中年生活评估。我想总结,也想展望。我想有所感悟,有所计划。

如果我是男人,这将是关于我现在如何让自己哭泣,让自己爱孩子,理解女人,让自己闻闻玫瑰花香。这将是关于如何正确看待自己的成就,准备好做更成熟的工作,认真对待生活,不浪费时间,珍惜美好时光。

新的单身女子只能说必须得自己想办法找到生活的方式,所有的智慧都不能让她变得聪明。

你不想变老,你不想死去,然后你会意识到这并不是令人吃惊和非凡的,而只是平淡无奇的。在你生命的某个时刻,你会经历死亡的体验:你意识到你只是一个普通人,你将会死去。你也会有不朽的体验,你会意识到自己更伟大,但你不是。

这时,电话铃响了。乔伊每隔几个月就会打一通电话,与我保持联系。我们谈到了独居生活和相关事宜,比如男人。她说:"你一个人的时候,你会深入思考。你需要有自己的朋友圈,你需要照顾你的朋友。你需要做一些让你与人保持联系的工作。我已经到了人生的转折点,我想改变我的整个生活。这栋楼里有传言说,随着房地产价格的上涨,这栋楼会被卖掉。12 年来,我从未有过一段像样的感情。最重要的是,罗杰已经和他的第二任妻子分居了,他是一个非常好的伴侣。""这是否意味着经过这么长时间的相处,他开始欣赏你了?""显然的。我(关于朋友有很多话要说)来到这里,罗杰进来了,帕特说,他不错。她想要他。于是我又看了他一眼。"

"你是在告诉我，经过这么长时间，你最终会和你的前夫在一起？""如果我不和他在一起，其他女人就会抢走他。现在他正在谈论两个单身的人要和另一半在一起才比较理想。我觉得那样才符合文明的惯例。我将成为兼职的继母。他的未来前妻从没想过要见我。""你是说那个女人知道这些事？""这一切都存在变数，我必须做出决定。我不想因为这栋楼就要被卖掉而做出决定。"

《独居：新单身女子（一些笔记）》（巴拉内，1988，第 15 - 18 页）

这不是一个传统意义上的故事。它自称"笔记"，意指一种包含反思和哲学思考的松散形式。不过，它确实包含了叙事元素：有对话和引用的片段、简短的场景以及对以前事件或对话的"闪回"。作者还将自己戏剧化和叙事化，例如有时以第二人称与自己对话。因此，该作品使用了一些小说技巧，但是围绕一个主题的片段集合，而不是一个以情节为导向的故事。这种片段笔记的形式使作者能够创造出一个相互关联的思想网络。它们都与重新思考"大龄单身女性"的概念有关，即女性从独立生活中可能感受到的解放。在过去的社会氛围中，结婚生子被认为是所有女性的出路，"大龄单身女子"一词完全是负面的，甚至是贬义的。它曾经意味着被贬低：一个没有男人愿意娶的女人，婚姻是她的终极目标。同样，这里对形式的颠覆是探索其他身份认同的一种手段。

这部作品还打破了体裁的界限，因为它介于小说和自传之间：是日记形式的半虚构化文本。作者正在调和个人和社会环境之间的各种矛盾。主要矛盾似乎是她想独自生活、坚持独立，但也害怕孤独和变老。但这部作品所写的并不仅仅是个人的经历。作者在探讨女权主义意识形态对她的意义（女性不依据与男性的关系来定义自己，享受自己的空间并使之有意义，等等）。

在练习 2 中，我建议你将这一模式与自己的经历和社会环境结合起来，写成"学生笔记"。成功完成这一练习的关键之一是要采用多种形式，例如引入大段对话或列表，这样就不会显得单调。如果你愿意，还可以运用你所学到的叙事技巧（如在第一、第二和第三人称之间转换）。

虽然这个练习因为篇幅较长而很有意思，但重要的是要让文本保持合理的紧凑性，否则写作很容易变得漫无边际。

体裁异装

混合体裁作品（练习 3）融合并"异装"了多种文学类型的写作。它可以混合虚构和非虚构、文学和非文学以及不同的文学体裁。它既不完全是散文，也不完全是诗歌（正如异装癖者的身份既不完全是男性，也不完全是女性）。多体裁或跨体裁写作的优势和益处在于它创造了相当大的多样性，并将不同的声音、态度和方法结合起来，去表达某个观点或某些观点。

下面的文章是从《城市和身体》一文中摘录的一小段，是混合文体写作的一个范例：

案例 9.4

欢迎来到城市与身体热线：在这里，胳膊腿儿以惊人的速度飞舞，汽车和路灯也是如此。目前，我们正在等待的不是世界末日或生殖器官的消亡。但是现在有谁知道那个声音只是时间的扭曲？中小学陆续停课，大学正在关闭。只有面临种族问题时才会举行选举。如果我们不按照她们的年龄善待年轻女性，她们可能会因压力过大而死亡。社会经济解决方案到底发生了什么改变？我们是否要一直写诗，直到所有的天堂都放开？

征 集
一个没有器官的身体

百科全书式城市的页码

一个制作音乐的身体

一个二手的生殖系统

一个没有思想的头脑

一条杂乱无章的故事线

一张没有镜子的地图

她梦到街上空无一人，她一个人赤身裸体独自站在广场中间。她张开双臂，手掌朝上。一只手上落着一只鸟，另外一只手上放着一个水壶。

她从未真正读懂那张地图，只是半看半猜。她会走过一条街，然后再检查自己是否走对了路。她有时会把地图倒过来。这种自由和控制之间的平衡很好，尽管这意味着要比应该走的距离走得更远。她不想要太多自我检讨。

小说不仅表现城市，而且创造城市。

城市被　　的阅读包围了。
　　异常

那个地方既是任何地方也不是任何地方
　　一个没有地方一个没有制造一个没有人一个绳节之地
　　那个地方在哪里在没有的时候
一条光腿弯曲了
　一颗星星是太阳
　一个没有脸的
　　无法定位的
　空间

你是不是一个后现代旅客？

你是不是只喜欢去那些像神话一样的地方旅行？

解构

采取立场的一种方式

希腊的城市规模很小（近乎乡村），以民主原则为基础，但这一原则排斥女人、奴隶和外国人。希腊城市化的核心是"波利斯"的概念，有时被称为"城市国家"。这既是一种社区，也是一种社区意识。希腊人的社交生活以公共集市为中心。

谁在管理这个国家?

　　　　　　　　　　　　他把手伸进电脑屏幕,并抓
　　　　　　　　　　　住"插入""排版"和"阅读"。然
　　　　　　　　　　　后他在城中闲逛,把那些词钉在
　　　　　　　　　　　拥挤的广告牌上。

你擅长	**欢迎来到**
女性地理吗?	**网络减肥小组**
	简化你的
用语言定位	信息
子宫?	使自己对
	其他用户
请在此用经血	更有吸引力
写下你的名字	

　　她将眼睛扔到马路中间。行人走过去,踩碎了它,漠不关心,没人注意但是她弯下腰,捡起眼睛并把它放回眼眶里时,那只眼睛对着她眨了眨。

　　一个路标上布满了　　　　　　欲望
　　　　　　难以捉摸的
　　　　摘录自《城市和身体》(史密斯,2001,第 170 - 171 页)

在这部作品中,有许多不同的体裁:既有文学体裁,也有非文学体裁。因此,作品中不仅有诗歌和叙事文,还有标志、广告、警告和理论插入语。作品中出现了多种写作风格：有超现实的场景，如赤身裸体站在广场中央的女人，或将眼睛抛向街道的女人；有讽刺性和未来主义的插叙；也有纪实性和纪录片式的段落等等。这些片段是独立的，但它们通过重复出现的图像交织在一起，例如对地图和镜子的引用。其中还有许多共同关注的问题：许多文本都提到了我们当下或以前社会中的边缘化群体和受压迫者，特别是那些遭受性别歧视或种族歧视的人：

案例 9.5

> 1243 年 5 月 6 日星期天
>
> 公民们！
>
> 洗去你们手上的经血！
>
> 远离不洁的
>
> 更年期女巫

中世纪的医院通常位于城市的边缘。这些医院常常收治麻风病病人，这些病人受到人们的鄙视，因为当时人们认为麻风病是由性犯罪引起的。这些位于城郊的医院声名显赫，吸引了旅行者和朝圣者前来祈祷和捐赠。

请注意，机器人们！我们正在寻找一个前人类的身体：你能走路、说话和吃东西吗？能做那些平凡的事情吗？立刻申请，不要等待。你可能会成为这个数字城市变革的奴隶。

超级景观——一个异质的、全球性的、不断变化的、以差异性为特征的场所。在身体和城市被拆解并重组之后，超级景观就会出现。

1981 年，英国内政部的研究表明，在英国的亚裔人受到种族主义袭击的概率是白人的 55 倍，而黑人的概率可能更高，达到 36 倍。

黑人的时间

格林尼治标准时间

摘录自《城市和身体》（史密斯，2001，第 173 页）

几乎所有的文本片段都提到了中世纪、现代和未来时代的身体或城市，或二者兼而有之，但并没有一个统一的身体或城市贯穿整部作品。我们看到的是许多片段而非整体。整部作品在不同的时间、地点和社会形式之间穿梭：在科威特、西伯利亚、希腊和英国之间转换。因此，体裁的混合反映并传递了不同民族、性别和视角之间的文化混杂性。体裁混合与文化混杂性之间的这种关系在许多作者那里都可以看到，如特蕾莎·哈琼（2001）。

这种写作方式的优势之一是可以将写作片段组合在一起，这也是我们在本书中一直关注的问题。你所写的任何微小片段都可以通过体裁的大熔炉焕发新的活力！

在练习 3 中，你可以完成自己的混合体裁作品。选择一个主题，然后开始写作一些片段。片段可以是任何体裁：你可以横跨散文和诗歌领域，也可以采用非文学形式。你可以用任何你喜欢的方式在页面上排列这些片段。引人注目的视觉布局不仅能增强文字的感染力，还能鼓励读者以多种方向而非纯粹从左到右的方式浏览页面。

虚构批评写作

　　虚构批评(见练习 4)是批判性写作与创意写作的融合与交流。因此虚构批评写作也可以说是对不同类型写作的"异性装扮",安妮·布鲁斯特(1996)曾在其关于虚构批评的精彩文章中指出了这一点。虚构批评,有时也被称为"准文学"或"后批评",它试图将学术话语与创作实践结合起来,并克服两者之间的隔阂。这项工作在当今的大学中非常重要,因为我们是在学术环境中进行创意写作。实际上,虚构批评于 20 世纪 90 年代在澳大利亚急剧兴起,主要是对大学环境中创意写作教学发展的一种回应,正如布鲁斯特所指出的那样:在大学环境中,创意写作与其他知识学科(包括有关后结构主义理论的学科)一起教授(布鲁斯特,1996年)。在大学背景下,随着创意写作课程的兴起和普及,问题一再出现:我们如何将学习、研究和创意写作各自所需的不同领域结合起来? 事实上,理论与创意写作探讨的经常是相似的思想问题,只是采用的方法有所不同。一方面,创意文本通常虚构哲学和政治问题,而这些问题又被批评家理论化。另一方面,许多著名的理论文章采用双关语、创造新词、诗意隐喻、多重声音或大量使用第一人称等创作策略来阐发思想。

　　虚构批评或准文学的出现,也是因为越来越多的作家在展示自己的创意成果的同时,也希望传播自己的理论。体裁实验不可避免地打破了理论和创意写作之间的界限。例如,美国的语言派诗人就是如此。其中一些诗人在写诗的同时,也撰写有关诗歌理论的文章,因此有时不可避免地会将两种写作融合在一起。这种方法在新媒体作品中也很常见,在新媒体作品中,超链接提供了一种很好的手段,将理论与创意写作联系起来(见第 11 章)。

理想情况下,虚构批评在理论或批评与创意写作之间建立起一种共生关系,使二者相互促进、相互启发。在虚构批评中,批评或文化理论与创作是并列或融合的。正如安妮·布鲁斯特所指出的,这些工作通常被认为是相互对立的,但虚构批评试图挑战这种对立:

> 如果说虚构批评写作试图调解的是体裁的划分或对立,那么它就是在学术生产中对高雅艺术流派(小说、诗歌、戏剧)和旨在研究它们的论文模式(评论、批评、分析、理论)的划分。这两种流派之间的对立体现在我们将批评描述为中立、客观的,而将文学描述为个人化的主观表达。这种对立的另一种表现形式是,人们认为批评在表达思想观点,而文学则表达情感和感觉。
>
> (布鲁斯特,1996,第 29 页)

与许多小说或诗歌相比,以虚构批评的方式进行创意写作往往会让思想理论看起来更明显。显然,复杂的文学文本通常具有思想深度。但传统的写作观点往往认为,思想内容必须虚构化或诗意化,其来源应该被掩盖和隐藏。在虚构批评作品中,思想理论通常会得到更直接的表达,还会采用学术框架列出参考文献。

与其他类型的实验写作一样,虚构批评往往是一种开放而非封闭的形式。它包括混合体裁写作、非连续性散文和语言游戏。在这类作品中,引用(通常来自理论文本)也很常见。然而,这些特征并不会在所有虚构批评写作中出现。这是一个多变且不断发展的领域：你应该创建自己的模式，并以任何你认为有效的方式将理论与创意写作结合起来。

　　虚构批评写作的作者有时会试图以一种更具创意的方式重新塑造和重新思考散文的形式。虽然散文对于逻辑论证和分析来说是极具价值和不可替代的，但有时散文似乎是一种僵硬和缺乏灵活性的形式。与普通学术论文相比，虚构批评方式写出的作品没有那么正式和连贯。这类作品可以引入虚构、诗歌和逸事等元素，作者的存在也可能变得更加明显。第一人称的使用可能更加广泛，也可以作为一种突破非个人化文章形式的方法。

　　查尔斯·伯恩斯坦的散文诗《奇技妙想的迷人之处》就是以虚构批评的方式处理散文的一个例子：

案例 9.6

　　　原因难以说清，
　　　诗的意义——
　　　在于表现形式看起来不能是肤浅或片面得要命的——
　　　是因为通过将文本命名为诗，
　　　人们暗示其意义应被定位在
　　　某种"复杂"的事物中，
　　　而不是技巧和思想的堆积。
　　　任何一篇作品都可以被给予诗意的阅读，
　　　一首"诗歌"可以被理解为专门用来吸收或扩展
　　　的主动而非被动的阅读方式。
　　　"奇技妙想"是衡量一首诗的难读程度的尺度，
　　　它是诗歌的技巧和思想的总和。
　　　从这个意义上说，"奇技妙想"是"写实主义"的对立面，

后者坚持呈现对事实的未经修饰的（直接的）体验，

无论是"外在"的自然世界

还是"内在"的心灵世界；

比如，自然主义的再现

或现象学的意识映射。

诗歌中的事实主要是虚构的。

摘录自《奇技妙想的迷人之处》（伯恩斯坦，1992，第 9 - 10 页）

在这段摘录中，伯恩斯坦试图探寻一种突破现实主义和自我表达惯例的诗歌形式。这首诗在许多方面看来都像是散文，因为它是用完整的句子阐述观点的。但是，断句分行赋予了它更多诗意的感觉，并突出了某些韵律特质，如果它是用散文形式写的，就不会有明显的韵律感。这篇散文诗还混合了非正式语言和理论性语言。一方面，"原因难以说清，诗的意义——在于表现形式看起来不能是肤浅或片面得要命的"这样的措辞是非正式的，具有很强的口语色彩。另一方面，从"'奇技妙想'是衡量一首诗的难读程度的尺度，它是诗歌的技巧和思想的总和"一句开始，一直到段落结尾，这些语言显示出了更强的理论性和技术性。

在其他类型的虚构批评写作中，创意写作与学术话语可能交替出现或互相融合，在文本的不同部分出现不同类型的写作。例如，澳大利亚女作家莫亚·科斯特洛的《学开车：读懂标志》，是用短小的片段写成的（这是另一个非连续性散文的例子）。它包含理论典故（如维利里奥和拉康）、文学典故（如默里·拜尔、海伦·加纳和安妮·普鲁斯）、短篇叙事、反思片段和引文。该书以开车为隐喻，将改变创新与坚持传统结合起来，并将开车和心理"崩溃"与写作和阅读过程交织在一起。在下面的段落中,科斯特洛以巧妙的联想顺序,从文学典故到对开车过程的思考,再到关于写作活动的引文。引文分别引自安妮·普鲁斯和妮可·伯克,并在脚注中作了说明:

案例 9.7

安妮·普鲁斯的小说《明信片》中有一章名为"司机"(这一章本身几乎就是一个完整的短篇小说)。在丈夫去世后,受压迫的妻子和母亲朱厄尔,在布拉德家族获得了自由(尽管她缩小了在家里的居住空间)。她学会了开车并买了一辆车后,她在外面的世界也获得了自由。

当她转动点火钥匙,将汽车驶出车道时,轮胎下的碎石发出清脆悦耳的响声,她成年后第一次被这股力量弄得晕头转向。

我发现,最困难的事情之一是对车的空间有所了解:它占据了多少空间,它的长度和宽度。我在想,也许某一天,我不应该开车。那些日子,我不会占据任何空间。

当我写作时,这是一件奇特的事情……我投入其中,迷失了方向,从未有过方向,只能茫然前行。

摘录自《学开车:读懂标志》(科斯特洛,1999,第 23 页)

在安妮·布鲁斯特的《吸吮记忆:邂逅吸血鬼和关于身体的其他历史》一文中,文本在创意写作和理论引文之间交替。文章末尾同样给出了完整的参考文献。下面是一小段摘录:

案例 9.8

吸血鬼

吸血鬼和奇怪的生物无处不在，我以前并没有注意到它们，可是一旦你见过它们，就会发现它们无处不在。它们在这个世界和另一个世界之间游荡、观察、等待时机。它们不急于行动，因为它们已经在缓慢的时间里生活了几个世纪。它们善于节省能量，一点能量就可以走很远。它们每天都在等待，透过缝隙观察。它们穿着西装，开着大车，像沥青、像噪声、像一幅幅饥饿和暴行的日常画面，栖息在我们的生活中。我们已经对它们习以为常。在街角，在休息室，在系着丝绸领带的接待员处。我们学会了与它们共处。如果它们的眼睛盯着的是你的脖子，你就得练习与墙纸融为一体、融入人群的绝技。人多才安全，这里不乏甜美的血液：年轻的女人、年老的女人、黑皮肤的女人、白皮肤的女人、分不清种族的女人；端庄的女人、活泼的女人、瘦弱的女人、丰满的女人；自愿的女人、愤怒的女人、牺牲的女人；天真的女人、颓废的女人、难以捉摸的女人和矮小的女人。人们可以在这个多姿多彩的世界中迷失自我。像羚羊一样，我们一起奔跑，看着其中一个倒下，她的身体被打开，露出吸血鬼的舌头。

吸血鬼无处不在。即使你不能逃脱，它们也很少有致命的危险。你可能会发现你的肉体正在萎缩。有时，恶心的滋味几乎是无法忍受的。有时，死亡的形象在镜子中嘲笑。这些恐怖在白天阳光的强光下逐渐消失，你继续你的工作。毕竟，当门每天早上打开，每天晚上关上时，你是无法逃脱的。即使是吸血鬼，你也要学会容忍，像乱伦、腐败或疾病一样，毕竟吸血鬼也是生活的一部分，也是死亡的一部分，这种死亡穿过食尸鬼的血管，以他们选择的神秘方式与活人结合。

如果身体不是一个"存在"，而是一个可变的边界，一个其渗透性受到政治管制的表象，一个在性别等级制度和强制性异性恋的文化领域中的意义实践，那么还有什么语言可以用来理解这种身体表象，这种以身体表象的性别来代表"内在"意义的现象？

朱迪斯·巴特勒

我想告诉你，我想让你知道。那是怎么发生的。我不知道怎么告诉你。我不知道怎么跳出这件事在你周围刻下的那个魔法圈。那个将你绑在那个时间和那个地点的圈。我想告诉你。我希望你知道。你用这些词来做什么不那么重要。词语会移动。会改变形状。内在的。一个手势。一个动作。世界的内脏。为了脱离出去，为了编织。我迷恋地注视着话语的魔法。凝视的文身。我试图告诉你。我需要说话。你的眼睛错过了一个节拍。魔法圈摇摆不定。我陷入了言语，我进入了黑暗，倾听是潮湿的，词语的触摸，温暖的身体将躁动不安转化为言语，我陶醉了，我又回到了这个世界，有灯光，音乐在旋转，有完全不透明的身体，到处都是词语在编织他们的咒语。

知觉使我们超越自我……图像……不是与思想打交道，而是与具体的思想打交道。

瓦尔特·本雅明

摘录自《吸吮记忆：邂逅吸血鬼和关于身体的其他历史》
（布鲁斯特，1998，第 209－211 页）

布鲁斯特的散文诗和随附的引文同时存在。创意写作部分吸收了
理论中的一些想法，而由于伴随这些引文同时出现的散文诗，我们
可能会以不同的方式阅读这些引文。同时，创意写作和引文之间
也不是一种简单化的关系，二者之间的联系充满多样性和流动性。
对于理论部分，我们会从互补和对立的角度来与创意写作的部分
一起阅读，而这两个部分之间会产生共鸣。但是，理论并不能"解
释"散文诗，而创意写作也不仅仅是对理论的说明。相反，朱迪
斯·巴特勒将身体表述为可变的、受政治调控的表象，这种理论与
吸血鬼主义盛行而导致的性别身份和性取向的脆弱性、剥削性和
强制性产生共鸣。同样，第三部分的主题虽然因为语言的表达方
式而显得有些模糊，但只要我们将这种表达与瓦尔特·本雅明的
引文紧密结合，还是能够感受到蕴含于其中的主旨。这种理论与
创作的共生关系还体现在文体上：理论创造性地使用语言，富有想
象力，而创意写作则从理论思想中汲取能量，从而模糊了两者之间
的区别。

要写一篇虚构批评的文章（练习 4），你可能会发现采用非连
续的散文形式很有成效，这样你就可以分段写作。选择一个具有
一定理论价值的主题，然后依据这个主题写诗和散文。同时，在文
中插入关于理论问题的引文或段落。如果可能，不要简单地陈述
理论观点，而要加以阐释，或提出自己的"看法"。或者，选取一篇
或几篇你非常喜欢的理论文章，然后利用这些理论来激发你的小
说或诗歌的写作。在虚构批评的文章中，理论部分的明显程度是
个人品味问题。虚构批评既可以是"显性"的，也可以是"隐性"的，

本书中的许多作品都可以被理解为虚构批评,但它们并没有明显地将自己定位为虚构批评。理论可能在最终文本中非常突出,或者,它也可能构成了作品的基础,但在最终文本中不再明显地存在。许多不同类型的虚构批评文本出现在《间隔空间》(科尔和内特贝克,1998)中,还有莱斯利·斯特恩的《吸烟手册》(2001)和雷切尔·布劳·杜普莱西斯的《粉红吉他》(1990),这些也是虚构批评写作的典范。

虚构批评写作也可以模仿自己。美国小说《树叶之屋》中有一篇伪学术批评评论,这些评论由部分虚假的、部分真实的引文所组成(2001)。

总　结

本章鼓励大家对体裁采取一种反叛和颠覆性的方法。本书的其他章节,如第 6 章和第 7 章,还介绍了其他挑战体裁边界的方法。现在,你或许已经能够想出自己的体裁颠覆和混合方法了。混合体裁将有助于你在第 11 章中发展你的网络写作,并有助于你在第 12 章中将城市写成一个与众不同的场所。你或许可以将之前练习中已经写好的片段整合在一起,创作出一部跨体裁的作品,或者你也可以回到第 5 章和第 7 章,寻找其他颠覆小说常规的方法。你或许还能运用这些方法来质疑我们描述个人身份和权力关系的方式,从而对一些文化常规进行颠覆。事实上,对体裁的颠覆是实验性写作方法的核心,也是它所质疑的文本和文化规范的核心。因此,它对本书的许多目标和宗旨至关重要。

参考文献

Baranay，I. 1988，'Living Alone: The New Spinster (Some Notes)'，*Telling Ways: Australian Women's Experimental Writing*，(eds.) S. Gunew and A. Couani，—Australian Feminist Studies Publications，Adelaide.

Bernstein，C. 1992，'Artifice of Absorption'，*A Poetics*，Harvard University Press，Cambridge，Massachusetts，pp. 9 – 89.

Brewster，A. 1996，'Fictocriticism: Undisciplined Writing'，*First Conference of the Association of University Writing Programs*，(eds). J. Hutchinson and G. Williams，University of Technology Sydney，Sydney，pp. 29 – 32.

—— 1998，'sucking on remembrance: encounters with the vampire and other his-tories of the body'，*The Space Between: Australian Women Writing Fictocriticism*，(eds). H. Kerr and A. Nettelbeck，University of Western Australia Press，Ned-lands，Western Australia，pp. 209 – 16.

Cha，T. H. K. 2001，*Dictee*，University of California Press，Berkeley. Originally pub-lished in 1982 by Tanam Press.

Costello，M. 1999，'Learning to Drive: Reading the Signs'，*Meanjin*，vol. 58，no. 3，pp. 22 – 32.

Danielewski，M. Z. 2001，*House of Leaves*，2nd edn，Doubleday，London.

DuPlessis，R. B. 1990，*The Pink Guitar: Writing as Feminist Practice*，Routledge，New York.

Kerr，H. and Nettelbeck，A. (eds) 1998，*The Space Between: Australian Women Writing Fictocriticism*，University of Western Australia Press，Nedlands，Western Australia.

Lobb，J. 1994，'synoptic novel'，unpublished.

Moorhead，F. 1985，'Novel in Ten Lines'，*Quilt: A Collection of Prose*，

Sybylla Cooperative Press & Publications, Melbourne.

Smith, H. 2001, 'The City and The Body', *Meanjin: Under Construction*, vol. 60, no. 1, pp. 170 – 5.

Smith, H., Dean, R. T. and White, G. K. republished, 'Wordstuffs: The City and The Body', Multimedia work. www. allenandunwin. com/writingexp. Originally published in 1998 and also available at http://www. abc. net. au/arts/stuff-art/stuff-art99/stuff98/10. htm.

Stern, L. 2001, *The Smoking Book*, University of Chicago Press, Chicago.

Wallace, D. F. 2001, 'A Radically Condensed History of Postindustrial Life', *Brief Interviews With Hideous Men*, Abacus, London, p. 0.

第 10 章
口语、表演和科技

　　本章将探讨用于表演的写作，鼓励你增加写作的口语化程度。本章介绍了让文本"说话"、探索不同声音和解放你的语言的各种方法。同时，它带你从表演性诗歌进入跨媒体作品（结合文字、声音和图像）、即兴创作和戏剧表演。但是，本章并不鼓励你编排传统戏剧，并且也不涉及戏剧写作。

　　尽管我们倾向于认为写作就是在纸上书写文字，但并没有特别的理由说明为什么口语文本应该总是被写下来。我们大多数的日常交流都是通过对话而不是书面文字进行的。就艺术和文学传统而言，最初大多数作品都是口语形式的。这种口语传统在许多文化中都具有强大的生命力，例如牙买加的配诵诗歌或夏威夷的混杂语诗歌。

　　大多数作家有时会被要求公开朗读或表演自己的作品，但并不是所有为默读而设计的文本在"朗读"时都一定会得到提升。因此，创作一些专门为此目的而设计的作品可能会很有用。

　　不过，在本章中，我的观点是，表演的重要性远远超出了这种实用性。认识到表演的可能性，可以为我们的写作提供一个全新的、令人兴奋的视角。表演从根本上改变了作者与读者之间的互动关系：它创造了一种现场情境，让作者与观众在同一空间内互动。表演创造了独特交流的可能性,这种交流形式有时比纸面上的交流形式更直接、更灵活。

任何作品接受表演挑战的程度都大不相同。例如,在一个极端,"表演性诗歌"一词可能只是用来描述一首以页面为载体的诗歌,这首诗歌在沟通效果上更加有力和有效。在另一个极端,它可能意味着一首只存在于口头形式的诗歌。此外,"表演"这一概念正越来越多地与技术结合在一起。本章中的一些策略结合了表演与技术的方法,可用于演播室或广播稿写作。

练习

1. 创作一个表演文本:

    a) 一首用于朗诵的诗歌

    b) 一首有声音的诗歌

2. 创作一个带有混合媒体或跨媒体特点的表演文本。

3. 创作一个用于即兴表演的文本。

4. 创作:

    a) 一个必须由表演者参与才能完成的作品,或:

    b) 一个需要观众参与的作品

5. 创作一个探讨表演与性别(或表演与种族)之间关系的文本。

6. 创作一个关于麦克风的不同使用方法的作品。

表演的角度

为表演而写作有许多不同的方法。以下是你在开始创作表演文本时需要考虑的一些常见问题:

- 你可以表演自己的文本，也可以由他人表演。如果自己表演文本，你就可以直接与观众交流。此外，你的形体、性别或种族等因素，都会对所讲的话产生影响，尽管你可能也希望找到颠覆或改变这种影响的方法。另一方面，如果你撰写的文本是由他人表演的，那么你还可以看看他们是如何诠释你的作品的。

- 如果其他人表演你的作品，你可以给他们一个非常严格的剧本，或者给他们很大的自由度，让他们发挥自己的创意。例如，你可以编写一个剧本，允许表演者即兴发挥，而不是把所有剧本都完全写好，这是杰克逊·马克·洛（1986）采用的写作策略，本章稍后将讨论。事实上，你可能根本没有剧本，或者剧本可能只包括书面表演指南。

- 你可以在表演和书面文本之间建立任何一种关系。你可以写一个作品，它只有在表演中才能转化或完全实现其意义。或者你也可以创作一个用于表演的作品，该作品不存在书面形式，要等到表演结束后才转录成书面形式。有时，你可能无法将作品誊写下来，或者你不想这样做。在另一些情况下，你可能希望制作一个印刷版本以便存档，即使你认为该版本并不能充分展现出表演的全部意境。更理想的情况是，既有印刷版本，也有表演版本：它们既可以是共生关系，也可以作为独立实体存在。美国表演诗人史蒂夫·本森以自己的文本为基础进行即兴表演，但有时也将自己的表演转录为文本，产生了惊人的语言和视觉效果。有时，如在他的作品《背》中，原来的文本和即兴创作的文本在出版的文本中并列出现（本森，1989，第77-93页）。通过调整字体的粗细、大小以及页面上的间距，可以将文本的表演性部分转化为视觉标记。这样做的结果是，文本既带有表演的痕迹，其本身同时也是一个引人注目的视觉实体。

- 通过表演这一媒介，你可以将口头语言与手势、视觉图像、声音和灯光等非口头语言结合起来，创造出所谓的"跨媒体"或"混合媒体"作品。

表演性诗歌

表演性诗歌是一个非常笼统的术语，用于描述许多不同类型的口语作品。它包括有声诗歌、民族志诗歌、配诵诗歌和所谓的满贯诗等。因此，表演性诗歌的范围从涉及语言实验的先锋诗歌，到对声音的极致运用，到与嘻哈音乐、流行歌曲、娱乐和民族口头传统有着密切联系的作品。

表演性诗歌跨越了白种人和非白种人的诗歌的广泛领域，其中包括众多欧洲国家、美国和澳大利亚诗人的作品，同时它也包括强大的非裔美国表演诗人，如哈里耶特·马伦、旺达·科尔曼、斯科特·伍兹和帕特里夏·史密斯；还有夏威夷配诵诗人和音乐家以及居住在夏威夷的日裔美国表演诗人理查德·滨崎，人称"红跳蚤"（1996）；以及加勒比诗人，如林顿·克维西·约翰逊、本杰明·泽法尼亚或让·宾塔·布里兹等。

表演性诗歌必须通过现场活动来展现，但也有越来越多的光盘盒印刷选集成为表演性诗歌的载体。比如《未来的有声诗歌》（罗拉-托蒂诺，1978）、《文本—声音的文本》（科斯特拉尼茨，1980）、《人类的响声》（布拉托夫，2001）和《火爆脾气》（斯威夫特和诺顿，2002）。此外，网站也是目前获得表演性诗歌最好的途径之一，如"The Wordsmith Press"和"UbuWeb"这两个网站。关于表演性诗歌的讨论，另见《声音的国度》（莫里斯，1997）、《近距离倾听》（伯恩斯坦，1998）和《人类的响声》（布拉托夫，2001）。

　　表演性诗歌的范围很广，从那些在书面上完整但通过表演被赋予了更高艺术价值的诗歌，到那些在书面上不完整但需要通过表演才能完成的诗歌。在本章中，我将会探讨这个连续谱系中的各种表演性诗歌，不过我主要关注的是这些诗歌与在页面上单纯阅读获得的体验的差异。表演诗可分为以朗诵为基础和以声音为基础两种类型（见练习 1a 和 1b），尽管两者之间有许多重叠之处。

诵读诗歌

　　在本节中，我们将探讨不同类型的以诵读为基础的表演性诗歌：有时这类作品被称为"诵读诗歌"。这类诗歌的语言既有高度口语化的，也有高度诗意化的，有时在同一首诗中也会同时存在。在所有情况下，表演都是通过声音的表现给诗歌增添另一个维度。声音的动态、音调的高低、音量的大小以及朗诵的节奏，都是诗歌在表演中可以得到提升的方式。

　　在"写作实验"网站上，你可以找到泰勒·马里和斯科特·伍兹的两个表演实例。他们都是著名的"满贯诗人"，因为他们都参加过诗歌大满贯比赛。在诗歌大满贯比赛中，评委是随机选出的观众，他们对诗人的表演进行打分，得分最高的诗人获胜，因此出色的演讲技巧和与观众良好沟通的能力至关重要。马里和伍兹可能不会认同语言派诗歌等实验性诗歌运动，也不会关注诗歌的形式和语言。相反,他们主要关注表演层面的实验,即在声音、展示以及与观众的关系等方面进行了令人兴奋的实验。

泰勒·马里是一位美国诗人,他的表演通常包含音乐和戏剧元素。与他的另外一些诗歌相比,马里在"写作实验"网站上发表的《全心全意》,没有那么明显地以表演为导向,前者包含了更明显的音乐和戏剧元素。我在此收录这首诗,是因为它的表达微妙而优雅,也是为了展示一首诗如何在表演中得到有效提升,即使它在纸上看起来已经非常完整。这首诗混合了诗歌语言和"口头"语言,表达既直接又含蓄。马里有时将诗歌分成几个短句,但有时又将几个短句凑成一个较长的句子。他在朗诵时还会略微加快或放慢语速,降低或提高音调。这样做的结果是非常有效地表达了诗歌的内涵。例如,"有这样的课要学,谁还能教呢?"这句台词通过较为缓慢的节奏和柔和的声音,尤其是"这样"一词,得到了特别的强调。同样,在重复"座位的边缘,泪水的边缘,八层楼高的边缘"时,通过稍微加快语速、提高声音和加重语气来强调。所有这些效果都有助于强调诗中提出的关于教育和教育形式的问题。同样有趣的是,马里在演奏这首诗时并没有完全按照其网站上的书面版本。相反,他做了一些删减和改动,这表明他的表演中可能有即兴创作的成分。他似乎在利用表演情境来演绎这首诗,每次都略有不同,不仅在表达方式上有所不同,而且在实际用词上也略有差异。

非裔美国诗人斯考特·伍兹的《电梯梦》(再版)极富激情和活力。作品中重复的运用最为有效,而节奏感极强的爵士乐式的朗诵则使该诗的艺术效果更加突出。伍兹朗诵时再次运用了调整语速、重音和音调等技巧。诗歌的大部分内容都是以快速、有力和响亮的方式朗诵的,尤其是伍兹在诗歌开头的"安全"一词和结尾的

"逃离"一词时压低声音,效果尤为明显。音量、语速和重音结合在一起,创造出轻重缓急和语言张力。表演中的这些对比强调了词语中暗示的现实与梦想、城市与乡村、自由与禁锢之间的紧张关系。此外,表演中还出现了非洲裔美国人的声音和身影,这呼应了爵士乐的传统,并产生了许多其他文化共鸣。尽管这首诗幽默诙谐,但它与马丁·路德·金的《我有一个梦想》的演讲不谋而合,不仅在主题上非常相似,而且在修辞和情感表达上也是如此。

有些诵读诗特别强调口头语言而非书面语言。这类诗歌可能侧重于口语、以地区或阶级为基础的方言或民族的语言模式。

苏格兰诗人汤姆·伦纳德(1984)的诗歌朗诵作品《六点钟新闻》就是这样一个例子,它讽刺了曾经高高在上的(白人、上层阶级)BBC口音,以及用方言说话会被怀疑的观念。这本书用方言拼写,并用他独特的苏格兰口音朗读。

基于诵读的作品可以探索不同语言之间的交集,或者双语或者多语对语言使用的影响。这种探索是表演艺术家和诗人卡罗琳·伯格瓦尔作品的核心,她生活在英国,用英语写作,但她有法国和挪威血统(法语是她的母语)。对伯格瓦尔来说,"翻译错误"和"拼写错误"是写作过程的一部分(1999)。

科技还能让我们对"诵读诗歌"这一概念有不同的理解。在美国人大卫·克诺贝尔的互动作品《我是如何聆听》(再版)中,如果你在"写作实验"网站上点击视觉显示屏上的圆圈,就会出现多个重叠的声音在谈论同一事件,尽管谈论的方式支离破碎,并伴有额外的背景声音。其中的互动元素意味着读者可以不断变换声音和各种声音之间的关系。我们将在下一节进一步探讨如何使用科学技术。

在练习1a中,创作一首以诵读为基础的表演性诗歌。下面是可采取的一些策略：

- 写一首诗，写诗时要注意如何通过轻重、语速和韵律来呈现每个词语。在写诗时，要牢记这首诗应该有表演性，并让这种表演性主导诗歌的走向。选择一个主题或一组主题，这些主题要与这种诗歌的表演性相呼应。
- 写一首表演诗，用自己的声音来强调或质疑自己的文化背景，如国籍、性别或种族。
- 写一首表演诗，这首诗是高度口语化的，在诗歌中使用大量的"口头语"。
- 写一首表演诗，通过使用方言等方式对标准英语提出疑问。
- 写一首表演诗，其中混合两种或多种语言，或表现一种语言对另一种语言的影响。

有声诗歌、有声写作

有声诗歌融合了声音和语言，强调语言的声音特性。有声诗歌存在于从诗歌到音乐、从说话到歌唱的连续统一体中。尽管如此，有声诗歌与歌曲还是有区别的，后者是将已有的歌词配上音乐。有声写作（我同时使用有声诗歌和有声写作这两个词，后者的含义稍宽）通常在声音和音乐之间建立一种互动关系，并且两者之间相互影响。

有声诗歌和有声写作的前身是"声音诗歌"运动，始于达达主义者和未来主义者的早期实验，但在 1950、1960 和 1970 年代的声音诗歌运动中变得更为突出。这场运动有时也被称为"文本—声音运动"，在《未来的有声诗歌》（罗拉-托蒂诺，1978）和《文本—声音的文本》（科斯特拉尼茨，1980）中均有记载。声音诗歌通过声音而非语义连贯起来,它的重点可能是词组的排列、诵读的效果、语言的结构、将词语分解为音节或音素,以及对声音的处理。

有声诗歌和有声写作是在声音诗歌的基础上发展起来的,但形式更加多样:它可以包括任何词语、语音和其他声音的组合。这些组合的结果可能与爵士乐、嘻哈、说唱、当代音乐、古典音乐或民族音乐有关。声音写作还可以采取大规模的形式来呈现,如"声音技术戏剧":这些作品同时是戏剧、诗歌、叙事和话语、声音和技术(见史密斯和迪恩,2003)。

技术对有声写作的影响非常大。在声音诗歌的鼎盛时期,人们使用模拟技术(如磁带录音机)来拼接素材和对声音进行多轨录音。然而,从键盘采样器到电脑软件,数字技术已逐渐取代模拟技术。你既可以使用磁带录音机等最基本的技术,也可以使用ProTools等复杂的软件程序(混音编辑软件,可在互联网上免费下载)。

UbuWeb网站的声音部分的内容非常广泛,是声音诗歌/写作(以及声音诗歌历史资料档案)的杰出收藏。你可以在这里找到本节提到的大多数诗人的作品。你还可以试试UbuWeb的民族志诗歌部分,那里有来自不同文化背景的传统歌曲和有声诗歌的现代演绎录音,非常精彩。

要创作一首有声诗歌(练习1b),请尝试以下策略:

- 使用词语的一部分(音素和音节)、自造词语、歪曲词语并构建类似词语的声音,从而强调词语的声音属性与它们的意义一样重要。关于这类有声诗歌的例子,请参阅玛吉·奥沙利文、鲍勃·科宾、特雷弗·维沙特、阿曼达·斯图尔特、菲尔·达顿的作品,还有《声音人:国际有声诗歌选集》(布拉托夫,2001),以及UbuWeb网站上的有声部分。还可参阅加拿大诗人克里斯蒂安·博克的再版作品,他的《电动剃须刀》和《蘑菇云》(均出自正在创作的长篇作品《赛博格歌剧》)在"写作实验"网站上也有介绍。这些作品使用了完整的词语、词语的一部分、类似词语和音节的声音(以及喉咙和嘴巴发出的声音)。

· 利用重复或排列组合(另见第 1 章)来引起人们对作品声音方面的注意。参见布里昂·吉辛的作品(1962a;1962b),也可参阅美国音乐家和有声诗歌作者查尔斯·阿米尔哈尼安的作品,他的《教堂的汽车》(再版)和《点束》(再版)可在"写作实验"网站上查阅。阿米尔哈尼安的作品既是技术的产物,也是表演的产物,尽管是在模拟技术而非数字技术的时代创作的。"教堂的汽车"和"嘭"等词被录制、剪切,然后拼接、重新组合并进行多轨录音。例如,请注意"教堂汽车"(church car)是如何模糊成教堂院子(church-yard)或"恰恰"(cha cha)等许多其他词语的,以及如何模糊成并非真实词语的声音的。

· 通过重音、声音强弱和音调高低来扩大声音的领域(不一定要把诗歌变成歌曲)。写下一个短语,然后用多种不同的方式说出来。为此,要改变重音、声音强弱和音调高低。或者你还可以采用其他方式来强化甚至表达整首诗的意义。例如,阿尼娅·华尔维茨在朗诵她的诗歌《钟声》(1989,第 143－145 页)时,以一种循环的方式强调词语的重读音节,似乎暗示着钟声。还可以尝试利用声音的音域,从耳语到呼喊,突破诗歌朗诵的常规。要想听一听对声音的复杂处理,可在"写作实验"网站上收听特雷弗·维沙特(2001)或克里斯蒂安·博克(再版)的作品。

- 使词语有节奏地发音。从先锋派诗歌到说唱音乐，这种方式一直很流行。不过，很可能需要音乐方面的专业知识才能最大限度地发挥这种方式的效果。你在关注规律节奏的同时，还要注意切分节奏和不规律节奏。既要逆节拍而动，也要顺节拍而动。请再次参阅"写作实验"网站上查尔斯·阿米尔哈尼安的作品。也可参阅加勒比诗人林顿·克维西·约翰逊和本杰明·泽法尼亚的作品，这些作品即使在页面上，也能明显感受到节奏内容。也可参阅我的在页面上标注节奏的作品（史密斯，1991），并在光盘版中全面呈现（史密斯，1994），以及我与罗杰·迪恩合作的作品《没有语言的诗人》。

- 在音乐伴奏中说话。这种音乐可以是有节奏的伴奏、音乐作品或由环境噪声组成的音乐背景。音乐和词语可以是密切相关的，也可以是没有多少关联的并行存在。

- 探索歌唱与说话之间的相互作用。诗人阿曼达·斯图尔特创作的诗歌在流行歌曲、赞美诗和诗歌之间灵巧地穿梭（有时是说，有时是唱），来创造出这种混杂的口头表达。例如，她在朗诵诗歌《浪漫》（1981）（该诗歌的书面文本收录在第 4 章中）时，音调、音强和音速都会发生突然的变化。其他诗人，如加拿大诗人尼科尔，在他的作品中探索了从说话到歌唱的连续性。参见他的《梨果诗歌》（1972）。

- 探索你的舌头、嘴唇和喉咙，了解它们如何影响你说话或发出声音。将舌头伸入口腔的不同部位，或尝试闭着嘴发出声音。你将发现这样的实验会丰富你的口头表达方式，尽管这些方式有时显得有点怪异。

- 使用录音机或计算机技术对声音进行多轨录音，创造出相当于音乐中复调的声音。多轨录音可以在多个版本的声音之间建立多种不同的关系。请访问"写作实验"网站查阅查尔斯·伯恩斯坦的《我/我/我》(1976),或《没有语言的诗人》(史密斯和迪恩再版)节选。

- 使用键盘采样器或计算机以数字方式记录词语并对其进行处理。采样器是对简短声音或词语的数字录音,然后可以对其音色、音高或节奏进行编辑处理。当一个词被采样时,它可以被切割、倒放或循环播放。因此,一个词可以被转换成另一个词,或被篡改到不再被认为是一个词的程度。词语可以相互叠加,也可以变成声音织体。采样对诗歌中的声音具有非常重要的影响,因为它可以从根本上改变声音及其对性别、种族和年龄的文化含义。采样的声音样本可以在录音中使用,也可以作为现场表演的一部分使用。关于录音采样的范例,你可以在《没有语言的诗人》(史密斯,1994)中找到,它的摘录可以在"写作实验"网站上找到。这本书探讨了词语和被转化为声音的词语之间的连续性。另见我与罗杰·迪恩在同一网站上合作的《作家、演员、节目和疯女人》。在这个作品中,词语在表演中被采样,然后被实时处理,从而产生了许多变化和声音的多层次性。如今声音采样已成为有声写作的标准组成部分,尽管其用途多种多样。

- 使用数字延迟系统(在该系统中,你所说的任何话都会在之后多次重复):你可以建立强大的关联序列,并对声音进行多轨录音。请聆听美国诗人约翰·乔诺的作品(1972;1978)。

- 如果你有先进的硬件设备,可以通过混响处理声音,或使用立体声系统中的不同点对声音进行立体化处理。如果没有，你可以使用软件 Pro Tools 实现相关效果，然后通过家用或电脑立体声录音系统播放声音。

- 制作经剪辑而成的磁带录音，并根据需要与现场表演相结合：这是一种低技术含量的策略，却能产生有趣的效果。你可以用已经录制完成的声音进行剪辑，也可以将其与现场表演相结合。你可以使用来自收音机、音乐录音和自己的文本表演录音来制作磁带。然后，如果你愿意，可以将现场表演的录音与剪辑的磁带录音融合在一起。你可以为此编写一个剧本，也可以利用一些由录音激发的灵感来对这个剪辑而成的磁带进行即兴创作。重要的是要考虑结构，并以有趣的方式排列各个部分。如果不考虑结构而一个接一个地录制片段，结果可能会让人听起来枯燥无味。

- 探索自己或其他文化中的传统歌曲或有声诗歌，看看如何利用这些素材创作属于自己的有声诗歌。在 UbuWeb 民族志诗歌的网站上，你可以找到许多令人兴奋的例子，包括凯尔特人的口腔音乐和因纽特人的喉咙音乐。

混合媒体

表演可以实现语言、视觉、声音和动作之间的互相融合，从而产生混合媒体（或跨媒体）活动。这些融合极大地扩展了语言的功能：它们使语言的作用更大而不是更小。此外，在我们生活的文化中，书面语言的优势正在逐渐减弱，视觉和听觉变得越来越重要。

视频、广告、电视、广播、光盘和电脑主宰着我们的生活。在本节中,我们将探讨如何将写作扩展到其他媒体。

　　传统戏剧将语言、视觉图像、动作和灯光融为一体:从这个意义上说,混合媒体作品并不新鲜。然而,在戏剧中,语言与视觉、声音和手势的关系通常从属于情节和角色的发展,并被归入其中。在跨媒体表演作品中,语言与视觉图像或手势的并置是高度互动和不断变化的。这就形成了符号系统的复杂交织,也就是不同元素之间的不断变化,就是我所说的"符号交换"(史密斯和迪恩,1997;史密斯,1999)。在这类作品中,不一定有很强的故事情节或个性鲜明的人物,尽管两者可能都有。有些表演作品可能规模宏大,但它们也可能源于语言与视觉图像或语言与肢体动作的简单组合。例如,我班上的一名学生创作了一个作品,她通过更换帽子来表示身份、背景和情绪的变化。这只是一个简单的设计,却以一种引人入胜的方式修改和重塑了口语文本。

　　这类表演性作品可能会需要专业表演者的帮助,但你也可以在编写剧本时避开这种专业培训。当然,本书的一些读者可能具有戏剧表演经验,并能在这种情况下最有效地利用这些经验。

创作跨媒体作品

　　以下是在跨媒体和表演环境中探索语言的一些可行方法(见练习 2):

- 通过纸张、幻灯片、视频或电脑,将词语和字母作为视觉对象呈现出来。词语可以用不同颜色、不同字体显示,如果需要,还可以以不规则的角度呈现。如果使用视频或电脑,这些词语可以在屏幕上移动。
- 创建一个文本,并将其与强烈的视觉图像相结合。这些图像可能与词语的语义相一致或相反。它们可以出现在纸张、幻灯片、视频或电脑上。

- 将语言和肢体动作结合起来。这些动作可以很简单,比如踩脚或做面部表情。你还应该考虑这些动作是在强化某个词或某组词,还是恰恰相反。我班上的一名学生制作了一个作品,她的一位朋友朗读了一个词语表中的一些词语(词语的顺序可以改变)。每念出一个词,表演者就做出一个与该词相应的动作。有时,动作可以说明词语的意思,例如,朗读者会喊出"看",表演者就会做出一个"看"的动作。但有时她做的动作与词语含义相矛盾,或者似乎与词语没有什么直接联系。这些动作可能与词的意义有关,但也可能与词的读音有关。同样,这种关系也可能是一种相同或相反的:如果你表演的是节奏感很强的文本,那么动作就可能是流畅而连续的。在 1991 年我参与的表演作品《恍惚的灵魂》中,我创作了带有强烈音乐元素的节奏性文本(史密斯、卡尔和琼斯,1990)。艺术家西格琳德·卡尔设计的服装道具由艺术家兼舞蹈家格拉汉姆·琼斯穿戴。格拉汉姆时而与我的节奏同步,时而与之相反。此外,当节奏不太流畅时,他的动作可能会很流畅,反之亦然。关于舞蹈与词语相结合的作品,请参阅理查德·詹姆斯·艾伦和凯伦·皮尔曼在《不可名状的表演:表演性文本选集》(1999)中选录的作品。

- 将文字与物体相结合。选择一个物体(可以很简单),并考虑该物体与表演的结合程度。例如,选择一把椅子,将其摆放在不同的、可能是很奇特的位置,并摆出与之相关的姿势。将椅子倒放、侧倾、背对观众,并在空间中移动。在椅子上放一些物品。你自己坐在椅子上或椅子下。保持你的身体与椅子之间的流动变化关系。写一个文本,将词语和动作相互关联,并使它们变得密不可分。通过这种词语与物体之间的互动,你可以表达大量的想法。几年前我曾看过作家安娜·吉布斯的一个令人振奋的表演作品。它的名字叫《从词语中跑出来》,她一边在跑步机上锻炼,一边表演了一首完全由老套的比喻组成的节奏感极强的诗歌。在每一段简短的比喻之后,她都会停顿一下,然后在幻灯片上放映一段较长的连接句子(也充满了老套的比喻)中的一个短语。这些老套的比喻和健身时的气喘吁吁虽然看起来互不关联,但在这个背景中却被标题联系到了一起。不过,安娜在跑步机上跑步的节奏和她说出词语的节奏感,也将词语和跑步机联系在了一起。

- 将音乐与声音相结合。在有声诗歌和有声写作部分已经探讨了二者结合的可能性。但你也可以与音乐家合作,使你们双方都能互相影响。例如,音乐家可能会为你的一些口头创意找到相应的音乐。或者你可以采用音乐家创造的音乐结构来组织你的文本。如果声音与词语之间的关系不是"固定"的,而是可以互动的,那么与音乐家互动可能会产生最不寻常和最令人兴奋的结果。你可以通过即兴创作增加这种互动。

即兴表演者、脱口秀诗人、脱口秀战略家

表演为我们提供了众多令人兴奋的可能性,其中之一就是即

兴表演(见练习 3)。在此,我并不关注戏剧即兴表演这一巨大而丰富的领域,而是关注创作口头表达文本的特殊能力。即兴表演的字面意思是在表演中创作。它需要在表演的时间范围内,在观众面前,不加修改地生成文本:这就是"纯粹的即兴表演"。如果尽量减少修改,即兴创作也可以在私下进行:这就是"实用的即兴表演"(史密斯和迪恩,1997)。

即兴创作是近 50 年来流行于所有艺术领域的一种技巧,但在音乐和戏剧领域尤为突出。即兴创作的作家比较难找,但像杰克·凯鲁亚克等作家就曾连续不断地创作小说,而且不用任何修改。此外,美国的"诵读"诗人大卫·安廷则在表演中即兴创作。他的即兴创作通过叙述、轶事、哲学思考、思想联想和反复出现的隐喻进行。他口齿伶俐,就像脱口秀演员一样。他的作品有文字记录(安廷,1976;1984),他的一些即兴演讲录音也可在"电子诗歌中心"他的主页上查阅。同为美国人的斯伯丁·格雷的作品也与此相关,他的部分作品是即兴创作的,独白极具娱乐性。有关安廷、格雷和艺术中的即兴创作的更多信息,请参见史密斯和迪恩在1997 年出版的著作。

即兴表演有许多优点。"纯粹的即兴表演"允许表演者、观众和所处的环境之间进行互动。此外,由于无法修改和必须快速完成表演,可能会产生各种不同的效果和结果。虽然修改是创作过程的重要组成部分,但也会带来一定的危险。当我们高速推进工作时,有时会发现自己很难进行理性思考。一旦我们进入修改模式,理性思维往往会占据上风,可能会删减文本中一些更引人注目但难以处理的内容。

即兴创作常常与自发创作相混淆,但实际上它是一种需要学习的技能。即兴创作者不能进行修改,但他们会借鉴长期积累的创作技巧。即兴创作者还需要一些技巧来组织素材：这些技巧可能与撰写文章时使用的技巧十分相似，但这些技巧有速度的要求，并且不能"返工"。

即兴创作的策略

你可能对即兴创作的想法感到兴奋，却不知道如何着手。以下是完成练习 3 的一些策略，为你提供了一个工作基础，这样你就不会感到完全无从下手，而是有了一些基础的素材。这种方法被称为基于参照的即兴创作：它为你的即兴创作提供了一个起点，你可以"参照"这个起点。以下是一些可供参考的策略：

- 回到第 1 章中的词库练习。在一张纸上写下一些词语，然后通过读音将这些词组合起来。尝试即兴创作一些小片段，而不要试图考虑整个作品，也不要担心整个作品的含义或如何整合这些零散的片段。即使你一开始觉得即兴创作不是很有创意或不流畅，也要坚持下去。这只是熟能生巧的问题。

- 回到第 1 章中的连接词语练习。但不是在纸上写下词语，而是只在口头上进行连接词语。再次尝试用声音和感觉来继续连接词语。如果你觉得自己的思路枯竭了，就说出你想到的任何东西，直到你回到正轨，然后再开始连接词语。

- 录制一段自己即兴创作的音轨，然后录制一两个你与自己对话的音轨，即对自己的声音进行多轨录音。一旦有了一个音轨，就很容易与它"对话"了。同样，你也可以先在纸上写下词语、短语或句子，并以此作为你创作的基础。如果你要创作一个多音轨即兴演奏作品，那么在第一个音轨上留出一些空白会很有帮助。这样，你的录音就不会显得过于密集，但这也取决于你想要达到什么样的效果。

- 即兴表演主要是通过改变声音的动态、重音和音量，以及探索声音表达的极限，创造出超越词语意义的表演效果。在即兴表演时可以自由发挥，允许词语和声音的组合和重组，不要被追求合理性的压力所束缚。

- 培养你独白或"谈话"的能力，就像大卫·安廷或斯伯丁·格雷那样。即兴独白的方法并不会让你在 20 分钟左右的时间里无休止地追问一个话题。相反，你可以像安廷那样，从故事到猜想再到寓言，从一个想法到另一个想法自由穿梭。你还可以借鉴由环境或观众引发的想法，并将它们编织进文本中。

- 与他人一起即兴创作。在音乐或戏剧环境中，即兴表演通常是集体合作的，这有助于触发和维持作品的发展。因此，你可能想与朋友或在课堂上进行即兴创作。例如，一群人可以从一个词库中即兴创作：他们可以一起说，也可以单独说，可以互相联想，也可以保持独立的语流。你的即兴创作同伴可能是作家或戏剧表演者，也可能是音乐家或演员。如果即兴创作是跨媒体的，需要与其他学科的创作者合作，那么即兴创作的内容可能会更加丰富。另外，如果你不想自己即兴创作，但又觉得这是一个令人兴奋的领域，你也可以与即兴音乐家合作。你可以提供未经即兴创作的文本，音乐家可以根据文本进行即兴创作。即兴创作可以包含一系列元素，其中一些可能是预先构思好的。

无论采取何种策略，你都需要培养在即兴表演时倾听自己声音的能力，以及记住自己所创作的内容。这样，你就能在即兴创作的过程中,不断回溯,也能更好地把握作品的形式和方向。如果你能记住所发生的一切,你就能让各种思路、词语和短语脱口而出,并在日后重新拾起:这将更好地组织各种材料。还可以考虑把自己的表演录制下来,以便了解自己表演的效果:这将帮助你意识到你在这种工作中的方法上可能存在的任何局限性。当你听到它时,你可能会发现,与你实际创作时相比,这个作品更有趣了!

表演大纲

表演可以从根本上重新配置作者的角色,将作品创作的部分责任转移给表演者。例如,编剧可以为表演者编写一份附有书面说明或提示的表演大纲。这种大纲并不是完整的剧本,而是一些指导和规范。在这样的作品中,部分责任落在了成为共同作者的表演者身上。与此同时,作者为作品的创作设定了严格的框架。同一个作品的表演不会完全相同,但不同的表演可能会有一些共同之处。

在诗人兼作曲家杰克逊·马克·洛的表演大纲中,他在设定表演的框架与为表演者提供的创作机会之间存在着非常微妙的平衡。有时,表演者会被赋予特定的词语、字母和音符,他们必须加以表演,但在如何组合和转换这些词语、字母和音符的问题上,他们又有很大的自由度(马克·洛,1986)。马克·洛的表演大纲兼顾了作者的控制和表演者的即兴发挥,见案例 10.1。还要注意的是,它强调表演者之间的互动:

每位表演者都必须认真倾听所有可听到的声音,包

括其他表演者(如有)、观众或环境中的各种因素发出的
声音。表演者在制作自己的声音时,必须与这些声音联
系起来,保持敏感、机敏和礼貌,从而使每个表演细节都
能为他们选择听到的声音序列做出贡献。

(马克·洛,1977—1978)

美国诗人兼剧作家肯尼斯·柯克的一些剧本更加戏剧化,但与传
统戏剧不同的是,这些剧本仅由表演指南组成,有时甚至是某种超
现实主义的表演指南。例如,他的《墨西哥城》是一组表演指南,其
中一个美国老年人试图向一个从未到过任何城市的文盲和极其丑
陋的芬兰农家女孩描述墨西哥城。表演者必须"尽可能完整地描
述",芬兰女孩必须尽可能准确地重复他的描述。然后,老人必须
告诉她,他觉得她"真正捕捉到了城市的精神和情调"(柯克,
1980b,第 215 页)。在《超级混乱》中,演员必须说 30 分钟的话,但
他们说的每一句话都必须包含"超级混乱"。他们可以随心所欲地
去跟语言玩游戏,最终这个表演应在"难以忍受的悬念"中结束(柯
克,1980b,第 216 页)。

在练习 4a 中,请创作一个表演大纲,为表演者提供详细的说
明,但也给他们一定的自由度来决定如何完成表演。在设计这些表
演指南时,你需要对可能出现的结果发挥一些想象力。你可以使用
下面马克·洛的表演大纲作为范本,也可以设计自己的表演大纲。

案例 10.1

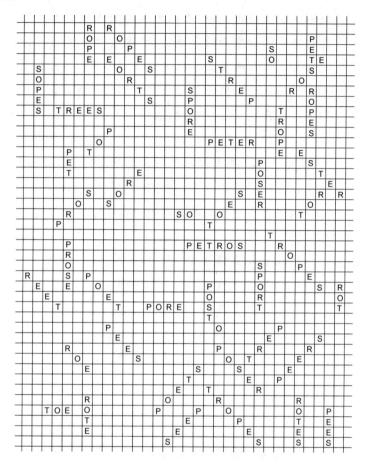

《彼得·罗斯的词汇大全》(马克·洛,1977—1978)

《彼得·罗斯的词汇大全》表演指南

这个词汇大全可以由单人表演,也可以由任意大小的一组人表演。每个表演者从任何一个方格开始,然后横向、纵向或斜向移动到任何相邻的方格,再移动到其他方格。每个字母或每组字母(按任意方向连接)都可以口述、歌唱或用乐器演奏。在表演中，三种表达方式都应出现。声音的可能性包括说出或唱出字母的单个发音(表演者所掌握的任何语言中的发音)、字母的英文名称(如"O"或"T")、字母在任何方向上相邻所构成的任何音节以及整个单词。所有这些都可以作为即兴台词出现。在演唱时，表演者可以唱出指定给字母的音高(见下文)，也可以根据表演情况自由选择音高。演奏乐器时，表演者像上面那样从一个方格移动到另一个方格，用乐器演奏出每个字母的音调，自行选择每个音调的八度音阶。

词汇大全中出现的字母按照以下方式来演奏：

P 以 B 调或降 B 调/升 A 演奏。

E 以 E 调或降 E 调/升 D 演奏。

T 以 D 调或降 D 调/升 C 演奏。

R 以 A 调或降 A 调/升 G 演奏。

O 以 G 调或降 G 调/升 F 演奏。

S⋯⋯

C⋯⋯

F⋯⋯

演奏者可为每个字母选择不同的音高，或不同音调之间的颤音或波音，并在字母相邻的任何方向上，让这些字母所属的音调前后相连或同时出现。字母音调可以重复或改变。音调可以通过滑音连接，也可以单独演奏。空白方格可由演奏者选择任何时长的静音。

每位表演者必须认真倾听所有可听到的声音，包括其他表演者(如果有)、观众或环境中的各种因素发出的声音。表演者在发出自己的声音时,必须与这些声音联系起来,保持敏感、机敏和机智,使每个表演细节都能对总体的视听效果做出贡献。但在演奏时必须意识到它在整个听觉环境中的位置。表演者必须始终保持创造性和敏感性。"倾听"和"联系"是最重要的"规则"。

以上未说明的所有细节,包括八度的选择、让音调前后相连或同时出现、重复、持续时间、节奏、音量大小、节奏、音色等,均由演奏者在表演的过程中自行决定。表演可在表演情境设定的限制内随时结束。可以事先设定一个总时长,或者即兴决定。表演团队可指定一名队长发出开始信号,用手表记录时间,并发出结束信号。

《表演大纲和表演指南》(马克·洛,1978;1983;1996)

观众参与表演

有些作品可能需要观众参与。在戏剧活动中,表演者向特定观众发表评论,或要求他们完成一项简单的任务,这种情况十分常见。在某些情况下,观众被融入表演中,以至于演员和观众之间的界限变得模糊不清。

有时,在课堂上尝试这类作品也很有趣。你可以让"观众"(你的同学)提出一些融入你表演的词语,或者给他们布置一些任务。这样,你就可以让他们与作为创作者的你"对话"。这具有政治意义,因为你赋予了观众权力,甚至使他们的角色民主化。但要注意的是,当涉及公开表演时,这种参与可能会让一些观众感到不快,甚至是对抗，特别是如果他们害羞的话。一些剧团，如"悉尼前线"，曾利用这种强制性的方式来探讨权力关系，尤其是对权威的恐惧，但这种实验需要技巧。因此，请务必考虑到你所面对的观众类型和你的目的：你可能希望避免强制性的互动。

练习 4b 是设计一个需要观众参与的作品。即使你不鼓励观众直接参与作品，你也可以影响他们与作品的互动。例如，你可以通过站立来改变你与观众的空间关系，你站在他们中间而不是单独站在一边，或者在表演的场地中不断变换自己的位置。

性别、种族、不断变化的身份

表演性作品，因为强调身体和声音，是一个探讨性别和种族观念的良好媒介。只要我们开口说话，我们的性别和种族就会显露出来，而我们在书写文字时却不会。

有时，仅仅表现性别或种族的特征就会产生非常好的效果。阿尼娅·华尔维茨的许多作品都涉及移民问题，她的波兰口音让她的表演更加有力。不过，表演也可以是一个很好的平台，用来挑战和颠覆人们关于性别和种族的"正常"思维方式。例如，声音可以在一定程度上通过声学手段进行改变，在更大程度上通过科学技术进行改变，从而影响人们对性别的认知。因此，可以让男声听起来像女声，让女声听起来像男声：这就是我在其他地方所说的"声音异装"。同样，身体在表演中的呈现方式和着装打扮也会对性别和性身份观念提出挑战。

因此，表演可以颠覆性别的"表演性"，正如理论家朱迪斯·巴特勒所说，我们不断重复地扮演性别角色，以符合某些社会规范。

如果我们是女性,我们就会通过举止、着装、手势、声音和态度来扮演女性角色,从而强化我们是女性的观念。在表演中,我们可以通过模糊性别特征来颠覆这些规范。

同样,借助技术手段,表演也可以成为一种挑战种族身份观念的方式。例如,一个西方人说话的口音可以"变形"为一个中国人或非裔美国人的口音。通过这种方式,表演和技术能够以一种极具颠覆性和挑战性的方式,来动摇人们对种族身份的固有认知。

练习 5 要求你创作一篇文章,探讨表演与性别或表演与种族之间的关系,你要用你的声音和身体去挑战正常的社会常规。

从页面到舞台,发挥麦克风的作用

当你在公开场合表演时,你需要认真准备你的演出。即使只是传统的诗歌朗诵,你也需要确定你要朗诵的内容,并大致确定朗诵的时间,以确保你不会超时。有些人可能更喜欢随机应变,在当时朗诵看似合适的内容:如果你这样做,你必须有信心,你能像在充分准备的情况下一样,为大家带来精湛、精彩的表演。

确保你所选择的文本是多样化的,并确保你所选择的诗歌要适合在公共场合进行口头表演。在纸上读起来朗朗上口的诗歌,在这种场合下的表演效果可能不太好。最好在家里试着朗读文本,可能要反复朗读几遍,以确保自己的朗读流畅,有些表演可能需要大量的排练。不过,阅读或表演作品的意义远不止流利。想想有什么方法可以让诗歌更生动、更有感染力。声音是你可以演奏的乐器,你可以尝试在不同的诗歌中和诗歌之间改变音调和音量。改变朗读的节奏也很重要,总是以相同的速度朗读,你的诗歌朗读可能会变得非常单调。你需要掌握一些微妙的技巧，才能达到非常好的演出效果。你可以多次练习，也可以经常听自己朗读的录音，这样你就会知道如何调整自己的表演，帮助你发展出自己的表达风格，无论是高调还是低调。

使用麦克风（见练习 6）也是朗诵或表演工作的重要组成部分。许多诗人，尤其是没有公开表演经验的诗人，不会尽可能有效地使用麦克风。与麦克风的距离至关重要：如果你站得太远，麦克风就无法捕捉到你的声音；相反，如果你站得太近，你的声音可能会过于响亮，从而导致失真。如果有很多读者，你可能需要根据自己的身高调整麦克风。麦克风差别很大，有些麦克风比其他麦克风好很多。不过，某些字母可能会失真：特别是字母"p"会产生爆裂的声音，这会让听众非常分心。离麦克风越近，失真就越严重。不过，只要稍微侧身站在麦克风旁边，就能在很大程度上避免这种情况。此外，在发"p"音时，也要尽量避免用力对着麦克风吹气，而是要稍微吞咽或压低辅音，来降低噪音。同样，多加练习也会对你使用麦克风有帮助，如果你开始考虑这些问题，你就会领先于其他诗歌朗读者，因为他们往往根本没有考虑过这些问题。

你还可以通过"使用麦克风"，即改变与麦克风的距离，以及以与正常使用相反的方式使用麦克风，在朗读中获得有趣的效果。例如，靠近麦克风，然后对着它低声细语，可以产生一种浑厚而低沉的声音效果；这种表达方式比正常的低声细语更有现场感。另一方面，远离麦克风，但大声说话，这样就能将力度和距离感巧妙地结合在一起。或者，你也可以使用两个麦克风（和一个立体声音响系统），像表演诗人阿曼达·斯图尔特习惯的那样，从一个麦克风切换到另一个麦克风。以上只是几种可能性，但使用麦克风会对你的整体表演产生巨大影响，应将其视为创作工作的重要组成部分。

总　结

　　类似表演之类的不同创作模式非常重要，因为它们会产生新的挑战，并能将你的作品推向意想不到的方向。创作一首用来朗读的诗歌，或一个跨媒体作品，必然会给你的写作带来惊喜，因为你在创作时使用语言的方式更加口语化、戏剧化或跨媒体化。表演时的刺激性也会给你的以页面写作为基础的作品带来变化。例如，当你下一次在页面上写作时，你可能会发现自己创作出了包含多个声音的文本，学会了用不同的语言模式说话，或更强烈地强调了词语的发音。换句话说，你可能会发现自己在页面写作上应用了表演策略。

　　表演是本书整体目标的核心，因为表演鼓励你采取多种方式去写作，接受不同的表现方式和不同的身份认同。同样，跨媒体写作鼓励你将声音、词语和图像结合在一起，正如我们在第 9 章中讨论的"文体的异装"一样。在本章中，我们还开始探索技术的力量，将我们的作品推向全新的方向，这部分内容将在第 11 章中进一步探讨。

在"写作实验"网站上的相关作品

　　查尔斯·阿米尔哈尼安，《教堂的汽车》（第 2 版），《点束》。

　　克里斯蒂安·博克，《电动剃须刀》和《蘑菇云》（出自《赛博格歌剧》）。

大卫·科诺贝尔,《我是如何聆听》。

泰勒·马里,《全心全意》。

黑兹尔·史密斯和罗杰·迪恩,《没有语言的诗人》(摘录)。

黑兹尔·史密斯和罗杰·迪恩,《作家、演员、节目和疯女人》。

阿曼达·斯图尔特,《浪漫》(1981)。

斯考特·伍兹,《电梯梦》。

参考文献

Allen，R. J. and Pearlman，K. 1999，*Performing the UnNameable: An Anthology of Australian Performance Texts*，Currency Press，Sydney.

Amirkhanian，C. republished-a，*Church Car*，*Version 2*，Sound recording. (P) (C) 1981 Arts Plural Publishing (BMI). All Rights Reserved. www. allenandunwin. com/writingexp.

—— republished-b，*Dot Bunch*，Sound recording. (P) (C) 1981 Arts Plural Publishing (BMI). All Rights Reserved. www. allenandunwin. com/writingexp.

Antin，D. 1976，*Talking at the Boundaries*，New Directions，New York.

—— 1984，*Tuning*，New Directions，New York.

—— Ongoing，http://epc. buffalo. edu/authors/antin/.

Benson，S. 1989，'Back'，*Reverse Order*，Potes & Poets Press，Elmwood，Connecticut.

Bergvall，C. 1999，'Speaking in Tongues: John Stammer talks to Caroline Bergvall'，*Magma 15*. http://magmapoetry. com/Magma15/bergvallInterview. html.

Bernstein，C. 1976，My/My/My，Sound recording. http://www. ubu. com/sound/bernstein. html.

—— (ed.) 1998，*Close Listening: Poetry and the Performed Word*，Oxford

University Press, New York and Oxford.

Bok, C. republished, 'Motorised Razors' and 'Mushroom Cloud' from *The Cyborg Opera*. Sound recording. www. allenandunwin. com/writingexp. Also on UbuWeb, http://www. ubu. com/sound/bok. html.

Bulatov, D. (ed.) 2001, *Homo Sonorus: An International Anthology of Sound Poetry*, National Centre for Contemporary Art, Kaliningrad, Russia. 4 CDs and book.

Butler, J. 1990, *Gender Trouble: Feminism and the Subversion of Identity*, Routledge, New York and London.

Flea, R. 1996, *Virtual Fleality*, Hawaii Dub Music, Honolulu. CD with accompanying chapbook published by Tinfish Net\work.

Giorno, J. 1972, *Vajra Kisses*, Sound recording. http://www.ubu.com/sound/giorno. html.

——1978, *Grasping at Emptiness*, Sound recording. http://www. ubu. com/sound/giorno. html.

Gray, S. 1987, *Swimming to Cambodia: The Collected Works of Spalding Gray*, Picador, London.

——1991, *Monster in a Box*, Pan Books, London, Sydney, Auckland.

Gysin, B. 1962a, *Junk is No Good Baby*, Sound recording. http://www. ubu. com/sound/gysin. html.

——1962b, *No Poets*, Sound recording. http://www. ubu. com/sound/gysin. html.

Knoebel, D. republished, *How I Heard It*, Multimedia work. www. allenandunwin. com/writingexp. Previously published in *Cauldron and Net* vol. 3. http://www. studiocleo. com/cauldron/volume3/contents/index. html.

Koch, K. 1980a, 'Coil Supreme', *Scenarios: Scripts to Perform*, (ed.) R. Kostelanetz, Assembling Press, Brooklyn, New York.

——1980b, 'Mexico City', *Scenarios: Scripts to Perform*, (ed.) R.

Kostelanetz, Assembling Press, Brooklyn, New York.

Kostelanetz, R. (ed.) 1980, *Text-Sound Texts*, William Morrow & Co., New York.

Leonard, T. 1984, *The Six O'Clock News*, Print version and sound recording. http://www. tomleonard. co. uk/sixoclock. htm.

Lora-Totino, A. (ed.) 1978, *Futura Poesia Sonora: Critical-Historical Anthology of Sound Poetry*, Cramps Records, Milan.

Mac Low, J. 1977—78, *A Vocabulary Gatha for Peter Rose*, http://www. thing. net/~grist/l&.d/jmlpr. htm. Also published in J. Mac Low 1986, *Representative Works: 1938—85*, Roof Books, New York.

—— 1986, *Representative Works: 1938—1985*, Roof Books, New York.

Mali, T. republished, *Undivided Attention*, www.allenandunwin. com/writingexp. Sound recording. Also at www. taylormali. com. Poem published in 2002 in T. Mali, *What Learning Leaves*, Hanover Press, Newtown, CT.

Morris, A. (ed.) 1997, *Sound States: Innovative Poetics and Acoustical Technologies*, University of North Carolina Press, Chapel Hill and London.

Nichol bp 1972, *Pome Poem*, Sound recording. http://www. ubu. com/sound/nichol. html.

Smith, H. 1991, *Abstractly Represented: Poems and Performance Texts 1982—90*, Butterfly Books, Sydney.

—— 1999, 'Sonic writing and sonic cross-dressing: gender, language, voice and technology', *Musics and Feminisms*, (eds.) S. Macarthur and C. Poynton, Australian Music Centre, Sydney, pp. 129 - 34.

—— republished, *the writer, the performer, the program, the madwoman*, Sound recording. www. allenandunwin. com/writingexp. Previously published in 2004 in *HOW2: Contemporary Innovative Writing by Women* 2004, vol. 2, No. 2 at http://www. departments. bucknell. edu/stadler _ center/how2/current/multimedia/index. shtm.

Smith, H. and Dean, R. T. republished, *Poet Without Language* (extract), www. allenandunwin. com/writingexp. From H. Smith with austraLYSIS, *Poet Without Language*, 1994, Rufus, CD, 005.

Smith, H. and Dean, R. T. 1997, *Improvisation, Hypermedia and the Arts Since 1945*, Harwood Academic, London and New York.

—— 2003, 'Voicescapes and sonic structures in the creation of sound techn-odrama', *Performance Research*, vol. 8, no. 1, pp. 112 – 23.

Smith, H., Karl, S. and Jones, G. 1990, *TranceFIGUREd Spirit*, Soma, Sydney/London. Smith, H. with austraLYSIS 1994, *Poet Without Language*, Rufus, CD, 005, Sydney. Stewart, A. republished, *. romance (1981)*, Sound recording. www. allenandunwin. com/writingexp. Previously published in 1998 in *I/T: Selected Poems 1980—1996*, Here & There Books/Split Records, CD and Book.

Swift, T. and Norton, P. 2002, *Short Fuse: The Global Anthology of New Fusion Poetry*, Rattapallax Press, New York.

The Wordsmith Press Ongoing, http://www. thewordsmithpress. com/content/poets. php.

Tuma, K. (ed.) 2001, *Anthology of Twentieth-Century British and Irish Poetry*, Oxford University Press, New York and Oxford.

UbuWeb Ongoing, http://www. ubu. com.

Walwicz, A. 1989, 'bells', *Boat*, Angus & Robertson, Sydney.

Wishart, T. 2001, 'Tongues of Fire', *Homo Sonorus: An International Anthology of Sound Poetry*, (ed.) D. Bulatov, National Centre for Contemporary Art, Kalin-ingrad, Russia. 4 CDs and book.

Woods, S. republished, *Elevator Dreams*, Sound recording. www. allenandunwin. com/writingexp. Also on the Wordsmith Press Ongoing at http://www. the wordsmithpress. com/content/poets. php.

第 11 章
新媒体之旅

    20 世纪末和 21 世纪初写作领域最重要的变化是新媒体的兴起。作家们变成了半人半机器的生物,这就是网络作家、数字作家或技术作家的时代。许多交流方式,如电子邮件和博客,现在都是基于屏幕而非纸面,这改变了我们的写作方式,也改变了我们对文学的思考方式。在本章中,我们将探讨新媒体的创意可能性,以及如何利用这些新技术来试验和改变你的写作方式。

    屏幕上文本的组织和生成方式与纸面文本不同。新技术可以通过超链接、文本动画和互动性来改变文本性。新媒体也为跨媒体作品提供了独特的机会,因为它使图像、声音和语言有机会在同一环境中交织在一起。

    新媒体写作使我们能够进一步发展本书中的许多观点。它促进了意义和风格的多元化,从根本上讲是非线性的,并且它促进了纸面上无法实现的写作方式,如文字的动画化。新媒体写作的基本技巧,如分屏、动画和超链接等技术的使用,往往能促进更流畅的阅读体验。它们鼓励扫描从左到右以外的阅读方向,并且同时吸收多个零散的文本。新媒体写作有时存在于可读性的边缘,因为文字在屏幕上变换,或者在我们有机会消化它们之前就从视野中消失了。它还创造了不同类型的虚拟空间、虚拟距离和虚拟地形,我们只需轻点鼠标,就能从文本的一个位置"穿越"到另一个位置。

要将本章中的想法付诸实践,就必须具备一定水平的网页编写基本技能,但这种技能并不需要很高超。理想情况下,你需要学习一种所见即所得(What You See Is What You Get)软件,如"Dreamweaver",它主要是为你的写作编写网页及动画程序,如Flash等,不过你也有其他的选择。本章的重点不是向你展示如何使用这些技术,而是给你提供一些你可以从事这些工作的方向(包括一些简单的策略,这些策略不应该涉及太多的专业技术知识)。新媒体写作(有时也称为数字写作、网络写作、网络诗歌、超文本、超媒体等)是一个新领域,随着新技术和新方法的发展而迅速发展。今年看似时髦和新潮的技术,明年可能就显得过时了。

许多网站展示新媒体作品。这些网站包括:Cauldron and Net、Poems That Go、Beehive、infLect、UbuWeb 和 Alt-X。这些网站大多有丰富的档案资料供你查阅。你在"电子文学组织"(Electronic Literature Organisation)的收藏目录中也能找到有趣的作品。《数字诗学》(格莱齐尔,2002)是一本关于这一发展领域的实用书籍,《新媒体读者》(弗洛因和蒙特福特,2003)也将为你提供许多相关背景资料。

在本章中,我们有很多较好的案例来源于"写作实验"网站。这些作品在本章中会被提及,并列于本章末尾。

练习

1. 创建一个超文本。
2. 创作:

    a)单一场景的动画文本

    b)一个动画"电影"

3. 使用分屏、框架或图层来创作一个文本。

4. 写一篇文章，在文中加入计算机代码。以此来思考计算机化
   对当代文化的影响。

5. 创作一个超媒体作品。

链接、浏览者、超文本

超链接是网络写作的基础。超链接最重要的特点是非线性。通过超链接，任何文本都可以与其他文字同时出现（可以是连续的，也可以是同时的）。超链接还可以把我们从文本带到图像，从图像带到文本，从文本带到动画，等等。链接可以引导读者或"浏览者"立即从一个文本转向第二个文本，而从线性角度看，第二个文本可能与第一个文本相距很远。当我们按下一个超链接时，我们正在阅读的文本通常会被另一个文本所取代，但如果屏幕被分成若干框格或部分，那么点击一个超链接时另一个文本可能会出现在另外一个框格中，这样不同的文本就会同时出现在屏幕的不同框格或部分。

超链接的主要形式之一就是超文本。超文本概念的基本思想是分支和相互连接的路径。这就形成了一种类似于网络的结构，其中许多不同的文本块相互连接。在这种结构中，任何两段文本都可以连接起来：任何文本都有可能通向其他文本。在超文本中，每个单独的文本（通常称为一个页面）都可能包含一个以上的链接。例如，在一个页面中可能有三个链接（有时可以通过带有下划线的字词发现），所有这些链接都会把读者带到不同的目的地。如

果我们点击其中一个链接,就会到达另一个也有多个链接的页面,以此类推。链接并不总是连接到新的文本,而是可能带我们回到之前访问过的文本,从而使结构具有回旋性。当我们再次访问这个页面时,我们可能会选择另一条路径,而不是再次访问上一次的路径。因此,在任何超文本中都不可避免地会有许多可供选择的路径,而且每次阅读都会有一条独特的路径。20 世纪 90 年代,作家们开始尝试将超文本作为一种创作媒介。这催生了一种全新的文学体裁——"超文本小说"。超文本小说的经典作品之一是迈克尔·乔伊斯的作品《下午:一个故事》(1990)。其他知名作品还有雪莉·杰克逊的《补缀女孩》(1995)和蒂娜·拉森的《采样器:九个恶劣的小超文本》(1996)。这类文本的核心特点是通过分支路径产生不同的故事情节。这些路径通过多重链接产生,从而形成一个文本网络。在阅读超文本小说的过程中,某种阅读可能会遗漏大段文本,而这些文本在另一种阅读中占主导地位。因此,在迈克尔·乔伊斯的《下午:一个故事》这样的超文本小说中,情节、高潮或叙述者的概念被彻底改变了。这些要素与其说是消失,不如说是被替换和成倍增加,从而出现了无数个情节、高潮和叙述者。乔治·兰道的《超文本理论》(1994)对超文本小说进行了深入的探讨。

　　超文本小说无疑是革命性的,因为它触发了一种与纸质文本所要求的写作和阅读方式根本不同的方式。然而,网络写作是一个快速发展的领域,超文本小说已不像过去那样突出。它已被其他形式的超链接所取代,这些超链接涉及使用多个框架,或更自由的文本显示方式。不过,超链接是所有网络写作的基础,也是必须掌握的一项重要技术。创建一个超文本相当简单,仍然是一种值得尝试的有趣的写作模式。

超文本的多路径链接

为了让大家对超文本链接的方式有一些印象，让我们通过我自己的超文本《文字材料：城市和身体》（史密斯、迪恩和怀特，再版）中的一小部分摘录来看看一些可能的初始路径。该摘录已发布在"写作实验"网站上。这个文本的一部分曾经在第 9 章中以印刷版的形式出现过。但超文本版截然不同，这不仅是因为它所包含的文本数量远远多于印刷版，还因为它提供了更多的选择和阅读路径。此外，超文本也是彩色的，并显示了各种字体和间距，我在这里没有完全展示出来。

每个读者都从第一篇文章开始阅读：

案例 11.1

欢迎来到<u>城市</u>和<u>人体</u>热线：在这里，胳膊和腿正以极快的速度在我们身边飞舞，汽车和路灯也是如此。目前，我们还没有预见到世界末日或<u>生殖器官</u>的消亡。但现在有谁<u>知道</u>，声音只是时间的扭曲？中小学已经在陆续停课，<u>大学</u>正在关闭。年轻女性可能死于压力，除非我们对她们进行治疗。<u>社会经济</u>解决方案怎么了？难道我们要写<u>诗</u>写到天荒地老吗？

在这段文字中，有八种不同的选择来决定下一步如何进行。点击"城市"的链接后，会产生一个文本，它暗示了地点和身份之间的悖论：

你对着镜子举起<u>地图</u>。

所有的<u>街道</u>都有了新名字，

你认不出来，也读不懂

你砸碎了镜子，却无法抹去镜子里的镜像。

另一方面，如果我们点击"诗"的链接，就会得到一首关于时间与空间、语言与非语言之间关系的诗歌：

在遥远的星球的岸边产卵

在溪底的渔网中被捕获

在地球的边缘未出生

白昼矛刺黑夜，直至黑夜逝去

随着时间的推移，新的声音在这个空间爆发

她用火焰在天空中划出文字

描绘出未曾触及的未知之路

在这个新文本中，"岸边"这个链接引出了下面这段关于都市生活的超现实主义的叙述：

一个你非常讨厌的人预言了你的死期。你知道他不可能真的知道，你不知道他是认真的还是在开玩笑，或者两者兼而有之。但你怀着某种宿命般的恐惧来迎接这一天。为了以防万一，你会提前向所有人告别，无论是朋友还是熟人。当天，你过马路时小心翼翼。傍晚，你兴高采烈地回到家，相信自己能活下来，准备给自己倒上一杯，却发现邻居已经自杀了。

然而,点击诗中的"空间"链接,我们就会看到一个讽刺性的城市和
身体部位的广告:

征集

没有器官的躯体

百科全书式城市的页码

一个制造音乐的机构

一个二手生殖系统

一个没有思想的头脑

不着边际的故事情节

没有镜子的地图

这里同样有多个链接,点击"生殖"这个链接,会出现提醒人们历史
上关于身体禁忌的资料,同时还有一个模仿中世纪公告的文本:

1243 年 5 月 6 日星期日

市民们!

洗净手上的经血!

远离不洁的

更年期女巫

在这个文本中,点击"市民们"这一链接后,会出现一个谚语式的、
语言游戏式的文本,颠覆了关于残疾的话语:

只为残疾人建造的城市

> 我们是否因为
>
> 人们对残疾的歧视
>
> 才变成瘸子？

然而，如果我们点击"不洁的"这个链接，我们就会看到历史上围绕身体的一些种族偏见：

> 在中世纪，盎格鲁人对犹太人有什么看法？

> 基督徒认为心灵是他们的主宰
>
> 身体是肮脏的犹太领地

这只是《文字材料：城市和身体》中超文本的一小部分，并且即使是在这一小部分中，也只展示了几种可能的链接。

超文本的高度动态性

正如上面的这个例子所示，超文本是一种动态媒介，也是混合不同写作体裁的理想媒介。在超文本中，散文、小说、诗歌、评论、非虚构写作和理论都可以相互融合。

超文本明显增加了读者的互动性。互动性非常重要，因为受众如果被动接受，就会感到无聊。给读者一些事情做，他们就会立即清醒过来，感觉自己更有参与感和控制感。在超文本中，读者必须点击链接，他们的选择决定了他们检索到的特定读物的大致内容。

在超文本中，还可以制作彩色文本：这在一般的纸面写作中是不可能实现的，即使是视觉诗歌也往往是黑白的。使用色彩的方式可以有很多种,与文本的异质性相对应。或者,也可以对色彩方案进行精心控制,甚至是系统化的设计。

　　除了下划线文字外,超链接还可以采取其他形式:可以用粗体、不同字体或视觉图标的形式显示。超链接可以隐藏或部分隐藏。文本的路径可以是严格固定的,也可以是随机的,还可以是偏重于某些可能性的。

创建超文本:链接和循环

　　下面是练习 1 中创建超文本的几种不同方法。这些策略也可以组合使用:

- 写一个简短的文本,选择三个看起来特别有趣的词,将它们设定为链接的标志。然后再写三个文本,作为这些链接的目标文本。在接下来的三个文本中设定三个链接,并写出它们可以链接到的其他文本。继续这个过程,直到你有了一个庞大而复杂的超文本网络,不过有时你可能想链接回以前的文本,而不是创建新的文本,形成超文本循环。还要考虑利用链接词的不同方法。一方面,它可以暗示甚至象征所链接文本的内容。另一方面,它可能是任意的(也就是说,与其链接的文本没有什么联系),或者实际上具有相当的误导性。这些都是激发和控制读者好奇心的方法。还可以链接到作品本身之外的文本,这样超文本就链接到了外部网站。通过链接进行构建是超文本写作的一种基本方法。超链接引导并暗示了材料。

- 或者另外写一些短文,这些短文可能关于同一主题。然后回过头来决定如何将这些文本片段连接成一个超文本,当你把这些文本放在一起时,你可能会发现你需要额外写一些文本。

- 构思一个中心故事,但不要将其局限于一种结局,而是尝试构思出多种不同的结局。然后构建一个超文本,其中的链接将读者带向不同的结局。在第 7 章中,我们已经在另外一个背景下探讨了这种方法,而且只适用于以页面为载体的写作。这意味着在写作时要考虑多种可能性。在写作过程中,我们经常会想到多种可能性,最后却将其简化为一种可能。

在执行这些任务时,你可以对链接的不同类型和外观进行尝试。如果你想让读者在不同的路径中做出明确的选择,需要让链接非常明显。但如果想让读者的选择更加难以预测,你可以使用隐藏的链接,让读者自己去搜索。

还可以尝试调整超文本的颜色、字体大小和间距,以便给人留下最深刻的印象。将文字视为视觉对象,让读者不断受到视觉刺激。

动画入门

动画是新技术改变写作方式最彻底的方式之一,纸面上根本不可能有这种动态效果。你可以使用许多不同的动画软件,但在写作时,"Flash"是最容易使用和最有用的一个软件。

"Flash"动画的每个片段都被称为一个场景,多个场景可以组合成一个影片。每个场景都包含一条时间线,通过时间线,你可以将词语从屏幕的一个地方移动到另一个地方。

通过动画,词语可以在屏幕上移动、拆分和重组。词语、字母或句子可以变形或变成其他的。你可以使用不同的速度播放,不过速度太快会影响阅读。词语可以从屏幕上消失,然后重新出现。从这个意义上说,屏幕不像纸张那样是一个可靠的或固定的载体,动画的意义从而变得充满流动性,短语、句子或词语的结构也因此不断变化,这也象征着意义的形成过程。

布莱恩·金·史蒂芬斯在"写作实验"网站上发表的《字母的梦想生活》(再版),是新媒体文字动画的经典作品之一。这个作品是根据一次关于文学与性的在线圆桌讨论创作的,作品一开头就说明了这个创作背景。这首诗的每一部分都以字母表中一个连续的字母开头。词语和字母在屏幕边缘移动,有时速度之快让人无法正常阅读。它们还可以反转、旋转和变换形式。字母和词语出现在屏幕上,并逐渐形成语言形式和语义形式。词语不断分裂成碎片,有时又重新组合成其他语言形式或雕塑图案。

在"写作实验"网站上,还有澳大利亚表演性诗人和网络作家考姆尼诺斯·泽尔沃斯的作品《啤酒》。该作品将"啤酒"(beer)一词变形为许多其他单词(例如,"been"变成"beef",最后变成"help""yell"和"tell"),这些词语的改变是通过改变原来单词中的一些字母来实现的。不过,这种变形既涉及字母和单词的形状,也涉及它们的语言含义:有时单词只显示为一半的形式和一半的含义,有时只以形状出现。泽尔沃斯的作品中有一个色彩鲜艳、充满活力的字母"u",读者通过移动鼠标就可以控制这个字母的动画。这个作品包含一个不断后退、淡化和旋转的字母表,字母"u"从中出现,改变形状,并移动到屏幕的不同位置。屏幕上还有其他不同颜色和大小的字母"u"(一些是静态的,一些则是动态的)。该作品通过动画的方式,展现了一系列文字联系,如"u"和"you"之间的联系,字母表和单个字母之间的联系,以及字母本身之间的联系("u"倒过来看就像"n")。

　　杰森·纳尔逊的作品《这将是你的末日（剧本 6）：四种多变的创造》（再版-a）以另一种方式探索动画。在这部作品里，经过最初的文本轰炸之后，文本片段暗示了一个整体但破碎的叙事，并与地图或图表以及数学公式穿插在一起。

　　在《声音效果》中，罗杰·迪恩采用了我和安妮·布鲁斯特创作的部分文本，并用他在实时图像处理平台"Jitter"中编写的程序处理。每个文本都被视为一幅完整的图像处理，因此文本并没有像《字母的梦想生活》那样在微观语言层面上进行处理。取而代之的是对文本进行分层、拉伸、叠加和压缩等一系列组合处理，屏幕还将同一文本分成多个画面。电脑操作包括一个"覆盖"过程，在这个过程中，一个文本逐渐覆盖自己或另一个文本，这种文本的分解和替换产生了错综复杂的视觉图案。文本图像可以在任何一次操作过程中被连续处理，并且每次处理所呈现的效果都不尽相同。

　　在吉姆·安德鲁斯、彼得·霍华德和安娜·玛丽亚·乌里贝的作品中，你可以找到其他令人兴奋的动画文本案例，此外还有考姆尼诺斯·泽尔沃斯、杰森·纳尔逊和布莱恩·金·史蒂芬斯等人的作品，这些网络艺术家的作品大多可以在他们的个人网站上找到，也可以在我前面提到的期刊和档案中找到。

单场景电影

　　以下是练习 2a 在单一场景中创作动画文本的策略：

　　a) 在网页上放置两个简短的文本片段，然后使用时间轴为其中一个文本设置动画效果，使其移动到不同的位置（例如，使其从屏幕的右侧移动到左侧）。多次尝试这个练习，扩大练习范围：例如，在屏幕上放置三个文本片段，并为其中两个设置动画效果。你需要思考：如何改变文本的位置，从而改变它们之间的关系，进而改变其意义?

b) 让一个文本片段从屏幕上消失,然后在不同的位置重新出现。看看这对屏幕上呈现的意义和屏幕上内容的设计有什么影响。

c) 在网页上放置一个词语,利用时间轴使这个词的字母按照顺序消失或变化。

d) 让词语、字母或文本片段在屏幕上反转或旋转。

e) 组合上述一些策略,使词语的意义处于不断"变动"之中。

f) 使用变形功能,将两个"手写"的词语放在屏幕上,通过变形使它们变成彼此。然后将这一过程扩展到更多的单词。

多场景电影

当你制作了几个单独的动画场景后,就可以将多个场景串联起来制作一部完整的影片(练习 2b)。你可以给这些场景设定先后顺序,让它们一个接一个地播放,也可以添加超链接,让读者或浏览者可以跳转到影片的不同部分。

在处理这些文本片段时,你可以尝试用一种零碎、流畅的方式进行思考,而不一定要从统一的诗歌或故事的角度进行思考。为这些场景设定不同的顺序,让这些场景以不可能预料的顺序出现。这样,你就能与这个媒体充分互动,并实验性地探索这个媒介的全部可能性。

分屏、分格或分层

练习 3 主要介绍屏幕使用的不同方法,如分屏、分格或分层。首先,你必须决定你是希望文本滚动显示还是在一个框架内显示。

如果不想让文本滚动,那么就需要写一些较短的(可能更有寓意的)文字,或者将较长的文本分成易于处理的片段。请记住,如果屏幕上的文本很长(尤其是字体还非常小),人们往往不会想阅读。

还可以将屏幕划分为不同的单元,通常称为分割框格。为此,首先要将屏幕横向或纵向一分为二。分割屏幕有多种不同的组织方式:可以在两个框架中以不同的速度运行两个独立的文字动画,或者一半是图像,另一半是文字。在一个框架中出现一组文字,而在另一个框架中出现另一组文字,可以在两组文字之间创作出非常有趣且常常是不可预测的联系。这种处理有无数的可能性:例如,一个屏幕的半边可能是一个叙事文,屏幕的另一半是关于这个叙事文的评论。你可以设计这些框架,使它们相互关联或相互独立(即使你把它们分开处理,你也会发现它们之间似乎存在关系)。当然,你也可以将屏幕分成几个框架,不过你分割的框架越多,每个框架中的文字空间就越小。

将屏幕划分为多个框架对于超链接也很重要。点击一个框架中的链接可能会使另一个框架中的文本出现、消失、移动或改变。目前的许多网络写作都采用了这种方法,使屏幕显得流动而多变:请参见洛斯·佩克诺·格莱齐尔(1998)和塔兰·梅莫特(2000)的作品。在"写作实验"网站上,你还可以看到美国作家杰森·纳尔逊(再版-a,再版-b)和澳大利亚网络作家梅茨(布雷兹再版)的作品。请注意,在杰森·纳尔逊的作品《这将是你的末日(剧本 6):四种多变的创造》中,点击箭头之后文本片段是如何出现的,在显示《这将是你的末日(剧本 9):很想知道》的屏幕上拖动鼠标之后隐藏的文本又是如何逐渐出现的。在梅茨的作品《穿着皮肤代码》中,鼠标滑过一个文本通常会打开另外一个文本。

还可以把文本或图像进行层叠处理,可以相互重叠,读者可以将这些文本或图像移动到屏幕上的不同位置，有时会产生出人意料的效果。例如，在美国网络作家克里斯蒂·谢菲尔德·桑福德的《非线性的根源：关于网络艺术写作的理论》（再版）中，用动态超文本标记语言书写的层叠的文本可以被激活，也可以在屏幕上移动。有时，点击一个文本可能会显示出下层的另一个文本；有时，第二个文本可能会在相同的空间环境中弹出，但第一个文本不会消失；有时，移动一个文本可能会分为两个，并产生新的空间效果和意义。

网络写作中的代码

网络写作有时包括语言实验：我们已经看到动画是如何对语言的形成和变形进行实验的。但是，用电脑写作的人还会把普通语言和代码语言进行结合，这就是所谓的"代码作品"（雷利，2003）。比如马克·阿梅里卡的作品《电影文本》（2003），意味着在作品中公开使用计算机代码，有时则涉及代码与普通语言的混合。这种混合在梅茨的作品中尤为明显。她的语言充满诗意，因为她使用了双关语、字谜、新词、不寻常的拼写和自创词语，这些都是由代码和普通语言混合而成的。梅茨使用互联网上的"发现的"文本，如电子邮件对话和网络社交语言，然后用计算机编程语言对其进行"篡改"。她大量使用句号或域名分隔符（如网址中的域名分隔符），有时将熟悉的词语拆分成几个部分。她还使用括号、斜线、连字符、数字和符号代替字母。梅茨的实验与我们在第 8 章中探讨的语言创新或语言派诗歌有很多共同之处，但她的实验是在计算机编程世界中进行的。这就产生了一种融合了编程语言、网络协议和标记代码的混合语言,梅茨称之为"m[ez]ang. elle"。她的作品对当代信息传播和交流模式进行了颠覆。在一次(电子邮件)访谈中,梅茨被问及如何描述自己的作品。她的回答是"mezangelle",随后提供了翻译。以下是两个版本:

案例 11. 2

::N 1 Word:mezangelled

::N 1 Sentence: the con[nned]flagration B-tween m-mage N text[ual]/ sound N

fr[ott]ag[e]. mentation ov breath/lec. tron. ics N flesh

::In Many Wordz: Eye make sever. all versionz of [intra]net [worked]. art,

each 1 par. tic[k]. ular 2 mi conceptual n-tent m-bedded within you. knitz/

phone. tick-tock snippettes ... labellez/cat. e. gori[cal]es that somehow get

shrinkwordwrapped ah-round my stuph alwaze zeem som[a] how n-adequate ...

她对这个文本的翻译是:

　　如果用一个词来形容我的网络艺术作品,那就是"mezangelled"。如果用一句话来形容,我会将其描述为"图像、文本和声音的融合,以及呼吸、电子和肉体的碎片化"(这里也影射摩擦)。扩展开来,可以描述为:我制作了多个版本的网络艺术,每个版本都符合我的创作意图,并镶嵌在多个单元或语音片段之中（因此，观众或者"你"
会主动将这些单元连接编织在一起），贴（或"用词语进行
真空膜包装"）在我的艺术作品上的标签或分类似乎总是
不够充分。

（布雷兹，2001）

另请参阅梅茨在"写作实验"网站上发表的《穿着皮肤代码》，这是
一部真正的数字作品，该作品将"mezangelle"和电子邮件文本纳
入了数字作品中。在塔兰·梅莫特的作品（2000）中也可以找到关
于代码作品的实验。

为了将代码融入文本（练习 4），请想办法将电子邮件或其他
网络文本或网络语言作为创作文本的基础。编写一些混合了普通
语言和代码语言的网络文本。将你在完成作品时使用的一些超链
接代码融入文本中，或者将代码的某些方面融入文本中，无论它们
是否与作品相关。以此来思考计算机化对当代文化的影响。

超媒体作品的多元素组合

网络写作是一种丰富多彩的媒介，如果能与图像和声音相结
合，则会更加精彩。数字技术使声音、图像和文字可以在同一空间
（计算机的领域）使用。结合不同媒体的数字作品通常被称为超媒
体或多媒体作品。在网络空间将文字、声音和文本结合在一起的
一个重要考虑因素，是如何处理它们之间的关系。

正如我们在第 10 章中所看到的，使用不同媒体的一个益处是
探索它们如何相互影响。语言、视觉和声音之间的这种相互作用

是许多新媒体作品的一个非常重要的特征。例如,在布莱恩·金·史蒂芬斯的《字母的梦想生活》中,词语的含义与它们所创造的视觉图像之间一直在进行对话。有时,词语会进行形象化的表达,也就是用形象来表达词语的含义。例如"墨水"一词在屏幕上呈现出墨水般的模糊效果。另外,请注意杰森·纳尔逊在"写作实验"网站上的两个作品(再版-a,再版-b),需要关注音乐是如何适应特定的氛围和文本内容的。例如,《这将是你的末日(剧本 6):四种多变的创造》中,重复循环的动态音乐与不同文本片段的快速出现配合得天衣无缝。另一方面,在他的《这将是你的末日(剧本 9):很想知道》中,较为温和安静的音乐与缓慢出现的层叠文本也相得益彰。当然,配乐也可以是口头上的。考姆尼诺斯·泽尔沃斯的《你不能被编程》(再版-b)中,"你不能被编程"这些词语在一种互动式的背景音乐中反复出现,有时还叠加了"你不能被擦除""你不能被超文本化""你不能被网络性别化"之类的词语变体。

　　新媒体作品还增加了元素之间的互动性,因为文字、图像和声音都可以被"打乱",从而在它们之间形成不断变化的关系。在《文字材料:城市和身体》("写作实验"网站,史密斯、迪恩和怀特,再版)中,就有不同程度的互动性。音乐由作曲家罗杰·迪恩创作,并用计算机程序"MAX"制作而成。网站上有许多不同的配乐,用户可以通过反向播放、控制音量、同时开启多个音轨等方式与音乐互动,同时还可以滚动浏览超文本。格雷格·怀特设计的间歇性音乐控制器表现出一种交互特色。音乐控制器包括一个身体的图像,上面的文字和声音配置会随着鼠标的移动而变化。格雷格·怀特还设计了一个名为"词语有线网络"的模式,在这个功能中,从超文本中提取的词语串可以被拉向多个不同的方向,并伴有互动的声音。同时,超文本可以根据所选链接的不同,将读者带入许多不同的路径。超文本还与文字和图像动画相连接，同样，根据读者点击的链接，会出现不同的动画。因此，声音、图像和文字之间的互动可以被读者不断打乱和重组。

创作超媒体作品

练习 5 要求你制作一个超媒体作品，以下是与此相关的一些策略：

- 将词语与视觉图像和动画并列。例如，创建一个链接到视觉对象的超文本，或制作一个动画来展示层叠的图像或动画。按照我们在第 10 章中探讨的方法，在词语和视觉图像的含义之间制造出某种张力或碰撞。
- 通过空间布局、字体和颜色将文字转化为视觉图像。还可以在屏幕上手写词语，使其在视觉上显得更加独特。
- 在屏幕上显示词语，同时将（相同或不同的）词语录制在声音文件中，让屏幕上的词语和声音中的词语"对话"。你可能还需要参考第 10 章中关于有声诗歌的一些策略，这些策略也可以适用于新媒体作品。
- 用音乐或声音景观来衬托文字。声音景观可以有多种形式：可以是说话声、环境声或音乐。可以同时播放多个声音文件或语音文件，这样就可以让不同的声音进行互动。如果你没有太多音乐方面的专业知识，可以与作曲家合作，或者使用网上已有的现成的声音文件。请再次参阅第 10 章，了解整合声音和文字的方法。

超媒体是一个非常广泛的领域，包括许多非文本作品。为了欣赏其中的可能性,你需要熟悉来自写作以外领域的多媒体作品,例如来自视觉艺术的作品。不过,在"写作实验"网站上,杰森·纳尔逊、考姆尼诺斯·泽尔沃斯、克里斯蒂·谢菲尔德·桑福德和我自己的作品,都展示了超媒体写作的一些可能性。此外,你还可以看看马克·阿梅里卡的作品,特别是他的《电影文本》(2003)。

文本的生成和结论

在本章中,我们探讨了新媒体如何改变写作,如何创造新的文本空间和各种可能性。我们还看到,新媒体本身就是一个不断发展的领域,它正朝着许多不同的新方向前进。现在,使用计算机程序,根据特定参数生成文本已经成为可能:这种基于软件的文本生成不在本书的讨论范围之内,其本身就是一个庞大的系统。不过,利用软件生成和转换文本是某些作家的作品的一个重要方面,例如诗人约翰·凯利,而且可能被证明是在写作中应用新技术的最重要方式之一。虽然这不是我们在此讨论的重点,但本书中的许多练习,比如短语中词语的排列或组合,都可以通过计算机程序较好地完成。如果你对编程感兴趣,那么关注这个领域的发展可能会有很大的收获。

在"写作实验"网站上的相关作品

玛丽-安·布雷兹(梅茨),《穿着皮肤代码》。
罗杰·迪恩、安妮·布鲁斯特和黑兹尔·史密斯,《声音效果》。

杰森·纳尔逊，《这将是你的末日（剧本 6）：四种多变的创造》。

杰森·纳尔逊，《这将是你的末日（剧本 9）：很想知道》。

克里斯蒂·谢菲尔德·桑福德，《非线性的根源：关于网络艺术写作的理论》。

黑兹尔·史密斯、罗杰·迪恩和格雷格·怀特，《文字材料：城市和身体》。

布莱恩·金·史蒂芬斯，《字母的梦想生活》。

考姆尼诺斯·泽尔沃斯，《啤酒》。

考姆尼诺斯·泽尔沃斯，《你不能被编程》。

参考文献

Alt-X Ongoing, http://www.altx.com/.

Amerika, M. 2003, *Filmtext*, Multimedia work. http://www.altx.com/mp3/film text.html.

Beehive Ongoing, http://beehive.temporalimage.com/.

Breeze, M.-A. (mez) 2001, Interview with Josephine Bosma, http://www.hotkey.net.au/~netwurker/jbinterview.htm.

—— republished, _][ad][*Dressed in a Skin C.ode_*, Multimedia work. www.allenandunwin.com/writingexp. Also available at http://www.cddc.vt.edu/host/netwurker/.

Cauldron and Net Ongoing, http://www.studiocleo.com/cauldron/volume4/index1.html.

Cayley, J. Ongoing, http://www.shadoof.net/.

Dean, R. T., Brewster, A. and Smith, H. republished, *soundAFFECTs*,

Multimedia work. www. allenandunwin. com/writingexp.

Electronic Literature Organisation Ongoing. http://directory. eliterature. org/.

Glazier, L. P. 1998, (Go) Fish, Multimedia work. http://www. ubu. com/ contemp/glazier/glazier. html.

—— 2002, Digital Poetics: The Making of E-Poetries, The University of Alabama Press, Tuscaloosa and London.

infLect Ongoing, www. ce. canberra. edu. au/inflect.

Jackson, S. 1995, Patchwork Girl, Hypertext Fiction. Eastgate Systems, Watertown, Massachusetts.

Joyce, M. 1990, Afternoon: A Story, Hypertext Fiction. Eastgate Systems, Watertown, Massachusetts.

Landow, G. P. (ed.) 1994, Hyper/Text/Theory, The Johns Hopkins University Press, Baltimore and London.

Larsen, D. 1996, Samplers: Nine Vicious Little Hypertexts, Hypertext Fiction. East-gate Systems, Watertown, Massachusetts.

Memmott, T. 2000, From Lexia to Perplexia, Multimedia work in The Iowa Review Web at http://www. uiowa. edu/~iareview/tirweb/hypermedia/ talan_memmott/.

Nelson, J. republished-a, this will be the end of you: play6: four variable creation, Multimedia work. www. allenandunwin. com/writingexp. Previously published in 2003 in infLect at http://www. ce. canberra. edu. au/inflect/01/jsonend6/ending6. swf.

—— republished-b, this will be the end of you: play9: curious to know, Multimedia work. www. allenandunwin. com/writingexp. Previously published in 2003 in infLect at http://www. ce. canberra. edu. au/inflect/01/ jsonend9/ending9. swf.

Poems That Go Ongoing, http://www. poemsthatgo. com/.

Raley, R. 2003, 'Interferences: [Net. Writing] and the Practice of Codework', http://www. electronicbookreview. com/v3/servlet/ebr? command＝view_ essay&essay_id=rayleyele.

Sheffield Sanford，C. republished，*The Roots of Nonlinearity: Toward a Theory of Web-Specific Art-Writing*，Multimedia work. www. allenandunwin. com/writingexp. Previously published in 2000 in *Beehive* vol. 3 issue 1 at http：//beehive. temporalimage. com/archive/31arc. html.

Smith，H.，Dean，R. T. and White，G. K. republished，*Wordstuffs: The City and The Body*，Multimedia work. www. allenandunwin. com/writingexp. Originally pub-lished in 1998 and also available at http：//www. abc. net. au/arts/stuff-art/stuff-art99/stuff98/10. htm.

Stefans，B. K. republished，*The Dreamlife of Letters*，Multimedia work. www. allenandunwin. com/writingexp. Originally created in 1999 and also available on UbuWeb at http：//www. ubu. com/contemp/stefans/stefans. html.

UbuWeb Ongoing，http：//www. ubu. com.

Wardip-Fruin，N. and Montfort，N. 2003，*The New Media Reader*，MIT Press，Cambridge，Massachusetts.

Zervos，K. republished-a，*beer*，Multimedia work. www. allenandunwin. com/writingexp. Also available at http：//www. griffith. edu. au/ppages/k_zervos/.

—— republished-b，*u cannot be programmed*，Multimedia work. www. allenandunwin. com/writingexp. Also available at http：//www. griffith. edu. au/ppages/ k_zervos/.

第 12 章
描写中的世界，变动中的城市

在前面的章节中，我们一直在探讨写作技巧，而不是主题或话题。总体而言，本书尽量避免在形式与内容之间划出太多的界限，并不厌其烦地指出"形式也是一种政治"。

在本章中，我们将探讨文化研究的核心话题。我们将主要关注有关地点和空间的各种观点。我们将探讨地点概念本身、表现地点的不同方式、将城市书写成一个与众不同的场所、将城市书写为行走之诗，以及如何在不同的时间和空间之间转换文本。这些都是动态描写一个地点的方式，即表现地点、使其动态化以及改变我们对地点的看法。

本章以一种特殊的方式将理论与实践结合起来。在其他一些章节中，理论是理解和阐述写作过程的工具，而在本章中，理论则是激发创意的催化剂。

为了创作关于某个地点的文章，你可能需要从历史和理论的角度对这一主题进行研究。你可能还想探索关于这一主题的文学方法（作家们写作这个主题的方式），以及随着时间的推移，人们有关地方的观念发生了怎样的变化。或者你可能想要研究特定的地点及其历史。

本章的练习结合了你在本书中学到的许多方法，同时你可以借鉴前几章重点讨论的各种文学体裁或写作技巧。例如,你可以运用这些技巧练习写一首诗、一篇散文、一篇非连续性散文、一个虚构批评的文本、一个表演性作品或一个超文本。

练习

1. 创作三个文本:
   a) 一个以对某个地点的清晰感知为基础的文本
   b) 一个以对某个地方的模糊感知为基础的文本
   c) 一个以上述两种感知结合为基础的文本

2. 创作一个文本,其中包含与某个地点的间接关系。

3. 创作一个文本,将城市构建为一个充满矛盾和差异的地点。

4. 创作一系列的文本,对以下每一种城市进行想象:流散的城市、消费主义的城市、弱势群体的城市、性别化和性向化的城市、感官的城市、虚拟的城市和虚幻的城市。或者思考其他类型的城市,并对其进行描写。

5. 创作一首行走的诗歌。

6. 创作一个文本,将身体和城市结合在一起,但又打破两者的联系。

7. 创作一个以时空压缩为核心(即在不同时空之间快速转换)的文本。

描写中的世界

后现代地理学

在文化研究领域,对空间和地点讨论最多的是后现代地理学。后现代地理学中一个非常重要和有影响力的观点是,一个地方从来都不是被限定的、单向的或非政治的。例如,多琳·马西认为,一个地点不局限于某种单一的属性,也不受物理边界的限制。相反,一个地点总是超越其明显的限制,和其他地点相联系、相融合。任何地点都由人与机构之间不断变化的社会和经济关系所组成,既包括该地点内部的相互关系,也包括与其他地点的相互关系(马西,1994)。因此,地点在很大程度上涉及权力和象征意义的问题,并受到社会关系的影响。不同的地点总是彼此融合,不断相互交叉、相互联结或重叠。地图对于确定一个地点的位置及其与其他地点的关系至关重要。但是,地图对一个地点的地理、社会和政治复杂性产生的影响非常有限,因为它们是以一种固定和有边界的方式来标记一个地点的。

然而,在小说中对世界进行描写则不同,因为我们能够以一种充满流动性的方式来展示一个地点,以及地点与人之间的关系,我们可以让地图移动。本章的练习将鼓励你唤起你对某个地点产生一种不确定的感觉。小说中的地点有时被称为"背景",但这个词并不令人满意。"背景"一词暗示一个地点是故事的背景,它也给人一种静态的印象。我更倾向于使用"位置"一词,以暗示地点与人之间更具活力和互动性的关系。

明确的地点感

在大多数小说中,地点感是通过描写技巧建立起来的,就像你在第 2 章"行动中的人"的练习中学到的那样。在构建地点感时,你需要考虑"行动中的地点"。

印度作家阿兰达蒂·洛伊以下的文章捕捉到了这片土地的活力:

案例 12.1

阿耶门连的五月是一个闷热的月份。白天漫长而潮湿。河水减少,黑色的乌鸦在寂静的、尘土飞扬的绿树上大口大口地吃着鲜艳的芒果。红香蕉成熟了。菠萝蜜爆裂。放荡不羁的青蝇在果香四溢的空气中嗡嗡作响。然后,它们在阳光中笨拙地乱飞乱撞,在透明的玻璃窗上把自己撞晕拍死。

夜色晴朗,却弥漫着懒散和阴沉的期待。

但到了六月初,西南季风吹散,三个月的时间里风大水急,阳光灿烂,让孩子们兴奋不已,争相玩耍。乡村会变得一片绿意盎然。木薯篱笆生根开花,模糊了栅栏的界限。砖墙变成了苔绿色。胡椒藤蜿蜒爬上电线杆。野生爬山虎冲破红土堤坝,漫过被洪水淹没的道路。小船在集市上穿梭。小鱼出现在水坑里,填满了公路上的坑洼。

摘录自《微物之神》(洛伊,1998,第 1 页)

这段话使用了我们熟悉的描写技巧,而且是以一种极其有效的方式。它采用了强烈的感官画面,但并不单纯依赖视觉。我们可以感受到颜色(黑色的乌鸦、红色的香蕉)和声音(青蝇的嗡嗡声)。

但最重要的是,乡村充满活力,随季节而变化:"河水减少""菠萝蜜爆裂""黑色的乌鸦……大口大口地吃着……""胡椒藤蜿蜒爬上电线杆"。这些景色超越了自身的界限,向四面八方蔓延、迸发。

对某个地点的模糊感知

洛伊对阿耶门连的描写非常清晰。但有时,地点感是模糊的,它产生于该地点的活动、思想或情感。《关于城市的企鹅丛书》(德鲁,1997)中的许多故事都涉及发生在某个城市中的事件,它们都来源于城市生活。与其说是这些事件反映了城市面貌,不如说是唤起了城市的精神。在澳大利亚土著作家丽莎·贝莱尔的诗歌《出租车》中,城市环境隐含在路过的汽车司机不会为黑人停车的画面中。这首诗与其说是在描述城市,不如说是在传达土著人在城市中被边缘化、被排斥在城市社区之外的经历:

案例 12.2

（献给琼·吉奈尔）

被路过的出租车溅了一身,

又被一辆又一辆的出租车溅了一身。

你看,这是规则。

不要为了黑人妇女停下,

那些领取养老金的人,

他们不值得信任,

那些废物没有钱,

我们都是令人讨厌的东西,提醒

着这个不公正的世界,在这个世界里,穷人、

有色人种

甚至要看出租车司机的脸色。

《出租车》(贝莱尔，1996，第 70 页)

练习 1 要求你创作三个文本，其中一个明确地表现出对某个地点的感知，一个含蓄地表现出对某个地点的感知，还有一个是这两种感知的混合。你认为哪一篇写得最成功？

对常规地点描写的质疑

一些实验小说对地点的正常分类和描述提出了疑问。在伯纳德·科恩的《旅游》(1992)一书中，澳大利亚的城镇和城市按字母顺序排列在标题下：阿达米纳比、阿德莱德、爱丽斯泉、阿拉拉特、阿米代尔、奥本、阿沃卡、巴彻勒、巴瑟斯特等，每个城市一页。这种排版方式像是一本旅游手册，但这些条目并没有用正常的方式描述城市。这些条目对自然环境的介绍很少，几乎没有提供任何关于城市设施、建筑、餐馆、文化生活或社会活动的信息。事实上，有些条目与相关的地点的关系毫不相干，似乎根本不"属于"这个地方。从这个意义上说，这本书改变了人们对地点先入为主的观念，因为地点是不具体的，而且不断相互重叠。第一幅作品"阿达米纳比"表明，任何地点都在不断超越自己的边界并发生变化：地图上不断扩散的墨水就是一种隐喻。它还提请人们注意地点、语言和身份之间存在的密不可分的联系：

案例 12.3

阿达米纳比

昆虫的鸣叫是捕食的号角，海鸥的嘶鸣是穿越天空的复杂乐章。地平线接纳了一切。在我看来，这座小镇一直在变化，不断改变着它的名字、它的颜色和它的态度，但仍在继续。它就在地图上。在这里。一个词，一个点。

我将笔尖停留在标有"阿达米纳比"的点上，墨水开始扩散。起初，墨水的扩展相当迅速，但随着半径范围明显增大，速度似乎变慢了。最后，我不得不将视线移开几分钟，然后再回来分辨变化。最后，整个地图都被这个点占据了。

在阿达米纳比，我是由话语组成的。当我决定下一个转弯时，语言的气泡附着在空气中，跟着我四处飘荡。在这里，我们只能说两种类型的语言：故事和口号。没有其他的语言方式。

尽管有许多东西仍被隐藏起来，但我总能惊喜地发现新事物。每一分钟都有新的发现。在这里，你能带走什么，就留下什么。哦，对了，最后，你还能透过书页上不可避免的墨迹读出城镇的名字。

摘录自《旅游》(科恩，1992，第 1 页)

另一部分"阿米代尔"则提请我们注意城市内部的权力关系。同样，这似乎并不仅仅适用于阿米代尔。

案例 12.4

阿米代尔

这是一个肮脏的、两面三刀的小镇。这个小镇会让人付出高昂的代价。无论是单独的一个人,还是一群人,都不能信任这个小镇。这是一个在草丛中窃窃私语的小镇,这个地方隔墙有耳。阿米代尔现在发生的一切,在历史的长河中,已经发生在所有争取解放的思想家和被压迫阶级的领袖身上。这是一个为了胜利而需要付出惨痛代价的小镇,是一个为了达到目的而不择手段的小镇,是一个充满象征性目标的小镇。在这里,在错误的地方对错误的人说出错误的话,总是会引发异乎寻常的反应。

摘录自《旅游》(科恩,1992,第 5 页)

因此,伯纳德·科恩的《旅游》所探讨的是关于地点的普遍认知,而不是表达他对特定地点的实际和个人印象。

在练习 2 中,你要创作一个与地点有间接关系的文本。要做到这一点,你可能想写一篇以地名为标题的文章,就像科恩的例子一样,其中地名和人名之间是一种间接的关系。如果使用更加直接的方式来表达也许会更困难,而你通过这种方式又能够对某个地点进行什么样的表达呢?

变动中的城市

特别是在诗歌中,地点往往集中在乡村。在 19 世纪,浪漫的田园诗尤其突出。许多当代作家从生态学角度出发,将有关自然的写作转变为有关农村生活的社会和环境问题的写作。其他作家则通过关注城市环境来对抗田园传统,这在后现代文学中非常流行。在下一节中,我们将重点讨论对城市的描写。

分裂的城市

　　描写城市的方法之一，是将其作为**一个充满矛盾和差异的地点**（练习 3）。城市是一个由建筑物、道路和各种机构组成的公共场所。但它同时也是一个私人场所，我们在这里建立关系，追求个人目标。我们生活中私人层面和公共层面相互交织，权力结构在二者之间运作，有时还会相互冲突。我们还可以从乌托邦和反乌托邦的角度来看待城市。城市是具有文化和创意的场所，人们在这里相聚、生活并且高效地工作。但城市也可能是暴力、压迫和冲突的场所。纵观文学史，作家们往往对城市表现出矛盾心理。他们被城市所感动，将其视为一个充满激情、创造力和感官体验的地方，但同时也是一个充满恐惧和压迫的地方（勒翰，1998）。有时，城市内部的这种分裂会在地理上体现出来：城市中心是一个充满攻击和暴力的场所，而郊区则是和平与安全的。但这种两极分化往往会发生逆转：在郊区也可能会发生家庭暴力。

　　城市既是物理空间，也是想象空间。城市中的生活既有事件、建筑和活动，也有记忆和欲望。正如乔纳森·拉班所说，"我们想象中的城市，是一个充满幻想、神话、愿望、噩梦的柔软之城，与我们在地图、统计数字、城市社会学、人口学和建筑学专著中看到的坚硬之城一样真实，甚至更加真实"（布里奇和沃森，2003，第 14 页）。城市表达并包含了我们生活中有意识和无意识的两个层面：可见的情感以及被压抑的记忆和欲望。在把城市描写为一个与众不同的地方时（练习 3），请尝试处理城市所激发的矛盾情感、印象和思想。你可以从相反的角度进行思考，如纵向和横向、暴力和创造性、友好和冷漠，然后以此为基础创作你的城市文本。也许你可以同时展示出这些对立面。也许你还可以展示这些对立面是如何不断相互转化的。例如，在保罗·奥斯特的小说《玻璃城》（1988）中，乞丐变成了街头之王。

多面的城市而非单面的城市

因此，城市有许多不同的面孔，事实上，即使同一个城市内部也有许多不同的面孔。让我们来思考其中的一些，同时探寻它们与城市的权力结构存在什么样的关系（练习4）。

流散的城市

随着民族国家概念的瓦解，人们开始移民他乡，国家的边界也随之改变。现代西方城市已成为民族和种族的混合体，这使城市的饮食、服装、习俗、艺术和语言都发生了改变。它也产生了文化的杂糅，像伦敦这样的城市里有来自印度、巴基斯坦、非洲和许多其他地方的人。其中一些人，如卡里姆·阿米尔（哈尼夫·库雷西的《郊区佛爷》的主角），出生在英国，但他们的父母中至少有一人是亚洲人或非洲人。因此，他们并不觉得自己完全属于某一种文化。流散的城市中包含了少数族裔的微型城市，其中最明显的是我们在大多数城市中心看到的唐人街。流散的城市的一个重要方面可能是移民到一个新的陌生环境中的经历，这个环境的文化价值观、宗教和语言都截然不同。在一个秉持与社区其他人的价值观截然不同的家庭中成长，也会产生问题。最严重的是种族歧视的经历，以及在社会和法律上反抗种族歧视的困难。流散的城市既关乎流离失所的问题，也关乎处所问题。

消费主义的城市

城市也是消费主义的集中地。在许多方面，消费主义是一种新的宗教。购物中心比公园或花园更受欢迎。从消极的角度来看，消费主义可以被视为泛滥的物质主义和商品化，是一种只有富人才能享受的精英运动。布莱特·伊斯顿·埃利斯的《美国精神病人》(1991)和唐·德里罗的《大都会》(2003)生动地描绘了当城市中的消费主义达到极端时可能产生的暴力、贪婪、自私和疯狂。但是，消费主义也可以被更积极地视为一种创造性的努力，一个做出选择和发展品味的机会。

弱势群体的城市

每当我们走在城市的街道上，我们很可能会看到无家可归的人。城市也是贩毒和卖淫的场所，在大街上，我们既能看到穷人，也能看到富人。在世界许多城市，失业问题和低收入问题已经对城市环境造成了影响。少数族裔和原住民往往是低收入阶层和弱势群体。任何一个城市都有薄弱环节，都有许多人想忽视的生活的一面。城市中有许多地方，如监狱、孤儿院或招待所，都是弱势群体的标志。

性别化和性向化的城市

对一些女性来说，城市是一个让工作和母职产生冲突的地方。越来越多的女性在城市中工作，但她们经常会面临身体暴力和性暴力的威胁。于是，有一些地方也许是女性不能或不想去的。这些地方可能不够安全，或者在这些由男性占据绝对主导权的地方会让女性觉得害怕。

感官的城市

城市是一个充满强烈感官刺激的场所,它不仅仅是一个景观,还是一个充满气味和声音的地方。理论家们指出,视觉往往比其他感官更重要。但是在城市的文化构建中,嗅觉、触觉和听觉同样重要。

例如,亨利·勒菲弗尔指出:在现代生活中,人们如何使用各种物质和技术来减少和控制气味,这些气味通常是令人厌恶而不是令人愉悦的(布里奇和沃森,2003)。然而,我们对一个地方最强烈的联想之一就是它的气味。同时,城市也是一个充满声音的地方,车声、人声、脚步声和音乐声交织在一起。

虚拟的城市

城市是人们生活和交流的场所,是一个具体可见的地方,而远程通信和计算机网络的发展则跨越了时空障碍,创造了一个虚拟的城市。换句话说,技术正在把我们带入一个所谓的"后城市"时代,在这个时代,物理性城市的重要性将大大降低(布里奇和沃森,2003)。对此,我们可以从乐观或悲观的角度来看待这一现象。例如,技术正在把我们带入一个时代,在这个时代里,理论上所有人都可以随时获取信息。然而,大公司正把数字信息变得越来越商品化。批评者认为,技术之所以造成两极分化,是因为它被富有的精英阶层所掌控,而穷人却无法获得这些技术。

虚幻的城市

虚幻的城市只存在于你的想象之中。虚幻的城市可能有一个名字，你可能觉得它存在，但它并不存在。虚幻城市的道路可能是死胡同，或者有用乐谱搭建的桥梁。虚幻的城市由欲望和记忆构成，但与物理性的城市同等重要。伊塔洛·卡尔维诺的《看不见的城市》(1978)中有许多虚幻的城市，其中一个是第 7 章的案例 7.7。

以上我用一些标题简要介绍了这些"城中之城"的某些特点。在练习 4 中，使用这些标题写一系列有创意的短文，每个标题一个。例如，在"流散的城市"这个标题下，你可以虚构一个移民对某个陌生城市的第一印象；在"消费主义的城市"这个标题下，你可能想描绘一次购物之旅的前后经过。你还可以添加自己想出来的标题，如"非西方的城市"或"知识城市"。

行走的诗歌

练习 5(创作一首行走的诗歌)进一步凸显城市是一个充满差异的地方，但要将其写成一首行走的诗歌。当你在城市中行走时，在某种意义上你就是在书写这座城市。行走的诗歌的优势在于它保留了流动的感觉，对某个地方的印象永远都不会僵化。行走在某些方面代表了当代生活，因为它是即兴的、变动的和短暂的。一次行走可能是有计划的，但行走时往往会发生变化，并且根据具体情况而缩短或延长。在一首行走的诗歌中，你站在积极参与的立场上写作，将自己定位为一个参照点，然后与环境进行互动。

行走是观察、思考和感受的独特结合。记忆、欲望和外在的想法不断干扰着我们对周围事物更直接的感知。事实上，你在行走时有可能注意不到外部世界发生了什么，只是全神贯注地思考。

然而，在城市中行走，就会遇到那些被边缘化的弱势群体，那些乞丐、妓女和无家可归者。你在行走时可能会穿越经济富裕程度截然不同的地区。在一些城市,某些地区可能不得不避开,因为在那里行走是不明智的。在城市中行走意味着要面对和惊动城市中通常不为人知的一面。

当我们在城市中行走时,我们就是在用自己的方式书写城市。文化理论家德塞都(1984)认为,行走是一种创造性的行为,行人在其中书写(但无法阅读)自己的文本。他认为,在行走城市的过程中,我们创造了颠覆城市霸权结构的文本。我们想走哪条路就走哪条路,我们在行走过程中可以对空间进行转换,通过我们的行走来建构社会模式。19世纪的漫游者多少有点脱离群众的精英主义,但德塞都笔下的漫游者是大众中的一员,而步行是一种反抗的形式。

纽约诗人弗兰克·奥哈拉的《距离他们一步之遥》是一首典型的行走诗歌。虽然这首诗写于20世纪50年代,但它还是向我们展示了很多在城市中行走的乐趣和可能:

案例 12.5

现在是我的午餐时间,所以我走了。

在嗡嗡作响的出租车中散步。

我先是在人行道上一路向前,

看到工人们在那里用三明治和可乐填饱肚子。

他们戴着黄色的安全帽,

我想这是为了保护他们免受砖块伤害。

然后,我走到大街上,

看到裙子在高跟鞋上飘摇,

在栅栏上张开。

太阳非常热,出租车搅动着空气。

我看看廉价的手表。

还有在锯屑中玩耍的小猫。

                我继续

前往时代广场，那里的广告牌

在我的头上冒烟，而更高处

瀑布轻泻而下。

一个黑人站在门口，拿着一根牙签，无精打采地晃动着身体。

一位金发的合唱队女孩博得喝彩：

他微笑着摩挲着下巴。

一切都突然鸣响：

这是一个星期四的 0:40。

白天的霓虹灯，

正如埃德温·登比所写的那样，

这就像白天的灯泡一样，给人带来极大的乐趣。

我在朱丽叶街角吃了个芝士汉堡。

朱丽叶塔·马西纳，

费德里科·费里尼的妻子，

是个漂亮的姑娘。

还有麦芽巧克力，

这么好的天气，

一位穿着狐皮大衣的女士，

把她的贵宾犬送上了出租车。

今天大街上有几个波多黎各人，

他们让这里变得美丽而温暖。

一开始是巴尼去世，

然后是约翰·拉托奇，

然后是杰克逊·波洛克。

但是地球上的人是否都像他们一样，

活得一样充实？

一个人吃过饭后四处溜达，

经过那些印着裸体的杂志，

还有《斗牛》和《曼哈顿仓库》的海报，

他们很快就会撕掉这些海报。

我曾经以为那里有军械展览。

一杯木瓜汁，

继续工作。

我的心在我的口袋里，

这是皮埃尔·勒韦迪的诗。

《距离他们一步之遥》（奥哈拉,1979,第257－258页）

这首诗描绘了行走的轨迹，"我先是在人行道上一路向前""前往时代广场"，因此地点是不断变化的。在行走中看到的是一个不断变化的环境。这首诗不仅写了现在正在发生的事情（虽然非常直接，但第一人称的使用加深了这一印象），还写了不久的将来会发生的事情："还有《斗牛》和《曼哈顿仓库》的海报，他们很快就会撕掉这些海报"；或者过去发生过的事情："我曾经以为那里有军械展览。"不过，这首诗的时间和地点感非常强烈：诗歌以时钟作为点缀，比如，"现在是我的午餐时间"和"0:40"。

与此同时，诗人的行走也被其他时空的记忆和联想所覆盖。

他想起了已故的朋友巴尼、约翰·拉托奇和画家杰克逊·波洛克。一家咖啡馆让他想起《朱丽叶与精灵》（这部电影由费里尼导演，由朱丽叶塔·马西纳主演）。对城市的体验既是各种零碎的杂乱印象，也是万事万物相互联系的活动。还要注意的是，这首诗如何将不同种族、性别和阶层的人（非洲裔美国人、波多黎各人、工人和富人、穿裘皮大衣的女人）放在同一个关系网中。

在这里，我们可以看到这首诗是如何讲述自我与城市的互动，以及两者如何塑造和改变对方的。这首诗还讲述了在历史上和地理上的时间和地点为何总是同时出现，正如当诗人行走时，他也会想起那些已经离世的人。这首诗不仅向我们展现了这个城市，还向我们展现了诗人的思想。

在练习 5 中，你要写一首行走的诗歌，要么沿着你熟悉的城市轨迹，要么自己创作一首。这首诗中应该有明确的地点和时间，并包含你对城市的感官印象。同时，也要利用城市激发你的思考、回忆和想法，将你带入其他空间。你可能想尝试一下其他的行走方式，例如开车或乘坐公共汽车去游览某个城市。

身体和城市

正如前面的练习所显示的，我们在对城市的体验中有一个非常重要的方面，就是我们的身体与城市的互动方式。在本节中，我想进一步阐述这一观点。练习 6 要求你们创作一篇文本，该文本涉及身体与城市之间的互动，但又要打破身体与城市之间的统一性。

文化理论家伊丽莎白·格罗茨概述了城市与身体之间关系的三种不同模式（1995，第 108 页）。在第一种模式中，自我与城市之间存在因果关系，即主体建造的城市是人类计划、欲望和成就的体现。第二种模式是身体与城市之间的平行或同构关系，两者保持一致的关系并相互映照。格罗茨认为她更倾向于第三种模式，即城市和身体都被打破并重新组合。格罗茨认为，这是一种关于身体和城市的模式，它将身体和城市视为"不是巨石般的整体，而是由部分组成的组合或集合体，能够跨越物质之间的界限，形成联系、机制和临时性暂时性的微小群体"。从这个角度来看，身体与城市之间的相互关系"涉及一系列从根本上来说并不统一的系统，一系列不同的流动、能量、事件或实体，将它们或多或少的临时排列组合在一起或分开"（格罗茨，1995，第 108 页）。

　　每一种模式都可以成为激发写作的起点。第一种模式可能会产生关于建设社区的文章，也可能会产生想象中的和寓言式的城市。第二种模式可能会产生以城市隐喻身体的文章，反之亦然。不过，我在这里对第三种模式特别感兴趣，因为它允许一种不连续的、跨类型的写作方法。它既不将身体也不将城市视为统一的实体，而是将其视为以不断变化的方式相互影响的多重和零散的部分。

　　《城市和身体》就是此类文本的一个例子，其中的一部分内容已纳入了第 9 章，这个文本的全文可作为超文本和超媒体作品阅读，标题为《文字材料：身体和城市》（史密斯、迪恩和怀特，再版）。我写这本书的部分原因是为了回应格罗茨的观点，同时也是为了更广泛地了解这座城市。我试图在各个文本中想象多种不同类型的身体或城市，有时还想象身体和城市之间的互动。在文本中，没有统一的城市或身体。文本重点在于局部而非整体，在于片段而非全部，在于瞬间而非持续的故事。

　　这件碎片的组合作品还具有高度的政治性：社会对身体的监

管是作品的基础。身体在与城市的关系中可能受到监管，因此作品中提到了"被规训的身体"，还有对"身体政治"的"监管"。该作品通过叙述政府的压制（例如，科威特法律禁止人们在公共场合接吻），将我们的注意力吸引到这种监管上。但它也提出了抵制这种监管的一些做法，比如行走、做梦、写作和其他创造性行为。在这部作品中，监管和抵制监管之间的紧张关系贯穿于这部作品始终，并且从未得到解决。这种抵制并不一定会"获胜"，也不可能一直持续下去，但突破压抑的潜力始终存在。

在完成练习 6 时，你可以尝试将身体和城市作为整体进行分解。包括许多不同的城市和身体，将注意力集中在局部而非整体，以及身体和城市之间的各种联系。

全球化政府

练习 7 要求你创作一篇以时空压缩（即在不同时间和空间之间快速转换）为核心的文章。后现代理论家，如埃德蒙·索亚或大卫·哈维，认为**时空压缩**（是全球化的后果）是后现代世界的绝对基础（哈维，1990）。时空压缩意味着，在这个全球化的世界中，距离遥远的东西往往也会汇聚到一起。首先，通过商业、旅行、媒体、互联网和移民，我们中的许多人能够与那些在文化、电子和物理上似乎非常遥远的地方建立联系。其次，通过媒体等手段，我们也更有能力通过媒体等方式与过去的历史联系起来（因此我们经常能看到第二次世界大战的重播）。时空压缩是现代生活的一个特征，这一点在后现代思想中已被广泛接受。但时空压缩到底是有益的还是破坏性的，在文化理论界引起了激烈的争论。一方面，可以说我们对不同文化和塑造我们的历史事件有了更多的认识。另一方面，旅游和媒体等体验时间和空间的简捷方式会使我们的意识退化且变得迟钝。例如，在电视上，我们不断地被灌输让·鲍德里亚所谓的"拟像"（即事件的副本或仿制品，而非事件本身），以至于我们分不清复制品与原件的差别。

在许多小说中，不同的时间和地点被放在一起，这往往要经历一个交替的过程。例如，在玛格丽特·阿特伍德的《猫眼》（1990）中，过去通过叙述者的意识来展现和固定下来，伊莱恩回忆起她与朋友兼折磨者科迪莉亚的关系。小说以闪回和闪进（或倒叙和预叙）为结构，回溯伊莱恩与科迪莉亚的关系，并向前推演她对科迪莉亚现在可能是什么样子的幻想。最重要的是，过去的城市（她们孩提时代熟悉的城市）与现在的城市并置在一起。文中提到，时间实际上是一个空间，"时间不是一条线，而是一个维度，就像空间的维度一样"（阿特伍德，1990，第3页）。但是，小说并没有把过去发生的事情和现在发生的事情混淆到一起，相反，小说将它们完全分开。它们通过伊莱恩的记忆固定在一起，并通过故事情节将它们明确地联系在一起。

然而，有些实验文本却特别强调时空压缩，并同时表现出多个时间和地点。在这些文本中，不同的时空维度之间可能会出现快速、突然的转换。这种时间和地点的表达方式，往往能有力地传达感知和记忆是如何叠加事件和印象的，而不一定要将它们"整理"成线性叙事。它们可以在形式上展示任何地方的历史深度，以及灾难、战争、权力斗争、成就、迁徙和逃离是如何在岁月中积累起来的（就像岩石层一样）。它们还展示了全球化如何超越民族国家的界限，在经济和文化上形成了一个错综复杂的地方关系网。

让我们来看看这种时空压缩的一些例子。

时空压缩的案例

图 12.1 是我的作品《秘密之处》（史密斯，2000），这是我与艺术家齐格林德·卡尔合作的成果。该作品作为装置艺术的一部分在许多艺术画廊展出，也作为视觉图像以录像的形式被收入画廊的馆藏（该作品的录像可以在我的网站看到）。这段文字提到了齐格林德用木麻黄树的针叶做成了一个比真人还大的女人图像。它还通过穿线和编织的图像，暗示了齐格林德的创作过程。

在文本中，我试图同时表达多个不同的时间和地点，并将不同的心理、历史和地理现实交织在一起，而不是将它们整合成一个单一的叙事整体。为此，我虚构了三个女人：卡斯、卡西和卡舒丽娜，她们可能是同一个人，也可能是不同的人。这让我可以自由地将她们置于不同的时间和空间中。文本本身在出版时附有一些简短的注释，这些注释指出了一些构思的来源。

在第一部分，地点感并不明确，但在开头的"当卡舒丽娜还是一个孩子时"部分，我们投射到了一个幻想的过去，一个神话的世界。在下一节"卡斯热爱生活中那些简单的事物"中，我们身处当今的澳大利亚。书中提到了澳大利亚的时事，但卡斯的思绪穿越到了萨拉热窝、卢旺达和西伯利亚等许多地方。不同的地方也相互叠加："用红蜡密封的房间"指的是处理冰雪少女尸体的实验室的门（我在《悉尼先驱晨报》上看到的一篇文章）。但它也指的是斯大林时代，被秘密警察半夜带走的大清洗运动受害者家门上的红色封条（也见于《悉尼先驱晨报》的文章）。

在第三部分中，我们置身于木麻黄树林中，这里是木麻黄树的发源地，之后我们来到了澳大利亚中部的一个原住民社区延杜穆。这里提到的"延杜穆的门上有一些图画"，指的是当地的学校大门上有一些关于梦境的图画,这些图画是 20 世纪 80 年代原住民艺术家集体项目的一部分。当我看到这扇门时,它们已经被涂鸦覆盖,但仍能看到部分原画。这里又与第二部分中的"血红之门"再次重叠,而延杜穆的学校大门也代表了当地人在历史上经历过的不同类型的压迫。在倒数第二部分,我们发现自己来到了大屠杀的现场(取材于我在电视上听到的一个幸存者的故事)。

因此,在这个文本中,对时间和地点的感知是通过以下方式表达的:

- 真实空间与虚幻空间的结合。这些空间有时是确定的,有时是不确定的。

- 许多不同历史事件和地理空间的叠加。虽然在单个叙事中有一些线性时间感,但不同部分之间的联系并没有"明确阐述"或包含在一个明显的叙事框架中。时间和地点以并列的形式出现,它们并没有被串联成一个连续的叙事整体,这部作品是用非连续的散文写成的。这种非连续的形式强调了各个时代和地点之间压迫、屠杀和极权主义的连续性。

- 零散的文本片段在整部作品之中并没有被固定下来或形成互相排斥的关系。在这部作品中,对时间和地点的感知比阿特伍德的小说要模糊得多。

- 多个微观叙事,而不是一个宏观叙事。

- 混合体裁(童话、对话、诗歌、叙事、表演),来强调这些历史和地理现实的不同方面。

- 反复出现的想法或画面将作品联系在一起。这些作品跨越正常的时空联系。例如缝纫、旅行和红色大门的图像。

- 三个紧密相连的女人交织在一起,她们却从未成为完全成熟的人物。

- 不同的声音和主体地位，创造了与故事的不同距离和视角。例如，第三部分中的第三人称叙述"卡斯喜欢生活中的简单事物"，就带有轻微的讽刺意味，与大屠杀部分中的第一人称叙述形成鲜明对比，后者要强烈很多。

这种时间和地点的重叠是一种传达类似（通常是悲剧性的）思想和事件如何在迥然不同的历史和地理环境中相互呼应、重复和转变的方式。无论这些事件看起来有什么不同，一切都是相互联系的，过去通过个人和集体的记忆不断地在现在重现。

这是卡舒丽娜的故事，但是这个故事中有好几个讲述者。
这是我的声音，而不是卡舒丽娜的声音。

这是一个关于分离的故事，也是一个将散落的针叶编织起来的故事。
打破之后再建造，流血也是一种疗愈。

这个故事关于森林和逃亡之路，歌之版图和炮火，
时间隧道和思想轨迹的异花授粉。

这个故事透过干枯的皮肤在自我讲述，
秘密层层剥开。

卡西，你在想什么？

一个男人离开了房间，那个房间有一扇红色大门。

当卡舒丽娜还是一个孩子时，她长出了最美丽的翅膀。白色的翅膀上带着紫色的斑点。这些斑点外面还有一圈金色。但是她的父亲把翅膀砍掉了，所以她再也不能飞翔。不过，后来她决定用脚来走动。于是她开始旅行，她在旅行途中遇到一个男人，这个男人承诺给她永生。卡舒丽娜很聪明，她说："如果你要给我永生，那你想要什么作为交换呢？"那个男人说："我会说出我的要求，但你要在知道具体内容之前先同意。你这样做只有好处没有坏处。看看我要给你的东西。这种机会再也不会出现。"
卡舒丽娜毫不犹豫。她说："我当然不会同意。我从不预支任何东西。"

卡斯喜欢生活中那些简单的东西,咖啡和蛋糕,漫不经心地浏览报纸。这个早晨,她看到西伯利亚冰雪少女的报道,这个少女在过去 2500 年中从未受到打扰,他们认为她可能是一个萨满。萨拉热窝的死人,卢旺达的屠杀。欣德马什的事件。她很高兴,他们正在推动安乐死的合法化。她也喜欢电视和闲聊,在唐纳修有一个女人认为自己是投胎转世。她走进一片树林,找到一处树荫躺下来。活着真好! 她最喜欢各种秘密。可以思考任何事情,而没有任何人知道。所有那些禁忌的思想,那些隐秘的行动,那些隐藏的面孔。

但是那些事困扰着她,他们在敲门,但她从来都不知道他们是谁。房间被红蜡封住。飞机扔下炸弹。伤痕就像文身。她想起木头棺材里那个从漫长沉睡中醒来的冰雪少女。那些面孔又回到她的身边,好像一个展开的顽固序列的链接。

卡舒丽娜思维开阔,她同时读弗洛伊德和荣格的书,并不觉得两者有什么冲突。她喜欢想象自己脱光衣服躺在一片树林之中。上方出现一些面孔向下盯着她,但她并不介意。她喜欢他们看着她的方式,她喜欢他们那样盯着。

卡舒丽娜,是什么刺激了你?

我刚刚意识到,当我很高兴时,

总是有其他人为此付出代价。

沉默的缝隙冒出声音
用神经为一根针穿线
由最疯狂的文本编织而成的文字网络

在延杜穆大门上的图画
鬼魂与涂鸦交织在一起

　　　从皱巴巴的皮革里翻出一本书
　　　一个从石头中出来的女人编了一个故事
　　　一些模糊的圆点组成一个标志

　　　在延杜穆大门上的图画
　　　鬼魂与涂鸦交织在一起

　　　　　隐藏的代价发出空洞的哭喊
　　　　　到一片不会有任何损失的土地上旅行
　　　　　最红的岩石上有紫色光芒

　　　　　在延杜穆大门上的图画
　　　　　鬼魂与涂鸦交织在一起

　　　一个你无所不知和一无所知的地方
　　　一个你永远都不想要的愿望
　　　一种意义随着记忆的分散而移动

卡舒,你在思想中刻画了什么垃圾?
你的沉默扼杀了哪些歌曲?
血液里埋藏着哪些隐秘之地?
我们已经走过一段漫长的路程但是
　　　　　　　　最糟糕的
　　　　　　　　　　还没有
　　　　　　　　　　　　来到

我们排成一排站在那个大坑的边缘。他们开始射击。我的女儿不停地叫着:
"妈妈,他们在开枪打人,我们逃跑吧。"他们在我的面前,打中我的母亲和
父亲,我的妹妹是个美丽的女人,有着乌黑的眼睛和头发。她开始求饶。
她迎着卫兵的目光说"让我活下去"。但是他没有搭理。我的女儿不
停恳求"我们逃跑吧"。她只有五岁。他让我放弃她,但她不肯离
开。一声枪响,我没有看,我不能看。然后他对我开枪。我掉
进坑里。我不省人事。
我醒过来时,还以为这是地狱。然后我知道,我还在这
个世界上,也许我还有机会活下去。坑里充满尸体。
许多肢体压在我的身上我的脸上。还有其他身
体帮着我往外挤。但我没有力气,而且如
果我爬起来又会被枪击。天色还亮着。
要等待天黑。我屏住呼吸,几个
小时过去。我趁着天黑爬出来,
悄悄逃走。现在我明白,
独自逃生的
愧疚感。

这些是卡舒丽娜的故事,这些故事从
几棵幼苗中跳出来。这些是我的讲述,不是卡舒丽娜的。

这个故事是某个地方和某些人,但也是交缠的纱线。
目不能视,伤痛像纱线缠绕。

这是一个关于松树林和手枪的故事,明亮的阳光和黑暗的阴影,
线条与仪式之间的联系超越了生活。

这个故事透过恐惧和喜悦在自言自语,
那些被听见的秘密。

卡舒,你在为哪一个死者哀悼?

图 12.1 《隐秘之处》(史密斯,2000,第 22-25 页)

　　澳大利亚小说家和诗人约翰·金塞拉以完全不同的方式，在他的小说《类型》中叠加了不同的时间和空间。在小说的开头，"那个文艺复兴时期的人"想到了他所居住的街区里的所有人。他们处于不同的空间，但都在他的脑海中以联想独白的方式同时存在：

案例 12.6

　　那个文艺复兴时期的人正在写一篇关于展览的文章，同时还在思考他最新出版的美学著作。他起身洗手。他的思绪被脑中一直重复播放的《蓝丝绒》打断了。他的思路被打断，是因为一个戏剧的构思，是因为孩子在地板上一边打滚一边抱怨无聊，是因为他的妻子可能正在偷看他故意留在文件柜顶上的信件。这些信件是他写给出版商、作家、艺术家、学术界同行……甚至电影明星的信件原件的影印件。还有其他文件，如散文草稿、笔记、私人随笔等等。他在想，阅读这些书信的罪过是否大于制造这种诱惑的罪过。他想到了写给"……"的信。他知道这些信会惹恼她。他的妻子，小说家，正在写她的《食尸鬼》手稿。住在五号公寓的学生准备离开了，他在读笛卡尔的英译本，有时会回到他第一本书的草稿上，那是一本科幻小说，书名暂定为《透镜》。他长得很帅，也许有人会不经意地这么想。虽然他盯着你的一举一动，但你最好假装视而不见。女孩们正在穿衣服。其中一个在想她有多讨厌做爱。他们俩刚刚吸了一剂摇头丸，苦涩的味道刚刚进入喉咙，她们偶尔会像猪一样打呼噜。六号房间里那个渴望类固醇的家伙很沮丧，他在治疗师的建议下开始写日记，他的女朋友正在写她的案例研究笔记；那个孩子被政府部门带走的女人正在疯狂地准备一束花，来迎接周末可能来访（闯入）的人，而她的男朋友，那个瘾君子，正在读《幻灯秀》，这是一部邪教毒品小说；

还有那对印度尼西亚夫妇，他们正在争吵。

摘录自《类型》，(金塞拉，1997，第 9－11 页)

在许多当代诗歌中，快速从一个时刻或场景转换到另一个时刻或场景也很常见，这通常会破坏对时间和地点的强烈感知，并造成时空压缩。这种时空转换在本书中的一些例子中很明显，如琳·海基尼安和阿尼娅·华尔维茨的散文诗，在萨布丽娜·阿基里斯等实验小说家的作品中也能发现更大规模的时空转换，这在第 1 章案例 1.8 米歇尔·斯威尼关于旅行的词语联想中也有明显的体现。

在练习 7 中，需要你创作一篇以时空压缩为主题的文章。你写作的内容可以在不同的世纪和大陆之间移动，地点和时区之间的转换可以非常迅速和突然，也可以比较缓慢和平滑。无论你创作何种文本，都要努力展现出不同时空在地理和历史上的相互关联。

总　结

在本章中，我们使用了一系列策略来探讨关于地点的概念，并提出地点中的身份和权力问题。我们看到，关于地点的写作通常是描写和变动的巧妙结合：在描述地点的同时，也消解了地点内部和地点之间的界限。此外，对地点和空间的探索可以说是这本书的核心，因为本书自身试图跨越地域、打破界限，将那些经常被分隔的空间汇聚在一起。

参考文献

Achilles，S. 1995，*Waste*，Local Consumption Press，Sydney.

Atwood，M. 1990，*Cat's Eye*，Virago，London.

Auster，P. 1988，'City of Glass'，*The New York Trilogy*，Faber & Faber，London，pp. 3 - 132.

Bellear，L. 1996，'Taxi'，*Dreaming in Urban Areas*，University of Queensland Press，St Lucia，Queensland.

Bridge，G. and Watson，S.（eds）2003，*A Companion to the City*，Blackwell，Oxford.

Calvino，I. 1978，*Invisible Cities*，Harcourt Brace & Company，New York and London.

Cohen，B. 1992，*Tourism*，Picador，Sydney.

de Certeau，M. 1984，*The Practice of Everyday Life*，（trans.）S. Rendall，University of California Press，Berkeley.

DeLillo，D. 2003，*Cosmopolis*，Picador，London.

Drewe，R. 1997，The Penguin Book of the City，Penguin Books Australia，Ringwood，Victoria.

Ellis，B. E. 1991，*American Psycho*，Picador，London.

Grosz，E. 1995，S*pace，Time and Perversion: The Politics of Bodies*，Allen & Unwin，Sydney.

Harvey，D. 1990，*The Condition of Postmodernity: An Enquiry into the Origins of Cultural Change*，Blackwell，Oxford UK and Cambridge USA.

Kinsella，J. 1997，*Genre*，Fremantle Arts Centre Press，South Fremantle，Western Australia.

Kureishi，H. 1990，*The Buddha of Suburbia*，Faber & Faber，London.

Lehan，R. 1998，*The City in Literature: An Intellectual and Cultural History*，University of California Press，Berkeley.

Massey，D. 1994，*Space，Place and Gender*，Polity Press，Cambridge.

O'Hara，F. 1979，'A Step Away From Them'，*Collected Poems*，（ed）. D. Allen，University of California Press，Berkeley.

Roy，A. 1998，*The God of Small Things*，Flamingo，London.

Smith，H. 2000，'Secret Places'，*Keys Round Her Tongue: Short Prose，Poems and Performance Texts*，Soma Publications，Sydney.

—— Ongoing，www. austraLYSIS. com.

Smith，H. ，Dean，R. T. and White，G. K. republished，*Wordstuffs: The City and The Body*，*Multimedia work*，www. allenandunwin. com/writingexp. Originally published in 1998 and also available at http://www. abc. net. au/arts/stuff-art/stuff-art99/stuff98/10. htm.

结　语
——持续进行的编辑

　　这本书中有一个隐含的观点，即写作是一个逐渐转变的过程。任何文本都可能从一个最不起眼的地方开始，发展成一部复杂而成熟的作品。从这个角度来说，编辑工作也是创作的一部分。这就对一种惯常的观点提出了疑问，这种观点认为在创作过程的最后必然会有一个进行编辑的特定阶段。

　　虽然讨论如何构思作品对于作家来说是司空见惯的事情，但写作仍然是一个不断变化的过程，特别是在一个用电脑进行文字处理的时代。随时编辑是我们用电脑进行写作的重要特色，因为剪切和粘贴这些操作可以帮助我们对文本进行编辑。这意味着文本可能会不停变化。你在这本书中学到的技巧（比如第 2 章的扩充和替换，或者第 5 章的控制叙事）也大多与编辑相关，因为这些技巧很多是关于如何组织材料的。

　　话虽如此，作者会以许多不同的方式去进行创作，而且同一个作者在不同的时候也会采用不同的方式。有时候你会发现自己在第一个阶段中顺畅地进行写作，在第二个阶段中就转入了编辑的模式；有时候编辑并不是在某个清晰的节点开始。在编辑时你要时刻意识到语言可以发挥什么样的作用，而且要清楚在什么情况下应该更严格地遵循语法规则。

修整和选编作品的能力非常重要，而且发挥这些能力时还需要辅以相当程度的自制力，因此我们在进行编辑工作时应该特别谨慎。创意文本中最有意思的元素通常是非理性的，这些元素在其他元素之中显得相当突兀，所以很容易被删除。当你在进行编辑时，不要只是考虑应该让文本呈现出什么样子，或什么样的文本最容易被其他人接受，而要考虑你想让文本呈现出什么样子。

一些关于写作的书籍强调写作是一门手艺。本书当然也非常重视写作的技巧，但不会使用"手艺"这个词，因为这个词暗示着对已知元素的精心组织，对常规模式的仔细打磨，而不是以一种更加开放的方法去写作。但是，这并不意味着实验性作品就会是或应该是杂乱无章的样子。无论你的写作对象是什么，本书介绍的写作策略都可以帮助你创作出技艺精湛、构思精巧的作品。

许多大学的课程都包括研讨班，在研讨班上大家会对学生的作品进行讨论，这种讨论有时是进行集体创作的有效途径。任何一个作品都可能得到很多不同的（有时是相反的）评价。这会让你再次注意到创作过程的随意性和主观性。你可能会发现很多评论很有启发性。因为参与讨论的同学对你的写作材料并不熟悉，所以他们可能会以不同的方式去解读作品。比如，你可能会发现，你以为你已经对某些内容进行了非常清楚的表达，但是读者根本就没有明白你的意思。另外一方面，你可能发现读者对某些内容的理解比你预想的还要深刻。试着聆听所有人的评论，而且在评论比较负面时不要为自己辩解。你只要记住，这终究是你的作品，最后只有你才能决定作品应该往什么样的方向去发展。你还要记住，别人的评论也可能是因循守旧而非开拓创新。你的一些同学可能因为不熟悉实验性写作而对你的作品充满抗拒。

因为写作类型的不同，编辑的过程也可能会有很大差异。一部现实主义小说需要的编辑心态与一首实验性诗歌需要的很不一样。一篇现实主义的叙事文可能需要逻辑严密，而一首实验性的诗歌可能需要天马行空。如果编辑工作会在研讨班上进行，就要对这些问题进行开诚布公的讨论，这样大家才会就事论事地对作品进行讨论，而不会滥用其他不相关的标准。

除了上面这些提醒，作者在进行编辑工作时还可以采用一些策略，这些策略可以进行系统性的分类。这些策略与我们在这本书中看到的写作过程密切相关，可以运用于写作过程的任何阶段。

删　减

在写作中少即是多：你必须毫不留情地删减那些不相关的词语、短语或句子。看着每个词语并思考它究竟发挥了什么作用，尽管这种作用并不总是意义上的，这种作用也可能是声音的或视觉的。就像所有的编辑策略一样，删减也必须结合你的写作风格，某些写作风格的辞藻会比较华丽。有些作家，比如格特鲁德·斯坦因，利用重复和繁冗达到了特殊效果。然而，过度写作和过度解释是作者常犯的错误，即便这些作者很有经验。

扩　充

这包括对一个有趣的观点进行扩充、发展或强化，而这个观点在第一次出现时并没有得到充分重视。在第 2 章中，扩充是一种建构段落的策略，不过这种策略在写作过程的任何阶段都可以运用。

在你写作和编辑的过程中，你可能会发现自己一直在删减和扩充之间摇摆。知道应该扩充多少和删减多少，是写作中一个非常微妙的环节，这个环节并没有什么一定之规。你可能会发现，在不同类型的写作中，你的描写有时比较详细，有时比较简略。

替 换

对一些比较薄弱的词语或短语进行替换（有时是使用同义词）是编辑的一项主要任务。我们有时候在页面上写下某个词语是因为没有想到其他更好的，这种情况在写作的开始阶段是可以接受的。但是我们很容易让这些词语继续留在原地，并因为对这些词语越来越熟悉而不觉得有什么问题。但是当我们进行编辑时，我们必须变得更加挑剔，这时就需要找到一些更好的词语来进行替换。我们在本书的第 1 章就运用过替换的策略。

具象和抽象

在某些类型的写作中，比如在描述性的写作中，用具体的意象来代替抽象的概念相当重要，这样可以给人留下更直接、更生动的印象。这样还可以帮助你在作品中营造出某种气氛（例如，给人一种强烈的位置感）。但是，在一些更具实验性的写作类型中，你可能要把文本中那些具体的东西变得更模糊、更抽象。我们在第 2 章描写一个"行动中的人"时，要尽量让这个描写显得比较具体。但是，在第 8 章，特别是在"新句子"的部分，我们要尽量让文本显得更加抽象。

重新排序

改变一个文本的顺序通常可以改变文本的结构，并让材料发挥出更强大的力量，即便其他部分并没有改变。把你的作品当成一些可以移动的片段。你的文本结构是递进的还是重复的？或者是变化的、多层的，还是数字的？你的文本中有没有包含其中任何一种或几种结构？文本背后是什么样的结构原则？关于这些问题，请回顾第 3 章和第 5 章的相关内容去寻找答案。

修　整

请注意诸如标点、拼写和语法之类的细节，看看你是在遵循常规还是在颠覆常规。本书假定你对这些常规很熟悉，如果你觉得自己对这些常规并不熟悉，那么还有很多其他书籍可供参考。修整有时还与视觉效果的设计相关。请记住，尤其是在诗歌写作时，你不必总是从页面的左手边开始写起。

总而言之，请对最终文本的观点保持怀疑。要记住，最终文本通常只是作者决定到此为止。在每个最终文本的背后，都有这个文本可以采用的许多其他路径。事实上，为一个作品创作多个版本，比只创作一个版本更加合理（许多音乐家、作家、艺术家都是这样做）。在这本书中，我们还看到某个文本为了适应不同的媒体而进行调整（比如，一个超文本或表演文本在用于页面阅读时可能需要进行改写），因此作品本身一直都在变化。创作的过程总是由许多分叉的路径组成，通过这些路径可以让作品向许多不同的方向发展。实验就是要敢于冒险，尝试各种不同的选择，而不是寻找某种绝对的完美。创造力的关键在于具备勇气去做出选择，但是仍然对那些没被选中的路径保持开放性，并且在其他时间继续探索那些路径。

祝你顺利开始实验，并享受你的写作！

致　谢

　　我想感谢以下诸位允许我发表或再次发表他们的作品:理查德·詹姆斯·艾伦、伊内兹·巴拉内、莉莎·贝利尔、查尔斯·伯恩斯坦、安妮·布鲁斯特、玛克辛·切尔诺夫、苏菲·克拉克、汤姆·克拉克、伯纳德·科恩、旺达·科尔曼、爱丽丝·科尔哈特、莫亚·科斯特洛、伊丽莎白·克劳福德、艾莉森·克罗根、劳里·达根、史蒂夫·埃文斯、本·加西亚、伊莎贝尔·杰拉德、黄运特、伊丽莎白·詹姆斯、约翰·金塞拉、熊谷由莉亚、艾玛·卢、约书亚·洛布、詹姆斯·卢卡斯、格雷格·里昂斯、迈伦·利森科、杰克逊·马克·洛、莱尔·麦克马斯特、杰拉尔丁·蒙克、菲诺拉·摩尔黑德、玛吉·奥沙利文、加布里埃尔·普兰德加斯特、弗朗西斯·普雷斯利、丹尼斯·莱利、苏珊·舒尔茨、罗恩·西利曼、阿曼达·斯图尔特、穆罕默德·塔瓦拉埃、布莱尼·特雷齐斯、罗伯特·威尔逊(通过他的文件保管人亚伦·毕比)、约翰·德·维特和伊恩·杨格。

　　我想感谢以下诸位允许我在"写作实验"网站发表他们的作品:查尔斯·阿米尔哈尼安、克里斯蒂安·博克、玛丽-安·布雷兹(梅茨)、罗杰·迪恩、大卫·克诺贝尔、泰勒·马里、杰森·纳尔逊、克里斯蒂·谢菲尔德·桑福德、布莱恩·金·史蒂芬斯、阿曼达·斯图尔特、格雷格·怀特、斯考特·伍兹和考姆尼诺斯·泽尔沃斯。

以上诸位的作品在本书中都有详细标注。

我还想感谢：

查尔斯·阿米尔哈尼安：《教堂的汽车》（多元艺术出版社，1981）；《点束》（多元艺术出版社，1981）。

爱德华·阿尔比：《谁害怕弗吉尼亚·伍尔夫？》（乔纳森·凯普出版社，经兰登书屋集团有限公司许可使用）。

弗兰克·奥哈拉：《距离他们一步之遥》（摘录自《午餐诗篇》，1964，经城市书屋许可使用）。

感谢休·塞克斯·戴维斯的遗产执行人约翰·克里根允许我使用《诗歌：在那个老树桩上……》。

感谢肯尼斯·柯克的遗产执行人凯伦·柯克允许我使用《墨西哥城》和《超级混乱》的文本摘录。

感谢我之前的学生米歇尔·斯威尼和艾米·塔恩（我无法和他们取得联系），还有琳达·沃克对《隐秘之处》的原始图形设计。